장 소 에   뿌 리 내 리 기

박경미 지음

장소에
뿌리내리기

삶의 기술과
민중의 평화에 관한
에세이

한티재

머리말

이런저런 계기로 쓴 에세이들을 묶어서 책으로 낸 것이 2017년이었으니 8년 만에 다시 에세이집을 내게 되었다. 직업상 논문 형식의 글을 의무적으로 써야 하고 전공 번역서도 내지만, 실은 에세이 형식의 글을 쓰는 것이 좋다. 에세이를 써도 어차피 내가 공부하는 성서 이야기를 중심으로 맴돌지만, 에세이를 쓸 때는 논증의 부담이 없어서 좋다. 남이 하지 않은 이야기를 뭐라도 하나 쥐어짜서 해야 한다는 강박을 느끼지 않아도 되고, 논증을 무기로 독자의 생각을 바꾸거나 새로운 지식을 알려 주겠다는 포즈를 취하지 않아도 된다. 남을 어떻게 하기보다 나를, 나의 내면을 살짝 보여 주는 글쓰기가 좋다. 그리고 실은 어릴 때부터 가지고 있던 문학에의 동경, 오로지 선택받은 사람만이 발을 들여놓을 수 있고 내 주제에 감히 넘볼 수 없지만 나이 들어서도 마음 한켠에 아련하게 남아 있는 문학을 향한 욕구를 간접적으로나마 충족시키는 글쓰기 형식을 내 나름대로 찾은 것이기도 하다. 그래서 학술지가 아닌 일반 잡지에서 원고 청탁이 오면 웬만하면 쓰는데, 그동안 별로 글 요청이 없어서 그런지 추리려고 보니 글이 몇 편 안 된다. 이번에 묶은 글은 대부분 2016년에서 2017년 사이 『기독교사상』에 연재했던 것이고, 출판사 측에서 일리치에 관한 글을 좀 실으면 어떻겠냐는 제안이 있어서 오래 전 『녹색평론』에 이반 일리치(Ivan Illich)에 대해 썼던 글 두 편을 실었다. 그리고 맨 마지막에 실린 한 편의 글은 학교 예배에서 했던 설교 원고를 손본 것이다.

한티재 출판사의 오은지 대표로부터 그동안 쓴 글들을 묶어서 책을 내자는 제안을 아마 작년 여름부터 받았던 것 같고, 작년 가을 무렵 편집 작업이 시작되었다가 이런저런 이유로 잠깐 미뤄졌는데, 그 사이 윤석열이 계엄령을 선포했다. 철들고 세 번째 맞는 계엄령이다. 이번 계엄령은, 웃기는데 무섭다. 그 무시무시한 계엄령을 이렇게도 내릴 수 있구나, 허탈한 웃음이 나오면서도 저 지경으로 정신적 파탄 상태인 사람이 대통령이 될 수 있다는 사실이 정말이지 두렵다. 우리나라가 후발 국가들 가운데 '경제성장'과 '민주화'라는 두 마리 토끼를 다 잡은 드문 경우에 해당한다고들 하는데, 저런 사람이 대통령이라는 절대 권력을 장악하는 것이 가능한 시스템을 민주주의라고 할 수 있을까? 군사독재 시절에는 어떤 괴물이 나와도 군사독재라는 말로 설명이 됐는데, 소위 절차적 민주주의가 확립되었다는 지금 이 시점에 이런 상황이 벌어지고 있는 것을 어떻게 이해해야 할까? 탄핵이 이루어지고 새 대통령을 선출하고 정권 교체가 이루어진다 해도 위험성은 상존하며, 미국 같은 나라를 보더라도 우리보다 나아 보이지 않는다.

전 세계적으로 선거를 통한 대의제 민주주의는 한계에 도달한 것 같고, 경제성장 시대도 이제 끝났다. 우리가 든든하게 발딛고 서 있다고 생각했던 토대가 흔들리고 있다. 그래서 그런지 서울서부지법 폭동에 가담한 젊은이들을 보면서도 분노보다는 애처로움과 안타까움이 앞선다. 희망이 없을 때 군중을 폭도로 조종하는 일은 쉬워진다. 정말 파시즘의 시대가 도래한 것일까? 지금 우리 주변에서 벌어지고 있는 일들은 모든 것을 집어삼켜 버릴 거대한 파도가 밀려올 전조처럼 느껴져 두렵다. 지금 우리가 겪고 있는 삶의 위기는 민주주의든, 경제성장이든 근본적으로 다시 생각하고 행동할 것을 요구한다. 민중의 평화와 소박한 삶의 기쁨을 누릴 수 있는 길을 찾아가야 한다.

내게 그 길은 항상 예수에게로 통하는 길이다. 예수는 자신이 나고 자란 고향 땅을 별로 벗어난 적이 없는 사람이다. 예수는 시골 사람이었고, 생애 마지막 유월절에 예루살렘에 가서 죽음을 맞기까지 거의 대부분의 시간을 갈릴리에서 보냈다. 그것도 세포리스나 티베리아스 같은 갈릴리의 대도시들이 아니라 가버나움 같은 소읍이나 벳새다, 고라신 같은 작은 농어촌 마을에서 하느님나라를 전했다. 하느님이 통치하는 나라, 인간다운 삶의 회복에 대한 그의 꿈은 철저히 그가 속한 장소에 뿌리내린 것이었다. 그는 하느님나라, 소박하고 건강한 사회로 가는 힘은 밖으로부터가 아니라 원래 그 사회가 자라 온 토양에서, 그 사회에 속한 사람들의 내적 욕구에 의해 일어난다고 믿었다. 그는 권력을 향한 우상숭배에 저항했고, 작은 자들이 연대할 것을 호소했다. 그리고 그러한 인간다운 사회를 이루기 위한 자생적 토대로서 소농 공동체와 농적 삶에 주목하고, 그들의 유기적이고 자족적인 삶의 가능성의 원천으로서 오래된 모세 계약의 공동체적이고 평등주의적인 정신을 회복시키고자 했다. 그는 검소하고 소박하고 순진한 삶을 옹호했으며, 이웃에게 너그럽게 대할 것을 요구했다. 나는 오래된 이 길, 예수의 길 외에 다른 길을 잘 알지 못하며, 이제 나는 나의 장소에서 이 말을 번역해 내야 한다.

이 책에 실린 글들은 내가 학교와 집이라는 장소에 뿌리내리는 복을 누렸기 때문에 쓸 수 있었다. 학생으로, 교수로 40년 넘는 세월을 지내 온 이화여대와 30년 넘게 살아온 서울 수유리

북한산 자락, 이 두 곳은 내 삶의 터전이자 나의 관계들과 의무들의 망이 시작되는 장소이기도 하고 다시 돌아오는 장소이기도 하다. 나는 이 두 장소를 매개로 과거와 현재의 많은 사람과 만나고 대화했다. 설사 나의 독서와 글쓰기가 시공간적으로 아주 멀리 날아다닌다 해도 내 몸이 머물러 있는 이 두 장소는 중력처럼 나를 끌어당겼고, 그 장소는 나를 구성하면서 동시에 나를 닫아걸었다. 때로는 분노로, 또 때로는 공감과 열정을 가지고 했던 일들은, 생각해 보면 거의가 내 몸이 거주하는 장소가 내게 부여하는 관계와 의무를 다하는 과정에서 했던 것들이었다. 집과 학교라는 장소와 거기서 비롯한 의무들의 망 안에 갇혀 지냈지만, 그것은 나를 타락하지 않게 붙잡아 주고 내 몸과 마음을 건강하게 유지시켜 주는 것이기도 했다.

변화를 싫어하고 지루하고 반복적인 일을 하는 데서 오히려 편안함을 느끼는 성격이라, 유학도 가지 않은 채 마치 지진아처럼 두 장소를 떠나지 못했다. 장소에 대한 내 생각은 대체로 과거에 매여 있고, 30년 넘는 세월 동안 발전이라는 이름으로 대학과 내가 사는 동네에 가해진 변화를 아픈 마음으로 지켜보았다. 장소를 매개로 한 인연은 하나하나 다르고, 고유하게 제 몫을 요구하기 때문에, 쉽게 끊거나 다른 것으로 대체하지 못한다. 그런데 그동안 발전이라는 이름으로 이루어진 변화는 사람이든 풍경이든 무엇이나 대체 가능하다는 일종의 환원주의에 바탕을 두고 있고, 그것은 필연적으로 뜨내기 삶으로 이어진다. 가난하든 부자든 자신이 사는 장소에 뿌리내리지 못하고 뜨내기로 불쌍하게들 산다. 딱한 노릇이다.

이 책에 실린 글들은 대체로 장소와 장소의 파괴, 그리고 그 것이 인간성에 대해 의미하는 바가 무엇인지에 관한 성찰이다. 엄중한 시기에 거의 10년 전 쓴 글들을 묶어 책을 내자니 생각이 복잡하다. 책에 실을 글들을 다시 읽어 보면서 물리적인 장소와 장소에서 비롯한 관계들과 의무들의 망, 기억들을 유지하고 지키는 일의 소중함에 대해 다시 한 번 생각했다. 장소에 뿌리내리는 삶을 위해 현실적으로 아주 필요한 일들, 가령 기본소득이나 시민참여 민주주의에 대해 내가 구사할 수 있는 언어로 쓸 수도 있었을 텐데 그러지 못한 게 아쉽다. 파시즘적 전환의 선봉에 선 한국 개신교의 계보를 따져 묻지 못한 아쉬움도 있다. 하지만 새로 글을 써도 10년 전과 별로 다른 말을 하지 않으리라는 생각에 묘하게 비애감이 느껴지고 무력감이 든다. 10년 전에 비해 상황은 더 어려워져서 사람들은 살기가 더 힘들어지고 아이 낳는 일도, 결혼도, 연애도 포기한 젊은이들의 수가 예전보다 훨씬 늘어났는데 말이다. 나이 먹어 가는 게 미안하다.

이 책은 한티재에서 세 번째 내는 책이다. 매번 이런 책을 내서 뭐 하나 망설이는 나를 오은지 선생이 설득하고 기다려 주었다. 그의 격려 어린 재촉이 없었다면 책이 나오기 힘들었을 것이다. 한티재 식구들의 따뜻한 격려와 수고에 감사드린다.

2025년 2월 13일

박경미

차
례

2부

일러두기

- 인용한 성서 본문은 대한성서공회에서 나온 『표준새번역』을 저본으로 하고, 필요한 경우 원문에 맞추어 수정했다.
- 성경 약어는 책 제목 처음 두 글자로 약어를 삼았다. (마태복음은 '마태', 누가복음은 '누가'.) 전서와 후서, 또는 상하가 있는 책은 책 제목의 첫 글자 뒤에 '전' '후', 또는 '상' '하'를 붙여서 표기했다. (열왕기상은 '열상', 고린도후서는 '고후'.)

1부

사람은
무엇으로 사는가

○

1.

집이 산 밑이라 해마다 아주 더운 며칠만 참으면 에어컨 없이 여름을 날 수 있었는데 금년 여름은 정말 더웠다. 더워도 너무 더워서 우리도 에어컨을 한 대 놓아야겠다는 말을 입에 달고 올여름을 났다. 그랬는데 어느덧 아침저녁 선득하고, 잘 때는 꽤 얇은 이불이라도 덮고 자야 한다. 내리쬐는 햇빛에 아직 열기가 좀 남아 있기는 하지만, 빨래를 말리면 옷에서 가을 냄새가 난다. 다행이다. 아직은 가을이 없어지지 않았다. 아직은 계절의 순환이 이루어지니 다행이고, 짧아졌지만 우리에게 여전히 가을이 주어지니 감사할 일이다.

늦여름 햇빛 속에 마당의 대나무 잎이 눈부시게 반짝인다. 어쩌다 미세한 바람이라도 불면 대나무는 쭉 뻗은 가느다란 몸을 좌우로 흔들고 무성하게 돋은 작은 이파리들로 사방팔방 빛을 반사한다. 마치 수많은 작은 초록 거울을 들고 춤을 추는 것 같다. 며칠 전 찔끔 내린 비로 마당의 잡초들이 쑥 컸다. 지난여름 더위를 아는지 모르는지 참새며 비둘기며 까치들이 마당의 벚나무며 황매화 가지에 내려앉고 더러는 거실 창문 앞 대나무 잎 속에 몸을 숨긴 채 얼마 남지 않은 모이를 먹으려고 망을 본다. 고양이들이 어느새 눈치를 채고 공격 태세를 갖춘다. 코를 벌름벌름 볼따귀를 실룩실룩하며 연신 "아웅… 아웅" 새소리를 흉내 낸다. 콩쥐야 너는 새가 싫으니? 나는 좋은데… 가진 거라곤 조그만 심장과 부드러운 깃털뿐이지만 쟤들도 하느님이 먹이시고 입히신단다.

더위가 물러간 오후, 나무들과 풀들, 짐승들과 함께 있는 이 시간만큼은 산업화된 세계와 그 안에서 길들여진 인간관계로부터 나 자신을 떼어 놓는다. 가만히 쪼그리고 앉아 발밑을 들여다보면 부지런히 이곳저곳 다니는 개미들이 놀랄 만큼 많다. 땅속에서 개미들은 무슨 별세상을 펼치고 있을까? 봄부터 풍성하게 펴서 볼 때마다 식구들이 감탄했던 수국은 시들어 고개를 숙이고 있다. 그 싱싱하던 수국이 어느 것이 푸른빛이었고 어느 것이 자줏빛이었는지 분간할 수 없을 정도로 시들어 버렸다. 모든 것을 말려 버릴 듯이 뜨거웠던 여름, 땅 밑 땅 위 어디서나 미물들은 생생하게 살아 움직이고 있었고, 형언할 수 없이 복잡한 생멸의 과정은 계속되고 있었다. 우주의 광대함을 느낄 수 있는 장엄한 풍경은 아니지만, 말 못 하는 짐승들, 나무들, 개미들, 작은 새들과 내가 별로 다를 게 없음을 깨닫고 나도 저들과 마찬가지로 몸을 입고 있기에 아프고 죽을 수밖에 없다는 사실을 깨닫는 데는 이 손바닥만 한 땅으로도 충분하다. 이 작은 땅뙈기 속의 미물들은 자신이 거대한 줄 착각하는 인간의 오만을 아랑곳하지 않는다. 그저 너희 인간도 우리와 마찬가지로 먼지에 불과하며 결국 먼지로 돌아갈 것이라는 성서의 말씀을 온몸으로 속삭인다.

그래서 이 시간만큼은 말 못 하는 나무들과 짐승들과 함께 있는 것이 좋다. 그들의 말 못 함이 나를 편안하게 한다. 말없이 눈과 귀와 코, 네 발로 제 주변의 사물들을 감지하고 받아들이는 존재들, 그들이 미덥다. 여름에서 가을로 접어드는 계절, 햇빛과 바람과 나무들과 짐승들이 어우러져 빚어내는 고요한 풍경이 더할 나위 없이 소중하게 느껴지고, 지금 이 순간 누리는 조용한 기쁨을 절대 빼앗기기 싫다는 강렬한 욕구가 솟아오른다. 지금 이 순간, 시간과 공간과 사물들이 빚어 만들어 내는 '우연'이 눈부시게 아름답고, 덧없이 사라질 존재들이지만 바로 그렇게 사라질 것들이기 때문에 영원히 이 순간을 간직하고 싶다. 그리고 이 우연과 덧없는 것들을 떠나서 우리가 거룩을 경험할 수 있는 다른 장소가 없다는 사실을 깨닫는다. 생명, 나의 가족과 나, 내 주변의 생명이 한순간 그 부서지기 쉽고 거룩한 성격을 드러낸다. 덧없이 사라질 것들, 그 모든 허무한 것들이 속삭인다. 지금 사랑하라. 아직 시간이 있을 때 거룩을 지키라.

2.

그러나 이런 바람에는 두려움과 슬픔이 감춰져 있다. 그것은 미래에 대한 두려움이고, 거룩한 것이 사라져 가는 데 대한 슬픔이다. 하나의 종으로서 우리는 어두운 운명 아래 있다. 지구는 죽어 가고 있고, 죽어 가는 지구 위에서 인간의 운명 역시 위태롭다. 지상을 온통 뒤덮었던 공룡이 사라진 것처럼 언젠가 우리 인간도 지구상에서 사라지는 날이 오지 않을까 두렵다. 자식 키우는 사람으로서 이것은 받아들이기 힘든 사실이다.

언제부터인가 우리 사회에서 벌어지는 커다란 사회적 갈등은 빈번하게 약자들의 희생과 대규모 환경 파괴가 결합된 형태로 일어나고 있다. 거대한 자연 파괴와 민중의 자급적 삶에 대한 공격이 동시에 일어나고 있다. 강정마을과 용산 참사, 4대강 사업이 그랬고, 최근에도 사드 배치로 인한 성주 사태가 그렇다. 지금도 여진이 계속되는 동남 지역의 강진은 그 지역 350만이라는 인구와 세계 최고로 밀집한 핵발전소들을 생각하면 상상하는 것만으로도 두렵고 불길한 느낌을 지울 수 없다. 그때가 되면 이 나라 백성은 여차하면 이 땅을 뜰 수 있는 극소수의 사람과 나머지 대다수의 사람들로 나뉘어 있다는 사실을 실감하게 될 것이다. 16세기 이후 자본의 확장, 자본의 세계화는 쉼 없이 진행되어 왔고, 이제 자본주의는 노동 착취, 식민 착취 단계를 지나 인간 삶의 궁극적 토대인 생태계를 무차별적으로 착취하는 그 최종 국면에 이른 것 같다. 자본의 자기 파괴 국면에 이른 것이다. 그리고 이러한 대규모 파괴의 가장 일차적인 희생자는 언제나 맨 밑바닥에 있는 약한 존재들이다. 민중의 삶과 그 토대인 자연 생태계가 밑바닥에서부터 위협받고 있다.

위기의 징조는 도처에 있다. 지구 전체가 몸살을 앓고 있다. 숲이 사라지고 물은 오염되었고 공기는 탄소 배출물들로 가득 차 있다. 토양은 유실되었고, 바다의 산도는 치솟고 있다. 대기의 기온 역시 치솟고 있다. 최근 몇 년간 우리는 이를 체감하고 있다. 우리 몸에 각인되어 있는 계절의 감각과 전혀 다른 계절들을 벌써 여러 해 겪으며 나는 몹시 불안하다. 더위도 독하고 추위도 독하다. 무엇이든 독하고 극단적이 되어 가는 것 같다. 이런 것은 뭔가 무섭게 잘못되고 있음을 보여 주는 징표들이다. 위기가 도래하면 지구야 어련히 알아서 제 갈 길을 찾아가겠지만, 그 안에 서식하는 생명체들은 어떻게 될까? 자연은 인간을 특별히 배려하지 않는다. 자연은 그저 나아갈 뿐이고, 인간은 자신의 욕망대로 현실을 주조할 수 없다. 아마 우리를 기다리는 세계는 괴롭고 힘들 것이다.

가끔 뉴스에 나오는, 뼈와 가죽만 남고 아사한 북극곰의 운명이 우리의 운명이 될지 모른다. 미국 국립해양대기국은 최근 북극 빙하의 면적이 30년 전보다 무려 55퍼센트나 줄었다고 발표했다. 여름 북극 빙하가 완전히 사라지는 데는 10년이나 20년밖에 걸리지 않을 것이라고 한다. 과학자들은 북극 빙하의 소멸과 함께 지구의 기후 형태도 무섭게 변하고, 세계 각지에 재해가 속출할 것이라고 한다. 가뭄과 홍수, 폭풍 등 무엇이든 극단의 시대가 될 것이다. 세계은행은 기후변화 보고서에서 향후 20~30년 안에 지구온난화로 평균기온이 최소 섭씨 2도가량 높아질 것이라고 예측하고, 이로 인해 식량 부족 사태와 무더위, 열대성 태풍 같은 기상이변이 빈발할 것이라고 경고했다. 특히 아프리카 사하라 인근과 동남아시아 등 경제발전이 더딘 지역일수록 기후변화에 취약할 것이라고 했다. 지구온난화의 주요 원인 제공자가 화석연료에 의존한 산업화와 경제발전인데, 그로 인한 피해는 산업화나 경제발전과 무관한 지역에 집중된다니, 억울하게 당하는 사람들은 끝까지 당할 모양이다. 그러나 실은 이대로 가면 결국에는 어느 곳도 피해를 비켜 갈 수 없다.

그런데 누군가는 이러한 전 지구적 고통으로부터 돈을 벌고 있다. 거대 기업들은 석유와 가스, 광물, 물고기의 마지막 흔적을 찾아서 극지대의 바다를 온통 헤집어 대고 있고, 그들에게 북극 빙하의 소멸은 되레 기쁜 소식이다. 그들에게 지구의 죽음은 또 다른 투자 기회일 뿐이다. 멀리 갈 것도 없이, 강을 이윤 추구의 대상으로 삼았을 때 어떤 일이 벌어지는지 우리는 지금 보고 듣고 겪고 있다. 강의 죽음은 강에 기대어 살아가는 생명의 죽음을 예고한다. 또한 후쿠시마 사태 역시 전혀 해결되지 못했고, 일촉즉발의 위기는 여전히 진행 중이다. 그런데도 핵마피아는 핵발전을 추진하고 더욱 확대하려 한다. 이러한 파괴적인 욕망은 그 배후에서 검은 이익을 챙기는 집단을 빼놓고는 설명할 수 없다.

정치는 어떤가? 대의제 민주주의는 제대로 기능하지 못하고 있으며, 정치 지도자들은 진보건 보수건 민생을 위한다는 미명 하에 성장주의 경제 이념을 탈피하지 못한 채 실제로는 기업과 공모하고 있다. 대우조선 사례에서 보듯이 사실상 금권정치라고 할 수밖에 없는 우리의 정치체제에서는 고대 로마제국의 멸망 시기를 떠올릴 정도로 뇌물 수수가 마치 정상인 양 행해지고 있다. 거대 기업들은 마지막 생명의 불꽃이 깜박거릴 때까지 죽음의 춤으로부터 이윤을 얻으려 하고, 정치가들은 그런 미친 기업들에 봉사한다. 세금 거부, 시민 불복종 같은 것이 가장 강력한 저항의 방법이 될 테지만, 기업 편에 선 국가는 더욱더 강화된 물리적 폭력을 통해 반대자들을 침묵시키고 분쇄하고자 한다. 이러한 기업과 국가는 민주주의, 인권, 생명의 거룩함 따위에는 아무 관심도 없다. 우리는 세월호에서, 백남기 농민에 대한 국가폭력에서 이 사실을 뼈저리게 확인했다. 그러나 규제당하지 않은 오만은 항상 자기 파멸에 이른다.

돈에 중독된 어지러운 죽음의 춤은 실제 세계로부터, 우리 주변에서 계속해서 죽어 가고 있는 것들로부터 눈을 돌리게 만든다. 오늘날 우리는 물질문명의 세뇌로 인해 기업국가가 벌이는 생태계 파괴에 눈을 감고, 거듭된 정치적 실패로 인해 정치적 참여를 하찮게 여긴다. 그러나 그것은 자기기만에 지나지 않는다. 많은 사람들이 과학과 기술의 힘으로 현 상황을 극복할 수 있으리라고 막연히 기대하지만, 실은 지구온난화와 핵발전 등으로 인한 생태계 위기가 과학적 사실이라면, 그 위기를 과학과 기술로 극복할 수 있다고 생각하는 것이야말로 종교적 태도, 그것도 미신적 태도에 가깝다. 그것은 현재의 물질적 안락에 취해 과학적 사실에 눈을 감는 것이고, 정치적 패배주의 때문에 민주주의에 대한 믿음을 포기하는 것이다.

나오미 클라인은 기후변화 문제를 다룬 최근작 『이것이 모든 것을 바꾼다』에서 "지금 우리의 경제 시스템은 지구 시스템과 전쟁을 벌이고 있다"*고 통렬하게 말했다. 문제는 그러한 기업들이 생태계와 우리가 맺는 관계를 결정하기 때문에 우리의 생존 가능성이 점점 더 희박해지고 있다는 것이다. 이렇게 가다가는 5천여 년에 걸친 인류 문명은 집단 광증으로 끝날 것 같다. 허먼 멜빌의 소설 『모비 딕』에 나오는 광기 어린 선장 에이허브

---

* 나오미 클라인, 『이것이 모든 것을 바꾼다: 자본주의 대 기후』, 이순희 옮김, 열린책들, 2016, 43쪽.

는 이렇게 말한다. "내가 사용하고 있는 방법은 정상적이고 합리적이며 논리적이다. 목적만이 광적인 것이다." 에이허브 선장의 이 말은 우리가 살고 있는 시대의 본질을 무섭도록 정확하게 보여 준다.

마지막 생명의 불꽃이 깜박거릴 때까지, 생명으로부터 마지막 한 줌의 이윤을 짜낼 때까지 저들은 죽음의 춤을 멈추지 않을 것이다. 그들은 최후의 포식자가 될 것이지만, 더 이상 잡아먹을 것이 없으면, 그들 역시 사라진다. 자연과 인간의 생명이 신성한 차원, 금전 가치를 뛰어넘는 내재적 가치를 지녔음을 인식하지 못하는 문명과 사회는 결국 집단 자살로 간다. 그런 사회는 죽을 때까지 제 몸을 파먹는 괴물과 같다. 과연 우리에게 희망이 있을까?

3.

마태복음과 누가복음에는 세례 요한으로부터 세례를 받은 예수가 악마에게 시험받는 이야기가 나온다(마태 4:1-11; 누가 4:1-13). 시험받은 순서나 세부 묘사에서 두 복음서가 다른 점이 있기는 하지만, 전체적으로 이 이야기는 공생애에 들어가기 전 예수의 준비 과정에 대한 묘사로, 그리고 하느님의 아들로서 예수의 지위에 대한 서술로 이해할 수 있다. 그러나 여기서 더 나아가서 이 이야기는 사람은 무엇으로 사는가라는 주제를 제시하는 것으로 보편화해서 이해할 수 있다. 악마는 예수에게 하느님의 아들이거든 돌로 빵을 만들라고 한다. 또 예수를 높은 데로 데려가 순식간에 세계 모든 나라를 보여 주며 이렇게 말한다. "내가 이 모든 권세와 영광을 주겠다. 이것은 내게 넘어온 것이니, 내가 주고 싶은 사람에게 줄 것이니, 내 앞에 엎드려서 절을 하면, 이 모든 것을 갖게 될 것이다."(누가 4:6-7) 마지막으로 악마는 예수를 예루살렘 성전 꼭대기에 세우고 말한다. "네가 하느님의 아들이거든, 여기에서 뛰어내려 보아라."

이 이야기는 이렇게 묻고 있다. 사람은 이런 것들로 살 수 있는가? 빵으로, 권력으로, 야망으로? 이 세 가지 시험의 내용은 인간이 살아가는 데 필요한 세 가지, 즉 물질적 필요와 권력 추구, 모험심 내지는 성취욕과 관련이 있다. 이 세 가지는 악은커녕 삶을 생기 있게 만드는 동력이고, 아마 인간 본성 안에 새겨져 있을 것이다. 인간은 먹어야 살 뿐 아니라 여러 가지 물질적 필요를 충족해야 하고, 어떤 사회조직이든 권력의지가 있는 개인이나 집단에 의해 질서 있게 유지된다. 또한 성취동기와 모험심, 명예욕 같은 것은 인류 역사를 발전시켜 온 심리적 동력이라고 할 수 있다. 이렇게 예수의 시험에 등장하는 세 가지는 인간을 건강하게 유지시켜 주는 것들이며, 인간 삶에 필요한 것들이다. 사람은 그런 것들로 살아간다.

그런데 문제는 빵이 인간을 노예로 만들고 권력의지가 물리적 폭력이 되며 성취욕이 야욕으로 변하는 지점이 있다는 것이다. 그 둘이 본질적으로 다른 것이 아니라 어느 한계를 넘어서면 악마적으로 변한다. 복음서의 시험 이야기에서는 "하느님"을 그 기준으로 내세웠다. 사람은 빵으로만 사는 것이 아니라 하느님의 말씀으로 살고, "주 너의 하느님만을 섬겨야" 하며, "하느님을 시험해서는" 안 된다고 했다. 그렇다면 여기서 "하느님"이 구체적인 삶에서 어떻게 번역되어야 하는지 생각해 볼 필요가 있다.

삶에서 진정으로 우리를 괴롭히는 것은 언제나 악이 아니라 선의 얼굴을 하고 있다. 장밋빛 미래에 대한 청사진이 실은 가난한 사람들을 더욱 구렁텅이로 밀어넣고, 자식 잘되라고 하는 부모의 교육열 때문에 아이들은 병든다. 정말로 우리를 괴롭히는 것은 악이 아니라 선의 이데올로기이다. 그런 의미에서 시험 이야기에 나오는 이 세 가지 인간 삶의 동력은 보다 나은 삶에 대한 인간의 선량하고 소박한 기대와 쉽게 결합될 수 있다. 끔찍한 가난으로부터 탈출하고, 보다 나은 세상을 만들고자 권력을 쟁취하며, 삶의 성취를 위해 노력하는 것은 선악을 넘어 살아있는 인간성 자체에 속한다. 그러나 물질적 풍요에 대한 추구가 인간을 물질의 노예로 만들고, 권력의지가 민주주의를 말살하며, 성취욕이 삶을 황폐하게 만드는 지점이 있다.

물론 이러한 변화의 지점은 인간의 내면성, 인간이 궁극적으로 무엇을 섬기는가와 관련이 있다. 하느님을 섬기는가 마몬을 섬기는가 하는 것이 궁극적 기준이라고 할 수 있을 것이다. 그러나 오늘날은 고도로 발전한 과학기술과 거대 자본으로 인해 이 문제가 훨씬 복잡해지며, 위기와 파괴의 규모와 정도가 인류의 생존을 위협할 매우 심각한 수준에 이르렀다. 신학자이자 과학자, 역사가이기도 했던 이반 일리치는 일찍이 기술 문제와 관련해서 이 문제를 천착했다. 그는 레오폴드 코르에게서 이 문제에 접근할 통찰을 얻었다. 레오폴드 코르는 도구 및 기술의 발전은 어느 단계를 넘어서면 반생산적이 되어 인간을 억압한다고 했다. 그에 따르면 도구의 발전은 두 개의 분수령을 통과하는데, 첫째 분수령에 이르기까지 도구의 생산성은 증대되지만, 둘째 분수령에 이르면 도구는 반생산적이 되어 도구 자체가 목적이 된다. 가령 자동차는 일정 속도와 밀도에 이를 때까지는 이동성을 증대시키지만, 이 문턱을 넘어서면 사회는 자동차의 포로가 된다. 따라서 코르는 각 사회의 환경에는 거기 맞는 자연스러운 규모가 있다고 한다. 각 사회의 환경에 상응하는 적정 규모를 훨씬 넘어서는 기간, 공간, 에너지를 필요로 하는 도구는 역기능을 일으킨다는 것이다.*

그래서 일리치는 정치적 좌파, 우파라는 척도 외에 기술 문제와 관련해서 '공생의 기술'과 '극단적인 독점적 시스템'이라는

---

*   Leopold Kohr, *The Breakdown of Nations*, rev. ed. London and New York: Routledge and Kegan Paul, 1986.

또 하나의 척도를 고려해야 한다고 말했다. 정치적 좌우와 상관없이 기술 문제에 있어서 '극단적인 독점적 시스템'은 폭정으로 이어진다는 것이다. '공생의 도구'는 사람과 사람 사이에 자율적·창의적 교류와 상호의존 속에서 실현되는 개개인의 자유를 촉진하는 반면, '극단적 독점'은 그것 없이는 살 수 없는 환경을 만듦으로써 그것을 사용하도록 우리를 강요한다. 즉 도구가 아니라 시스템으로 변해 버린다. 일리치는 가령 도서관과 전화국, 자전거, 구체적인 목적을 지닌 도로 등은 우리에게 그 사용을 강요하지 않는 실용적인 것이지만, 고속 수송수단은 그 수송수단이 전제하는 차원에 맞도록 시간과 공간을 조정함으로써 우리가 거기에 복종할 수밖에 없도록 만든다. 고도로 자본화한 도구는 고도로 자본화한 인간을 필요로 한다.*

근대인은 발전된 과학기술과 거대 자본에 힘입어 보다 편리하고 풍요로운 삶을 위해 지속적으로 시스템화, 규모화를 추구해 왔다. 이러한 근대의 경향에는 조건이 붙는데, 그것은 시스템에 부합하도록 인간이 자신을 계속해서 고쳐 만들어야 한다는 것이고, 또 하나는 끊임없는 경제성장에 의해 규모화가 뒷받침되어야 한다는 것이다. 그래서 이 시대는 끝없이 경제성장을 앞세우며, 경제성장에 최적화되도록 인간성 자체를 바꾸고자 한다. 그러나 지구 생태계와 전쟁을 벌이는 고도성장 사회란 물

---

* Ivan Illich, *Tools for Conviviality*, Harper and Row: New York, 1973.

신 사회의 분칠한 얼굴일 뿐이며, 그 안에서는 모든 인간 경험과 인간관계가 물화(物化)된다. 인간 경험의 세밀하고도 심원한 차원이 써먹기 좋은 몇 마디 구호나 이념으로 고정되고, 그 상태로 소통된다. 그래서 그것들은 마치 사고팔 수 있는 물건이나 장식품처럼 제품화된다. 그 어떤 사적이고 내밀한 경험이라도 보여줄 수 있는 뭔가로 상품화해서 만들어 내야 한다는 강박관념이 이 시대 사람들의 정신적 특징이다. 이렇게 자기과시를 위해 의도적으로 미화되고 상품화될 때 경험은 그 고유하게 살아 있는 성격을 상실한다.

그리고 이와 함께 사물이나 타인과의 살아 있는 교섭, 살아 있는 관계 역시 사라진다. 본래 살아 있는 관계란 '너'의 자유의 영역을 전제하는 것이고, 그렇기 때문에 내 마음대로 되지 않는다. 그러므로 사물과 타인의 살아 있음에 대한 의식은 '내 마음대로 할 수 없음'에 대한 인식이다. 마음대로 되지 않는다는 것은 그 본성상 규정당하거나 지배당하지 않는다는 뜻이고, 우리는 사물의 이러한 측면과 대면했을 때 일시적으로 위축되고 고통을 느낀다.

그러나 세상에는 내 뜻대로 되지 않는 것이 있다는 감각, 나아가서 사람이, 권력이, 돈이 어떻게 손댈 수 없는 뭔가가 있다는 감각, 이것이야말로 인간이 갖는 경외심의 근거이며, 시적이고 종교적인 감수성은 그러한 감각에 뿌리를 박고 있다. 왜냐하면 시와 예술, 종교야말로 이 '마음대로 할 수 없음'에 대한 감각, 신비에 대한 감각에서 비롯되기 때문이다. 이러한 감각이 살아 있는 사회에서는 자본과 권력의 한계에 대해 굳이 떠들어 대지 않아도 사회 구성원들 사이에 자연스럽게 그 의식이 공유된다.

신비와 무한, 인간으로서는 감히 생각조차 할 수 없는 과정을 거쳐 만물이 형성되었고, 그 한 귀퉁이에 인간이 존재한다는 감각이 없는 사회는 자본과 권력에 의한 전체주의적인 지배에 취약한 사회이며, 정신적 노예 상태에 대해 무감각한 사회다. 예수의 시험 이야기에서 "하느님"이 의미하는 바는 바로 이런 뜻일 것이다.

빵과 권력의지, 야망의 노예가 되기를 거부하는 인간의 자유의식은 역설적으로 '내 마음대로 할 수 없음'에 대한 의식, 달리 말하자면 하느님에 대한 겸허한 복종에서 비롯된다. 그리고 이러한 '내 마음대로 할 수 없음'에 대한 의식은 소극적으로 말하면 삶의 부정성에서 비롯되고, 적극적으로 말하면 이러한 의식이 우리를 하느님에 대한 인식과 믿음으로 인도한다. 말하자면 인간은 삶의 부정성, 곧 고통과 고난을 통해 자유를 얻고 하느님에 대한 인식에 이른다.

일리치의 말대로 본래 인간은 특정한 시간과 장소에 뿌리박고 거기 내포된 고난을 극복하고자 노력하면서, 동시에 그 고난에 순응하면서 인간으로서 존재한다. 고난과 역경에 거역하고 동시에 순종하면서 인간은 제 발로 서고 제 힘으로 사는 법, 곧 자유를 터득해 간다. 자유(自由)란 '스스로 말미암음', 곧 '스스로 함'이라는 자치와 자립의 정신 외에 다른 것이 아니다. 인간의 자유 의식은 고난으로 대표되는 삶의 부정성과 떼려야 뗄 수 없이 결부되어 있다. 신약성서, 특히 바울이 거듭 붙잡고 있는 '십자가의 신학' 역시 실은 이러한 인간 삶의 근본 성격과 관련이 있을 것이다.

그러나 산업주의적 근대의 모든 천박함은 고난에 거역하고 순종하는 인간적 삶의 형태 자체를 거부하고 말살하려는 데서 비롯된다. 인간적 삶의 조건으로서 고난 자체를 제거하고 관리하겠다는 데서 근대적 오만이 비롯된다. 일리치의 말대로 비가 오는데 우산을 만들어 비를 피하는 것으로 그치지 않고 비 자체를 없애려 하는 것이 근대 산업주의의 오만이다. 유전자조작과 우생학, 인간과 사회에 대한 극단적인 공학적 접근, 그리고 가까운 예로는 4대강 사업, 사드 배치 같은 것이야말로 이러한 근대적 오만과 어리석음의 극치이다. 이것은 삶과 문화적 다양성의 기회를 박탈하는 행위이자 자유의 가능성을 씨앗에서부터 말려 버리는 행위이며, 그 최종 단계가 바로 우리가 지금 겪고 있는 생태계의 전면적인 파괴이다.

히브리인들은 이집트에서 고달픈 종살이를 하는 가운데 하느님을 향해 부르짖고 항의하면서 출애굽의 구원사적 경험을 했다. 마찬가지로 십자가 없이 부활 없고, 고통 없이 삶도 없다. 고통 없는 삶은 삶이 아니다. 만일 그런 세계가 있다면, 그것은 인간이 아니라 자동인형, 포스트 휴먼의 세계일 것이다. 고난이라는 다소 관념적인 언어를 물질적 언어로 번역하면 가난이라고 할 수 있을 것이다. 고난과 가난은 세계의 모든 위대한 종교들이 발견했던 생명의 본질이다. 그것은 모든 종류의 가난과 결핍, 부족함의 총화로서 과거 대부분의 사람들이 주어진 시공간의 한계 안에서 살아 내야 했던 불안정한 조건을 총칭한다. 역사적으로 주어진 존재의 조건으로서 운명, 또는 필연이라고 부를 수 있는 것이다. 주어진 장소와 시간의 한계 안에서 집단적으로, 또 개인적으로 고통을 감내하면서 인간은 때로는 탄식하고, 때로는 노래하고 춤추고 예배 드렸던 것이다. 문화와 예술, 종교는 생명의 살려는 의지와 고통 감내 경험이 어우러져 만들어진 생의 무늬이자 얼룩 같은 것이다. 살아 있는 경험의 축적으로서 그것은 후세대가 자신들에게 주어진 고난의 몫을 감당할 때 지혜로운 전통으로서 그 소임을 다한다. 그러므로 아무리 영리한 계산에 근거한 것이든, 고상한 동정심에 근거한 것이든 고통 자체를 관리의 대상, 제거의 대상으로 삼는 모든 시도는 야만적이며, 근대적 노예화, 인간을 포함한 지구 생태계의 파멸로 가는 길이다.

　가난과 고통은 개인으로든 집단으로든 인간이 제 발로 서서 스스로 살아가기 위한 삶의 필수 조건이다. 우리는 그 안에서 삶의 기술을 터득할 수 있다. 그러나 그 기술이 단순히 기술을 넘어서 고난과 가난 자체를 없애겠다는 만용으로 변하는 지점이 있다. 우리는 어디가 그 지점인지에 대해 예민한 감각을 지녀야 할 것이다. 사실 우리 사회는 그 지점을 이미 지나왔다. 이 인식은 무엇보다도 중요하며, 세상은 이를 인식할 수 있는 인간과 없는 인간으로 나뉘는 것 같다. 만일 우리가 삶을 주어진 운명과 그 속에서의 집단적인 적응과 순응의 과정으로 이해한다면 몇몇 개인의 천박한 머리 좋음이나 전문가적인 재주가 세계를 지배하고 관리하도록 내버려두어서는 안 된다. 그보다는 파괴와 위기의 한복판에서 희생자들을 빠짐없이 살피고 돌보는 정성 어린 행위야말로 인간다움의 근본임을 다시 한 번 깨달아야 할 것이다. 인간의 가장 고결한 품성을 이루는 동기는 희생자에 대한 사랑이다. 그것만이 한심한 존재에서 벗어날 수 있는 유일한 길이다.

길고양이들 곁에서의
사색

○

1.

　겨울이 끝나가고 있다. 이번 겨울이 아주 추운 겨울
은 아니었지만, 깊은 밤 사람들 눈을 피해 길고양이 밥을 주러
나가는 길은 충분히 추웠다. 혀끝으로 "쯧쯧" 소리를 내며 슬리
퍼를 끌고 나가면 어디선지 한두 마리씩 어둠 속에서 모습을 드
러낸다. 삼색이도 오고, 새끼 바둑냥들, 노랑이도 온다. 가까이
오지 않고 멀찍이 나란히 앉아서 내 움직임이 끝나기를 가만히
기다린다. 밥그릇에 밥을 부어 주고 물그릇에서 얼음을 떼어 낸
후 따뜻한 물로 갈아 준다. "많이 먹어" 하고 이번에는 내가 멀찍
이서 먹는 모습을 지켜본다. 어디서들 추위를 견디고 지내는지,
기특하고 대견하다. 이어폰을 꽂은 중년의 남자가 어깨를 들썩

인 채 힐끗 쳐다보며 지나간다. 다행이다. 뭐라 하지 않아서.

길 건너 빌라촌에서 발정난 고양이의 울음소리가 들린다. 물 한 모금이 아쉬운 길 위의 삶인데, 무엇이 저렇게 간절하게 울어 대게 만드는 것일까? 저 작은 몸에 사는 것이 저 혼자라면 저렇게 울 수 있을까? 자동차 바퀴가 한 번 그 위로 지나가면 그대로 부서져 버리고, 여차하면 사람들 발길에 차여 숨조차 쉴 수 없는데, 내가 일주일만 밥을 안 주면 생사를 넘나들 텐데, 그런데도 저렇게 운다. 저 혼자는 저렇게 울 수 없다. 저 혼자라면 저렇게 살려고 발버둥 칠 수 없고, 저 같은 삶을 또 만들어 내려고 저렇게 울어 댈 수 없다.

아그작아그작 고양이 밥 씹는 소리, 아옹아옹 고양이 울어 대는 소리. 고요히 떨어지는 오동잎은 누구의 발자취인지 알지 못하겠다고 어느 중이 노래했던가? 나는 떨어지는 오동잎의 고요함도, 굽이굽이 흐르는 작은 시내의 명랑함도 누리지 못한 채 대도시 변두리, 별도 없는 하늘 아래 헐벗은 고양이들과 함께 있다. 저 고단한 목숨들도 나와 똑같이 고통을 느끼는 몸을 지니고 살아간다. 그리고 고통을 느끼는 몸은 그 고통을 감싸 주는 누군가로 인해 따뜻해진다. 고통이 심해지면 사람은 사나워지거나 절망하지만, 저 길 위의 목숨들은 사나움도 절망도 모른다. 사람보다 훨씬 믿음이 깊은 존재들이다. 한 옹큼의 사료가 아쉬운 존재들이지만, 실은 한 옹큼의 사료보다 훨씬 더 큰 믿음에 몸을 실어 살아간다. 그래서 알 수 없는 힘에 겨워 저렇게 제할 일을 하는 작은 목숨들에게 무슨 말을 해야 할지 알겠다. "생육하고 번성하라! 생육하고 번성하라!"

겨울나무 사이로 차가운 바람이 불어온다. 이파리 하나 남지 않은 겨울나무, 알 수 없는 그분은 이 추운 계절에도 한결같이 많은 목숨들을 보살피고 계신다. 오늘 있다 내일 아궁이에 들어갈 들풀도 하느님이 입히신다고 했던가? 하느님은 왜 나약하고 덧없는 목숨들일수록 아름답게 만드셨을까? 말 못 하는 짐승과 너무 정들지 말라고들 하고, 또 짐승에게 쏟을 정력이 있으면 어려운 사람을 도우라고 똑똑한 사람들은 말한다. 맞는 말이다. 사람이 사람과 정을 나누고 친밀감을 느끼는 것은 인생에서 소중한 일이다. 사랑하는 사람의 애정을 느낄 수 있다는 것은 우리의 삶을 지켜 주는 불꽃이다. 그러나 나는 이 길 위의 목숨들을 만나면서 우리가 모르는 존재들, 우리의 꿈과 고독과 나약함을 함께하지만, 우리에게 알려지지 않은 존재들로부터 오는 애정을 느낄 수 있었다. 모르는 존재들과 나누는 사랑은 어쩌면 더 아름다운 것인지도 모른다. 그런 것이야말로 우리 존재를 넓혀 주고 살아 있는 만물을 연결해 주는 것이 아닐까?

2.

누구나 삶의 어느 순간에는 죽음 이후의 삶, 나를 넘

어선 삶에 대한 질문과 맞닥뜨리게 된다. 대개는 육체의 쇠락을 실감하면서, 가족이나 가까운 사람의 죽음을 곁에서 보면서 그런 질문을 한다. 우리 안에 있는 영은 삶의 어느 순간 우리를 일깨워, 죽음을 넘어 무언가 있고, 내가 나 혼자가 아니라는 강한 의식을 갖게 한다. 그러나 실제로 죽음을 넘어 무엇이 있는지 알 수 없고, 나를 넘어선 실재를 경험하지 못하기 때문에 우리는 이 문제로부터 눈을 돌린 채 삶의 대부분을 허비한다. 순간적으로 자각할 뿐 시간의 흐름 속에서 의식은 흩어지고, 우리는 영의 목소리에 따라 살지 못한다. 그러나 결국은 그 가르침이 사실로 판명날 것이니, 우리는 우리의 영이 가르쳐 주는 바대로 살아야 하지 않을까?

고대인들은 죽음 이후의 삶에 대한 희망을 우리보다 분명하게 표현했다. 하느님을 향한 욥의 항의는 문체가 너무 아름다워서 주제를 잊을 정도인데, 자신의 고통을 하소연하면서 욥은 자연의 순환에 대비하여 인간 삶의 유한성을 이렇게 이야기한다.

나무는 그래도 희망이 있습니다.
찍혀도 다시 피어나
움이 거듭거듭 돋아납니다.
뿌리가 땅속에서 늙고
줄기가 흙 속에서 죽었다가도
물기만 맡으면 움이 다시 돋아

어린 나무처럼 가지를 뻗습니다.

그러나 사람은 제아무리 대장부라도

죽으면 별수 없고

숨만 지면 그만입니다.

(욥기 14:7-22)

욥은 죽음 이후의 삶을 희망하면서도 그것이 가능하다고 여기지 않는다. 아마도 그것은 고대 히브리인들이 사람은 죽으면 차가운 땅속 저 밑 죽은 자들의 장소인 스올에 갇혀 있다고 생각했기 때문일 것이다. 그러나 다른 한편으로 동서를 막론하고 사람은 산 자의 기억 속에서, 그리고 후손의 몸 안에서 살아남는다는 믿음이 있다. 그래서 히브리 성서에서 하느님은 아브라함의 이름을 위대하게 하고 그에게 많은 후손을 주겠다고 약속했다. 욥의 항의는 삶의 연대성, 생명의 하나됨에 대한 이러한 자연적·집단적 인식을 넘어서 개인의 삶의 영속성에 대한 예민한 자각을 보여 준다. 짧은 신체적인 삶을 넘어서 더 이상의 생명이 있을까? 죽음을 넘어 무엇이 있을까?

죽은 자의 부활에 대한 믿음은 이러한 질문과 관련이 있다. 윤회를 믿는 초기 브라만교나 힌두교, 원시불교는 모두 사후에 인격이 해체된다고 가정한다. 이들에 따르면 개체는 허구이고, 현존하는 요소들의 집합에 지나지 않으며, 죽음은 이 집합의 해체이다. 이러한 윤회 사상은 자연 생명의 순환과 통한다고 할 수 있다. 이에 반해 몸의 회복을 믿는 '죽은 자의 부활' 신앙은 사후에 개체 인격이 존속한다고 가정한다. 그러나 영혼 불멸을 믿었던 그리스인들과 달리 히브리인들은 인간 안에 무슨 불멸의 요소가 있어서 사후에 인격이 존속한다고 생각했던 것이 아니라, 하느님의 사랑과 정의에 대한 믿음 때문에 죽은 자의 부활을 믿게 되었다.

포로후기의 절망적인 사회정치적 상황, 의인은 고난을 받고 악인은 승승장구하는 상황 속에서 결국에는 선이, 의인이 승리하리라는 기대가 '의인의 부활'에 대한 믿음으로 이어졌고, 이것이 나중에 보응 사상에 기반한 최후의 심판 사상과 결부되어 보편적인 죽은 자의 부활 사상으로 이어졌다고 볼 수 있다. 의인들, 선택받은 자들에 대한 하느님의 사랑과 죄에 대해 끝까지 책임을 묻는 하느님의 정의에 대한 믿음이 죽음이 끝이 아니라는 확신에로 이끌었고, 죽은 자의 부활에 대한 희망의 근거가 된 것이다. 따라서 히브리인들에게 죽음 이후의 삶은 전적으로 하느님과 그의 능력에 달려 있다.

그런데 죽은 자의 부활에 대한 이 믿음은 구약성서 시대 이스라엘 사람들에게는 알려지지 않았고, 포로기 이후의 사회정치적 경험, 외국의 신화적 표상들의 수입을 통해 오랜 기간에 걸쳐 숙성되었다. 초기 기독교가 발생했던 1세기에 이 믿음은 비교적 널리 퍼져 있었지만, 당시로선 새로운 사상이었다. 그래서 바리새파 사람들과 에세네파 사람들은 죽은 자의 부활을 믿었지만, 사두개파 사람들은 믿지 않았다. 초기 기독교인들은 이 믿음을 예수에게 적용했다. 예수는 부활하여 그 자신이 "부활이요 생명"(요한 11:25)이 되었다. 그분은 부활하셔서 그 자신이 생명의 근원이 되셨고, 모든 믿는 자들의 부활의 첫 열매가 되셨다. 그러므로 예수의 부활은 이 모든 이야기의 첫 시작이다.

3.

예수가 십자가 처형을 당한 지 며칠 후, 즉 30년 봄 유월절 직후, 두려움에 떨고 있던 제자들에게 이변이 일어났다. 죽은 줄로만 알았던 예수가 나타난 것이다. 그들은 예수를 따라 예루살렘까지 올라왔지만, 예수가 붙잡혀 처형당한 후 뿔뿔이 흩어져 절망하고 있었다. 그런 그들이 예수가 '살아 있다'는 불가사의한 체험을 한 것이다. 이 신비한 체험을 처음 한 것은 베드로와 막달라 마리아였던 것 같다. 이후 이런 특이한 체험을 했다는 사람들이 여기저기서 연쇄적으로 나타났다. 바울은 얼마 지나지 않아 "오백 명 이상의 형제들에게 동시에"(고전 15:6) 이런 체험이 일어났다고 했다. 이 사건은 맨 처음 갈릴리에서 일어났고(마가 14:28; 16:7; 마태 28:16-20; 요한 21), 예루살렘과 그 근방까지 확대되었던 것으로 보인다(마태 28:9-10; 누가 24:13-53).

죽은 예수가 제자들에게 다시 나타난 이 사건은 그 체험에 대한 고백적인 증언이 전해졌을 뿐, 객관적으로 입증할 수 있는 사건은 아니다. 중요한 것은 이 체험과 그에 대한 소식으로 인해 예수와 그의 죽음에 대한 다양한 해석 활동이 시작되었다는 점이다. 그중에 가장 일차적인 것이 "하느님이 예수를 죽음으로부터 일으켰다"(로마 10:9; 사도 2:24)는 해석이었다. 말하자면 이것이 '부활' 표상의 기원이라고 할 수 있다. 이 체험과 그로 인해 일어난 일련의 해석들은 절망 속에 있던 사람들을 다시 일으켜 세웠다. 주관적인 의미에서 말하자면, 이 체험은 예수의 죽음 앞에서 무력하고 비겁했던 남은 자들이 수치와 죄책감이라는 부정적인 심리 상태로부터 벗어나 용기 있는 인간으로 다시 서는 과정이기도 했을 것이다. 그들은 결국 예루살렘에 집결했고, 누가 사도행전에 의하면 거기서 '예루살렘 교회'가 세워졌다. 예루살렘에 모였던 것은 그곳이 이스라엘의 성지였고, 종말적 사건이 예루살렘에서부터 시작된다고 생각했기 때문이었을 테지만, 이와 동시에 그들로서는 예루살렘에 자신들을 데리고 올라왔던 예수의 뜻을 계승한다는 의미도 있었을 것이다.

이런 의미에서 부활 현현 체험은 예수의 죽음에 대한 일련의 해석들이 나오게 되는 출발점이자, 남은 자들이 예수의 죽음의 충격을 내면적으로 해결하는 첫걸음이었다. 신약성서에는 예수와 그의 죽음의 이유에 대한 다양한 해석들이 나타난다. 주로 구약성서에 나오는 개념들이나 표상들에 기대서 생겨난 것들이 많다. 가령 이사야서 52~53장에 나오는 '고난받는 하느님의 종'을 예수에게 적용해서 예수를 '고난받는 하느님의 종'으로 이해한다든지, '고난받는 메시아'로 이해하는 것 등이다. 아마도 이러한 일련의 과정을 거쳐 예수 그리스도는 '우리들(의 죄) 때문에' 죽었다는 '속죄' 정식이 탄생했고, 또한 예수의 수난에 대한 가장 오래된 형태의 이야기(마가 14~15장)가 성립했을 것이다.

이렇게 예루살렘 교회를 중심으로 형성된 전승들과 상대적으로 독립해서 형성된 전승들도 있었다. 가령 Q 전승(마태와 누가에만 공통적으로 나오는 예수의 어록 전승을 중심으로 재구성된 전승)이 그런 경우인데, 여기에는 수난 이야기가 나오지 않고, "…(의 죄) 때문에"라는 이른바 '속죄' 정식도 나오지 않는다. 또한 '부활'(정확히는 '일으킴을 받는 것') 표상도 확인되지 않는다. 대신 이 전승에서는 시간이 갈수록 자신의 활동에 대한 예수의 좌절감이 깊어지고, "박해받는 예언자"라는 예수의 자기 이해가 드러난다. 또한 예수를 "그리스도"가 아니라 "인자"(사람의 아들)라고 부른다. 나중에 이러한 Q문서의 영향은 예루살렘 교회에까지 확대되어 거기서도 지상 예수의 방랑 전도 방식을 모방하고, 목숨을 걸고 그 뒤를 따르고, 그 비극적인 예언자의 운명을 따른다는 에토스가 강렬하게 지배했다. 무엇보다도 Q문서 전체를 보면 예수가, 마치 엘리야(열하 2:9 이하)나 에녹(창세 5:24)과 같이, 죽음을 넘어 하늘로 올려지고 "오실 그분"으로서 지금도 살아 계시다는 관념이 전제되어 있다.

이렇게 보면 당초 죽음을 넘어선 예수를 표상하는 방식이 한 가지 형태가 아니었음을 알 수 있다. 그러나 예루살렘 교회든 갈릴리를 중심으로 한 Q 전승이든, 아니면 전 마가 전승이든 이러한 일련의 과정을 통해 공통적으로 나타나는 것은 적극적인 초월화 경향이다. 결국 예수의 신격화를 가속화하는 과정이 일어났을 것이고, 당연히 그것은 역사적 예수와는 일정한 거리를 드러낼 수밖에 없었을 것이다. 그리고 이것은 예루살렘 원시교회에서 주도적으로 이루어졌을 테지만 다른 지역들에서도 역시 진행되었다고 할 수 있다.

4.

그런데 이런 예수의 죽음에 대한 초월적 해석 가운데서 단연 정점에 해당하는 것이 요한복음서에 나타나는 해석이다. 요한복음서에서는 성육신 하느님에 대한 신앙고백, 즉 영원한 생명이신 하느님이 유일한 방식으로 역사 속의 육을 입은 한 인간이 되셨다는 고백에 이르렀다. 빛이시고 생명이신 "말씀"이 육신이 되어 우리 가운데 조촐하게 장막을 치고 거하신다는 것이다(요한 1:14).

다른 복음서들에서 예수의 선포의 내용을 규정하는 말이 "하느님나라"라면, 요한복음서에서 거기 해당하는 말은 "(영원한)

생명"이다. 마태, 마가, 누가복음서에서 예수는 "하느님나라"의 도래, 하느님의 통치의 시작에 '대해서' 선포한다. 그러나 요한복음서에서 예수는 "생명"에 '대해서' 말하는 것이 아니라, 바로 그 자신이 "생명"이다. "생명"은 요한복음서에서 구원과 관련된 가장 중요한 개념이라고 할 수 있다. 요한복음서에서 이 말은 구원과 관련된 다른 모든 개념들을 포괄하며, 종교적 의미에서 "거룩" 그 자체를 가리킨다. 요한복음서에서는 예수가 바로 그 "거룩", 생명 자체라는 것을 극적으로 이야기하고 있다.

요한복음 11장에는 예수가 죽은 나사로를 살리는 이야기가 나온다. 나사로는 죽어서 무덤에 묻힌 지 이미 나흘이 지났다. 누이 마르다와 마리아는 슬픔에 빠져 있고, 마리아와 위로하러 온 이웃사람들이 우는 것을 보고 마음이 북받치고 산란해진 예수는 눈물을 흘린다. 예수는 슬퍼하고 있는 누이 마르다에게 이렇게 말한다. "나는 부활이요 생명이다. 나를 믿는 사람은 죽더라도 살고, 또 살아서 나를 믿는 모든 사람은 영원히 죽지 않을 것이다. 너는 이것을 믿느냐?"(11:25) 마르다는 믿지 않았고, 예수는 믿지 않는 그녀를 향해 "네가 믿으면 하느님의 영광을 보리라고 내가 말하지 않았느냐?"라고 말한다. 그리고 그는 "나사로야, 이리 나와라" 하고 외친다. 그러자 죽은 지 나흘이 지나 냄새가 나는 나사로가 손과 발은 천으로 감기고 얼굴은 수건으로 감싸인 채 나온다. 죽은 나사로가 살아난 것이다. 이 이야기는 예수가 삶과 죽음을 넘어선 궁극적 생명 그 자체임을 말하고 있다. 죽은 나사로를 살리는 것은 예수 자신이 만물을 살리는 영원한 생명이기에 가능한 일이다.

이외에도 이제 곧 십자가 위에서 영광받고 올리워질 예수가 제자들과 마지막 이별을 나누는 장면에서도 동일한 계시가 이루어진다. 예수가 이제부터 잠시 떠나 있을 것이라고 말하자 제자들은 어디로 가는지 알려 달라고 예수에게 매달린다. 예수는 그런 제자들을 향해 "나는 길이요 진리요 생명이다. 나를 통하지 않고서는 아무도 아버지께 갈 수 없다"(14:6)라고 말한다. 영원한 생명과 거기 이르는 길이 바로 예수 자신이라는 것이다. 또한 빌립이 예수에게 "주님, 저희가 아버지를 뵙게 해 주십시오"(14:8)라고 말하자 예수는 "빌립아, 내가 이토록 오랫동안 너희와 함께 지냈는데도, 너는 나를 모른다는 말이냐? 나를 본 사람은 곧 아버지를 뵌 것이다. 그런데 너는 어찌하여 '저희가 아버지를 뵙게 해 주십시오' 하느냐? 내가 아버지 안에 있고 아버지께서 내 안에 계시다는 것을 너는 믿지 않느냐?"(14:9-10)라고 말한다. 예수라는 인격 안에서 아버지와 아들은 투명하게 하나이다. 그러므로 영원한 생명인 예수에 대한 태도가, 즉 신앙이냐 불신앙이냐가 인간 존재의 의미를 궁극적으로 결정한다. 영원한 생명 예수를 받아들이지 않으면 살아 있어도 죽은 것이고, 그를 받아들이면 죽었어도 살아 있다는 것이다. 예수는 삶과 죽음을 비롯하여 우리의 존재 자체를 결정하는 영원한 생명이다.

말하자면 영원한 생명이신 하느님이 성육을 통해 사람이 되었고, 그가 우리의 삶과 존재의 의미를 궁극적으로 바꾸어 놓는다. 이 성육한 유일한 생명이 믿음의 실질적인 내용이다. 이 생명이 십자가 위에서 우리에게 주어졌고, 십자가의 길이 아니면 이 생명을 얻을 수 없다는 것을 요한복음서는 집요하게 반복적으로 말한다. "영원한 생명이란 홀로 참 하느님이신 아버지를 알고 아버지께서 보내신 예수 그리스도를 아는 것"(17:3)이다.

이처럼 예수라는 구체적인 한 인간에게 집중하면서 동시에 그를 "아버지"와 동일한 존재, "영원한 생명"이라고 고백하는 요한복음서의 신앙은 초대 기독교 안에서도 낯설게 느껴졌고, 지나치게 예수를 신격화한다고 여겨졌던 것 같다. 이처럼 과격한 초월화 경향 때문에 실제로 요한복음서는 신약성서 정경 안에 들어오는 데 상당한 어려움을 겪었고, 비교적 늦게 정경에 포함되었다. 그러나 일단 정경에 포함되고 기독교가 로마제국에서 공인받게 되자 요한신학은 주류 기독교신학을 대표하게 되었고, 삼위일체론이라든가 그리스도 양성론 같은 대표적인 기독교 교리의 가장 중요한 증거본문이 되었다.

요한복음서가 제시하는 이러한 그리스도 중심적인 신앙은 당연히 종교적 배타성을 내포하며, 그것은 확실히 부담이다. 특히 오늘날과 같은 상황에서는 더더욱 조심스럽다. 그러나 어떠한 경험이든 절실하고 직접적인 경험은 구체적이며, 다른 것들과의 고유한 차이를 내포한다. 이 구체성과 차이야말로 경험이 추상적 이념이나 비인간적 구호로 변질되는 것을 막아 준다. 그런데 이 '차이'가 현실에서는 쉽게 배타성으로 전이될 수 있고, 그 것은 문제다. 그러나 그렇다고 해서 곧바로 다원주의적 설명으로 넘어가는 것은 본질에서 벗어난다. 배타적이 되지 않기 위해 노력해야 하는 것은 맞지만, 배타적이 되지 않기 위해 '차이'를 포기하면 결국 아무것도 아닌 것이 되어 버리고 말기 때문이다. 그리고 인간 경험의 성격 자체가 그렇게 다원주의적으로 '모두 에게 모든 것이' 될 수는 없기 때문이다. 기독교의 배타성과 그 로 인한 숱한 어리석음은 오히려 기독교 신앙의 진실성을 회복 하는 방식을 통해서 극복될 수 있을 것이다. 요한복음서를 탄생 시킨 기독교인들은 예수라는 우물에서 생명의 물을 마셨고, 그 래서 오로지 예수만을 생명의 근원으로 여겼다. 요한공동체의 이 경험은 우리 모두의 경험이 그렇듯이 한계가 있지만, 진실은 언제나 구체적인 한계 안에서 자기를 드러낸다. 따라서 예수 밖 에 구원의 길이 있느냐 없느냐는 질문과 상관없이 요한공동체 의 그리스도 체험은 그 한계와 함께 존중되어야 한다.

그러나 그리스도 중심적이고 초월적인 신앙에 이르게 한 요 한공동체의 경험이 구체적으로 어떤 것이었는지 요한복음서 는 분명하게 말해 주지 않는다. 다만, 요한공동체가 그리스도 에 대한 신앙고백으로 인해 유대 회당으로부터 박해를 받아 유 대공동체로부터 축출당하고 때로는 목숨을 잃기도 했다는 점이 (9:22; 16:2) 일반적으로 학자들 사이에서 인정되고 있다. 이외에 요한공동체의 그리스도 중심주의는 당시 로마제국의 황제 숭배에 대한 저항의 맥락에서 형성되었다는 가설도 있지만, 유대 회당으로부터의 박해에 대한 설명만큼 견고하게 본문을 통해 뒷받침되지 않는 것 같다. 요한공동체의 구성원들은 그리스도에 대한 신앙고백으로 인해 유대인들의 재판정에 서고 거기서 증언을 해야만 했던 것 같다. 그리고 그 과정에서 신앙을 지키지 못한 사람들이 많이 나왔고, 끝까지 남은 사람들은 그로 인해 일종의 피해의식, 소종파적이고 이원론적인 의식을 갖게 되었던 것 같다. 박해가 구체적으로 어떻게 전개되었는지, 어떤 사건과 상황들이 있었는지에 대해 요한복음서의 은유적이고 암시적인 언어는 세부적인 추측을 허락하지 않는다. 다만 그러한 극단적인 박해의 경험이 더욱 그리스도만을 붙들게 했던 것으로 보인다. 세상에 오신 영원한 생명, 예수 그리스도를 마치 하나의 새로운 우주, 거처할 집처럼 여기고, 그 안에서 거하고 살면서 그 안에서만 살아 있다는 생생한 느낌을 가지게 되었던 것으로 보인다.

5.

기독교는 오직 그리스도의 십자가 사건에 의해 인간의 삶은 살아 있는 것이 될 수 있다고 했다. 앞서 언급했듯이 요한복음에서 예수는 마르다에게 "나는 생명이다"라고 말했다.

성육을 통해 사람이 된 이 영원한 생명이 존재의 의미를 영구히 결정한다. 그리스도인은 이 유일한 생명을 은혜로 받는다. 이 생명은 십자가 위에서 주어졌고, 십자가의 길 위가 아니면 이 생명을 얻을 수 없다. 이것은 나고 죽는 것을 넘어서는 보다 근원적인, 무조건적인 생명이다. 근본적으로 이것은 하나의 선물이자 은혜이며 이 선물이 없으면 살아 있다는 것이 한낱 먼지와 같다. 이러한 인식이 기독교에 뿌리 깊이 깔려 있으며, 그것이 요한복음서의 성육신 신앙을 통해 가장 명료한 언어로 표현되었다. 그리스도의 십자가는 영원한 생명이신 하느님께로 가는 문턱이며, 거룩한 시간과 공간으로 가는 전격적인 입구이다. 그리스도의 십자가는 성(聖)이 속(俗)의 세계로 들어와 만나는 역설적인 장소이고, 거룩한 시간이 속의 시간으로 들어오는 것을 가능하게 하는 입구이다. 그리스도의 십자가는 영원한 생명으로 들어가는 문턱(limen)이다.

그렇다면 그리스도의 십자가라는 기독교의 이 일원화된 문턱이 지니는 특이성은 무엇인가? 이 문턱이 의미하는 바는 무엇인가? 아마도 그것은 세상에서 가장 낮은 자리, 약한 자리, 그곳이 바로 영원으로 가는 입구, 우주의 중심이라는 뜻이 아니겠는가? 거룩으로 가는 문턱, 세계의 중심은 세상에서 가장 낮은 자리, 변두리에 있다는 것이다. 내가 세상에서 가장 낮은 자리에 서 있을 때, 덧없는 피조물로서 나의 존재를 자각할 때, 그때야말로 역설적으로 나는 우주의 중심에 다가가 있는 것이다. 영구적이고 확실한 안전을 확보하여 삶을 나 자신이 관리할 수 있다고 느낄 때가 아니라, 창조주의 손길에 의해 지금 이 자리에 내가 있고 그가 허락했던 숨결을 거두어 갈 때 '예' 하고 복종할 수밖에 없는 운명임을 자각할 때, 그때 나는 우주의 중심, 영원한 생명에 다가가 있는 것이다.

요한복음서에서 하느님은 가장 약한 '육'의 모습으로, 십자가 위의 모습으로 자신을 변화시켰고, 그것이 신적 존재의 사랑이라고 말한다. 삶은 그러한 사랑, 세상의 낮고 약한 존재들에 대한 사랑을 통해 성별되고, 살아 있는 것으로 된다는 것이다. 실제로 요한복음서에서는 예수의 죽음을 하느님의 사랑의 행위로 해석하고 있다. "하느님은 세상을 너무나 사랑하신 나머지 외아들을 내주시어, 그를 믿는 사람은 누구나 멸망하지 않고 영원한 생명을 얻게 하셨다."(요한 3:16) 요한복음서에서도 예수를 "세상 죄를 지고 가는 하느님의 어린양"으로 지칭한다든지 예수의 죽음을 유월절 희생양으로서의 죽음으로 묘사하기도 한다. 그러나 요한복음서에서는 그 모든 것이 하느님의 사랑의 행위라고 말한다. 영원한 생명이 구체적인 한 인간에게, 그것도 가장 낮은 십자가를 통해 나타난 것이 하느님의 사랑이다.

이것은 유한하고 연약하기 짝이 없는 이 세상에서의 삶에 대한 근원적인 긍정을 나타낸다. 물질 자체가 신성화되는 것은 아니지만, 이 세상으로부터의 해탈이라는 정신성의 입장으로, 다시 말해서 이 세상적인 것은 일체 그 가치를 인정하지 않는 정신주의적 태도로는 설명이 되지 않는다. 오히려 반대로 인간이 구체적인 낙원을 동경하고 그 낙원을 이 세상에서, 지상에서 지금 이 순간에 획득할 수 있다는 것을 나타낸다. 이 점에서 성육은 대단히 역설적이다. 물질이 발전해서 성화되는 것이 아니라 거룩이 임한다. 인간 예수가 하느님이 되는 것이 아니라 하느님이, 영원한 생명이, 말씀이 육신이 되었다. 그것도 가장 연약한 육의 모습인 십자가 위에서 영원한 생명이 선사되었고, 그것을 하느님의 사랑이라고 한다.

그리스도 십자가의 계시의 중요성은 이러한 역설적인 중심을 실제로 체험하는 데서만 발견될 수 있다. 내게 전해진 진리와의 만남을 통해 나 스스로 다른 존재로 거듭나야 한다. 그것은 우주의 중심, 영원한 생명으로 가는 문턱인 십자가에 이르는 거룩한 순례라고 할 수 있다. 그리스도의 십자가가 상징하는 이 우주의 중심은 리 호이나키 식으로 표현하자면, 사회의 "시궁창" 속에서 발견된다. 많은 사람들이 위를 쳐다보고 있는 바로 그 순간, 즉 "물질세계의 눈부신 화려함, 밤하늘의 현란한 네온사인을 바라보고 있는 순간 진정한 중심은 저 멀리 아래에, 사람의 삶에 필수적인 나날의 천한 일을 하는 육체적인 경험 속에 있다. 중심은 어둡고 천한, 낮은 곳에 있으며, 거기서 우리는 모든 빛을 초월하는 빛에 감촉될 수 있다"는 것이다.* 그러므로 지금

---

* 리 호이나키, 『정의의 길로 비틀거리며 가다』, 김종철 옮김, 녹색평론사, 2007, 265쪽.

내게 필요한 것은 아주 친밀한, 육화된 행동이다. 하느님의 사랑이 성육한 그리스도의 십자가로 나타났듯이, 피와 살로 된 존재인 나 역시 구체적이고 경험적인, 육화된 행동을 통해 사랑을 드러내야 한다. 그럴 때 성육의 진실이 실제로 구현되고, 그 사랑은 진실한 것이 된다.

샬롬,
민중의 평화

○

1.

아기 예수의 계절이 다가온다. 기독교인에게나 비기독교인에게나 성탄절은 큰 명절이다. 일주일 뒤에 찾아오는 새해와 맞물려 성탄절은 상인들에게는 대목이고, 직장인들에게는 휴가요 휴식의 시간이다. 하지만 기독교인들에게 성탄절은 여전히 뜻깊은 날이다. 그 옛날 유럽 사람들이 오래된 동지축제일로 예수 탄생 날짜를 정했을 때는 동지 이후 다시 해가 길어지기 시작하듯이, 아기 예수의 탄생과 함께 묵은 시간을 새롭게 하고 낡은 나를 씻고 새 삶을 다시 시작한다는 의미가 있었을 것이다. 오늘날에도 경건한 기독교인들은 아기 예수가 탄생한 날을 계기로 한 해 자신의 삶을 돌아보고 가난하고 힘들게 사는 사람들을 생각한다.

그러나 마태와 누가가 전하는 예수 탄생 이야기는 그 이상이다. 그 이야기들에는 우리를 불편하게 하는 데가 있다. 적어도 있는 그대로 성서 본문을 읽어 보면 그렇다. 가령 마태의 예수 탄생 이야기에는 폭군의 추격과 도피, 살해당한 아기들과 어머니들의 울부짖음이 있으며, 누가의 예수 탄생 이야기에는 혁명의 노래를 부르는 여인들이 등장한다. 분명히 마태와 누가의 크리스마스 이야기에는 갈등이 있으며, 아기 예수의 탄생은 그러한 갈등을 노정한다. 새로 태어난 "유대인의 왕"과 헤롯 사이의 갈등은 마태의 크리스마스 이야기를 이끌어 가는 주된 동기이며, 누가에 의하면 이 아기는 로마제국과 유대 대제사장들 같은 원수들로부터 이스라엘을 구원할 것이었다.

확실히 본문은 안온한 크리스마스 분위기에 젖어 있도록 우리를 내버려두지 않는다. 언제나 불운이 따라오는 로마 군인들의 행진 소리, 세금 징수를 위해 호구조사령을 읽어 내려가는 말단 관리의 길게 늘어지는 목소리, 아들과 왕비를 비롯해 그렇게 많은 사람을 죽이고도 여전히 피에 굶주린 로마의 주구 헤롯의 집요한 추적, 그의 명령으로 죽어 가는 아기들의 비명소리…. 이런 것이 마태와 누가의 예수 탄생 이야기와 함께 떠오르는 장면들이다.

그리고 이 모든 장면들 위로 대비되는 두 개의 장면이 떠오른다. 그것은 두 개의 '평화'를 나타내는 장면이다.* 하나는 유대인 가장이 팔을 들고 하늘을 우러르며 자기 가족과 가축 떼를 위해 하느님의 축복을 기원하는 모습이며, 다른 하나는 평상시 가이사리아에 주둔하던 로마 수비대장이 축제 때 예루살렘 성벽에 올라 도성을 내려다보며 로마 군단의 군기를 치켜들고 아우구스투스가 가져다준 '평화'를 찬미하는 모습이다. 하나는 하늘을 우러르며 평화를 기원하는 장면이고, 다른 하나는 멀리 시야에 들어오는 도시를 내려다보며 점령군의 '평화'를 유지하고자 하는 장면이다. 이것은 각기 민중의 평화인 '샬롬'과 '팍스 로마나', 즉 로마의 평화, 제국의 평화를 상징한다.

민중의 평화인 '샬롬'에 대한 희망은 먼 조상 아브라함에게서 이삭과 야곱과 그의 열두 아들들에게로, 그리고 사라에게서 리브가, 라헬에게로 이어진다. '샬롬'은 구체적인 이름들과 지명들, 오랜 세월 습득해 온 삶의 규율들, 다시 말해 각각의 '에토스'와 결부된 평화이며, 토착적인 평화, 민중의 평화라고 할 수 있다. 반면 '팍스 로마나'는 오랜 세월 자연스럽게 형성된 경계들, 민족적 경계든 자연적 경계든 모든 경계와 차이들을 폭력적으로 문질러 버리고 '제국'의 틀 안에 포섭한 평화이며, 전쟁과 전쟁 사이에 있는 인위적인 평화이다. 마태와 누가의 예수 탄생

---

* 이하에서 기술한 두 장면의 이미지는 이반 일리치, 「평화의 사라진 의미」,『과거의 거울에 비추어』 권루시안 옮김, 느린걸음, 2013, 46쪽에서 그 표현을 빌려 왔다.

이야기는 이 두 개의 평화 사이에 벌어지는 대결과 갈등에 대한 이야기로 읽을 수 있다.

'팍스 로마나'와 '샬롬'은 설사 같은 시대, 같은 장소에 있다 해도 공통점이 없다. '팍스 로마나'는 '샬롬'을 파괴하면서 수립된다. 그러나 정작 '샬롬'이 완전히 파괴되어 버리면 '팍스 로마나'도 유지되지 못한다. 왜냐하면 '샬롬'이 '팍스 로마나'에 기생하는 것이 아니라, '팍스 로마나'가 '샬롬'에 기생하기 때문이다. 그러므로 진정한 평화란 '샬롬', 곧 토착적 평화, 민중의 평화이며, 그것은 곧 아기 예수의 평화이다.

2.

마태복음서와 누가복음서의 예수 탄생 이야기에서는 헤롯과 아우구스투스라는 거물급 정치인이 언급되며, 정치적 갈등이 이야기의 중요한 동기로 부각된다. 적어도 있는 그대로 본문을 읽어 보면 헤롯, 아우구스투스가 대변하는 질서와 아기 예수가 상징하는 세계 사이의 갈등이 눈에 띄지 않을 수 없다. 그것은 왕좌에 앉은 제왕들과 비천한 사람들 사이의 갈등이다(누가 1:52). 마태복음서에서는 베들레헴에서의 유아 학살 사건에서 선명하게 드러나듯이, 정치적 갈등이 실제 이야기를 끌고 가는 주요 동기인 반면, 누가복음서에서는 세금 징수를 위한 인구조사에 정치적 갈등이 전제되어 있다가 천사 가브리엘의 선언과 마리아 찬가 같은 노래들에서 드러내 놓고 표출된다. 따라서 예수 탄생 이야기의 주요 동기인 이 정치적 갈등의 성격을 이해하기 위해서는 헤롯과 아우구스투스, 두 인물로 상징되는 당시 로마제국과 유대의 사회정치적 상황을 살펴볼 필요가 있다.

로마는 기원전 2세기 지중해 해상권을 놓고 카르타고와 벌였던 두 차례의 전쟁에서 최종적으로 승리한 것을 끝으로 밖에 있던 적과의 싸움을 일단락지었다. 로마가 제국으로 도약하기 위해서는 지중해 해상권 장악이 절대적으로 필요했고, 이제 로마는 카르타고를 온통 피로 물들이며 지중해 해상권을 장악했다. 문제는 로마 내부의 정치체제였다. 오래 전부터 이어져 온 공화정은 실질적으로는 원로원 귀족의 지배를 의미했다. 한편으로는 로마의 영토가 확대되면서 토지에 기반한 부가 엄청나게 늘어났지만, 오랜 전쟁 기간 희생을 강요당해 온 농민들에게 돌아갈 몫은 없었다. 부의 절대적인 양은 늘어났지만 그것은 소수 귀족과 장군들 차지였고, 양극화는 갈수록 심해졌다. 국가를 위해 가족을 잃고, 전시동원 체제하에서 보잘것없는 가산마저 빼앗겼던 사람들의 분노는 극에 달했다. 카르타고와의 전쟁 이후 호민관 그라쿠스 형제가 시도했던 개혁은 바로 이 문제, 부의 양극화를 해결하기 위한 것이었고, 구체적으로는 당시 부의 토대였던 토지 분배에서의 평등권을 확립하기 위한 것이었다. 그러나 귀족들의 반대로 이들의 개혁은 실패했고, 이들은 귀족들에게 몽둥이로 맞아 죽었다. 이제 개혁을 통한 해결은 물건너갔고, 민중의 열망을 이용해서 권력을 차지하고자 했던 장군들과 귀족들은 최후의 일인이 남을 때까지 피투성이가 되어 싸웠다. 로마인이 로마인을 향해 벌이는 전쟁, 100여 년에 걸친 내전이 시작된 것이다.

시저의 양아들이었던 옥타비아누스는 로마의 통치 형태와 지배권을 둘러싸고 100년 가까이 지속되던 이 내전을 종식시키고, 지중해 연안을 평정하여 명실상부한 제국을 건설하고 기원전 29년 아우구스투스 칭호를 얻었다. 그는 자신이 건설한 제국의 질서를 '팍스 로마나'(pax romana, 로마의 평화)라고 칭했고, 거기 어울리는 제국의 가부장적 질서를 주도면밀하게 세워 나갔다. 당시로서는 세계를 의미했던 지중해 연안 전체의 지배자로서 그는 명실공히 세계 지배자였다. 아우구스투스는 생애 말년에 자신의 치적을 만천하에 이렇게 선포했다.

… 나는 해적들을 정복하여 바다에 평화를 가져왔다. 그 전쟁에서 나는 공화국에 대항해 무기를 들었던 도주 노예들을 거의 삼만 명이나 주인들에게 보내서 처벌받게 했다. 이태리 전체가 자발적으로 내게 충성을 맹세했다. … 나는 골과 스페인과 독일 지역에 평화를 회복했다. … 나는 내전을 다 평정하고 만인의 동의에 의해서 전 제국의 최고 소유권자가 되었고, 그 후에

는 공화국을 나 자신의 권력으로부터 원로원과 로마인들의 자유로운 통치에 넘겨주었다. 나는 원로원의 공포로 아우구스투스라는 칭호를 받았고, … 나의 집 문 위에는 … 금으로 된 방패가 세워졌는데, 그것은 … 자비와 정의와 경건이라는 나의 덕을 기리기 위해 원로원과 로마인들이 내게 선사한 것이다.

(『신성한 아우구스투스의 치적』)

여기서 아우구스투스는 자신의 세계 정복은 "평화"를 가져온 것이고, 자신의 권력은 "만인의 동의"에 의해 이루어진 것이며, 자신의 통치는 "원로원과 로마인들의 자유로운 통치"라고 말하고 있다. 그리고 일생을 군사적 폭력과 권력투쟁으로 일관한 사람이 "자비와 정의와 경건"이 자신의 미덕이라고 말하고 있다. 누가복음서는 이 남자 옥타비아누스, 즉 아우구스투스 통치 시기에 예수가 태어났다고 말하고 있다(누가 2:1).

민중에게 '로마의 평화'란 무엇이었을까? 피지배 민중에게 '팍스 로마나'란 전 세계적인 하나의 종속 체계를 의미했다. 원래 서로 다른 언어와 풍습, 지리적 조건 속에서 다양하게 살아왔던 민족들이 마치 하나의 단일한 국가, 하나의 민족인 양 찍소리 말고 복종해야 했다. 타키투스는 칼레도니아 한 장군의 말을 이렇게 쓰고 있다. "복종과 굴복을 강요하는 (로마의) 압제를 벗어나려고 해 봐야 소용없다. (그들은) 이 세계의 약탈자들, … 적이 부유하면 그들은 탐욕스러워지고, 적이 가난하면 지배욕에

사로잡힌다. 동쪽도, 서쪽도 그들을 충분히 만족시키지 못했다. … 그들은 빼앗고 죽이고 수탈해 놓고 그것을 제국이라고 한다. 황무지를 만들어 놓고서 그것을 평화라 부른다."(*Agricola* 30) 이 것은 피지배 민중에게 '팍스 로마나'가 무엇이었는지 명확하게 말해 준다.

한편 헤롯이 고대 근동의 정치 무대에 등장하기 시작한 것은 로마의 내전이 거의 막바지에 이르렀을 무렵이었다. 헤롯은 이 피의 소용돌이 외곽에서 소용돌이의 방향을 예의 주시하면서 어디에 줄을 서야 할지 끊임없이 계산했다. 그의 동물적인 정치 감각이란 기본적으로 어디에 줄을 서야 하는지 알았다는 것이고, 또 잘못 섰다는 사실을 깨달으면 일순간의 망설임도 없이 줄을 바꿔 서는 동물적인 민첩함을 뜻했다.

기원전 63년 로마에 정복당한 유대는 키케로에 의하면 "전리품 및 전쟁 속죄금으로" 막대한 전쟁배상금을 로마의 시리아 총독에게 지불해야 했다(*On Verrus.* 3, 6, 12).* 물론 이것은 세금 징수를 통해 거둬들여야 했고, 사실상 살점 하나 남기지 않고 뼈를 발라내듯 유대 속주를 철저히 약탈하는 것을 의미했다. 이 세금 징수 임무를 실질적으로 맡았던 인물이 유대행정관이었던 헤롯의 아버지 안티파테르였다(『유대고대사』 14, 143). 그는 다시

---

* 에케하르트 슈테게만·볼프강 슈테게만, 『초기 그리스도교의 사회사: 고대 지중해 세계의 유대교와 그리스도교』, 손성현·김판임 옮김, 동연, 2008, 196쪽에서 재인용.

이 일을 아들들에게 맡겼다. 당시 시리아 총독 카시우스는 유대 지역에서 은화 700달란트라는 엄청난 금액을 긁어모으려 했다. 요세푸스에 의하면 다른 지역 담당자들은 그 할당액을 채우지 못한 반면 갈릴리 책임자였던 헤롯은 할당량을 제일 먼저 갖다 바쳤다. 그러자 카시우스는 나머지 도시의 주민들을 노예로 팔아 버렸다(『유대고대사』 14, 271). 헤롯이 왕이 되기 전 새파랗게 젊을 때, 아직 20대 때의 일이었다.

그렇다면 헤롯은 어떤 방식으로 그 많은 세금을 단시일에 거두었을까? 그 비밀은 세금임차업에 있었다. 그것은 일종의 세금 민영화라고 할 수 있다. 이것은 행정관들이 조세 징수의 책임을 직접 지는 것이 아니라 조세청부업자, 즉 조세임차인을 통해 간접적으로 거두어들이는 제도였다. 매년 최고 금액을 제안하는 사람에게 조세징수권이 낙찰되었다. 물론 할당량을 징수하지 못할 경우 임차인이 책임을 졌다. 하지만 정해진 것 이상을 걷었을 경우에는 이익을 챙겼다. 아마도 영리하고 유능한 관료의 머릿속에서 탄생했을 법한 이 세금 징수 제도는 국가의 입장에서는 지극히 합리적이고 편리한 제도였겠지만, 세금을 내야 하는 농민의 입장에서는 재앙이었다. 세금이라는, 국가에 의한 재분배 방식을 통한 수탈은 고대사회의 전형적인 수탈 방식이었고, 그것은 로마의 지배하에서 더욱 가혹해졌다.

아마 이 조공징수건과 관련해서 헤롯은 로마 권력자들의 눈에 띄었을 것이다. 헤롯은 타의 추종을 불허했다. 그는 승승장

구했고, 결국 기원전 40년 로마로부터 유대 왕으로 승인받았다.

유대 왕이 될 당시 헤롯은 안토니우스의 신하였지만, 안토니우스가 기원전 31년 악티움 해전에서 옥타비아누스에게 패하자마자 곧바로 기원전 30년 봄 요란스럽게 소아시아의 섬까지 가서 옥타비아누스에게 충성을 맹세했다. 옥타비아누스는 헤롯이 이용 가치가 있음을 한눈에 알아보고 그의 지배를 인정했다. 이에 대한 보답으로 헤롯은 곧장 800달란트라는 어마어마한 금액을 선물했다(『유대고대사』 15, 200). 이후 아우구스투스 체제의 지원을 받으면서 헤롯은 자신의 영지를 단계적으로 확장했고, 헤롯 치하의 유대 백성은 처음에는 안토니우스에게, 나중에는 옥타비아누스에게 조공을 바치느라 허리가 휘었다.

헤롯의 지배 정책은 회유와 압제를 번갈아 하는 것이었다. 회유로 말하자면 기원전 25년 대기근 때에는 자기 개인금고를 열어 대량의 곡물을 이집트로부터 수입했다. 기원전 20년경에는 세금도 3분의 1 정도를 경감해 주었다(『유대고대사』 15, 307,365). 팔레스타인 이외의 여러 도시들에서도 여러 차례 기부를 했다. 또 유대인이 있는 곳에서는 그들을 도발하는 행위를 극력 자제했다. 그렇지만 헬레니즘적인 도시를 다수 건설하고 수도 예루살렘을 헬레니즘화하는 것은 그 안에서 이교적인 생활이 공공연히 이루어지는 것을 의미했기 때문에 경건한 유대인의 반감을 불러일으킬 수밖에 없었다(『유대전쟁』 1, 648~655). 나아가서 더 중요한 것은 헤롯이 아무리 대규모 건설사업을 벌이고 회유

정책을 쓴다 해도 결국 그것은 유대 농민이 보는 앞에서 그의 타작마당으로부터 갖은 방법을 동원하여 세금으로 약탈해 간 것이었다. 그 곡식과 돈으로 헤롯은 황제나 유력자에게 뇌물을 주고 환심을 샀으며, 그가 건설한 화려한 헬레니즘적 도시는 농민들에게는 그림의 떡일 뿐만 아니라 보는 것만으로도 분노의 감정을 불러일으켰다. 테러를 포함한 저항운동의 싹은 이 무렵부터 이미 형성되었다. 그렇지만 헤롯에 대한 비판자, 정적은 밀고 조직과 비밀경찰에 의해 잔혹하고 철저하게 탄압당했다(『유대고대사』 15, 366~397). 이 이두매인의 아들은 유대인들의 눈에 "에돔의 노예", 즉 로마의 주구에 다름 아니었다.

그러나 헤롯은 억울했을 것이다. 그는 변방 출신의 비천한 가문 출신으로 유대인도 아니지만, 뛰어난 외교력을 발휘하여 유대인들의 권리를 향상시켰고, 어마어마한 토목사업을 벌여 고용 효과를 가져왔으며, 도시화를 통해 물리적인 부의 양을 확대했다. 이제 유대는 제국의 어떤 영토와도 겨룰 수 있는 발판을 마련했다. 상업은 발달했고 치안이 확보되었으며 부는 증대되었다. 그리고 예루살렘을 제국 어디에 내놓아도 꿀리지 않을 만큼 화려하게 치장해 놓았다. 무엇보다도 그는 '로마의 평화'를 유대 땅에 가시적으로 재현해 놓았다. 헤롯은 목뒤에 뜨겁게 느껴지는 백성들의 적의를 이해할 수 없었고, 잘난 척하는 랍비들이 자신을 향해 눈을 똑바로 뜨는 모습에 속이 뒤틀리고 아니꼬웠을 것이다. 그가 이루어 놓은 이 눈부신 업적들을 유대인들은 인정하지 않았던 것이다. 왜냐하면 그것은 '샬롬'을 파괴한 위에서만 가능한 것들이었기 때문이다.

3.

마태복음서의 예수 탄생 이야기를 이끌어 가는 갈등은 유아 학살에서 선명하게 드러난다. 한 아기가 유대인의 왕으로 태어났는데, 그는 현재의 왕인 헤롯에게서 백성을 구할 것이다. 마태의 예수 탄생 이야기의 기본 구조는 이 아기와 헤롯 사이의 대조에 근거해 있다. 마태복음에서는 예수 탄생 때 일어난 유아 학살 사건에 대해 이렇게 전하고 있다.

그때에 헤롯은 박사들에게 속은 것을 알고 크게 화를 내었다. 그리고 사람들을 보내어 박사들에게서 정확히 알아낸 시간을 기준으로 베들레헴과 그 온 일대에 사는 두 살 이하의 사내아이들을 모조리 죽여 버렸다. 그리하여 예레미야 예언자를 통하여 하신 말씀이 이루어졌다. "라마에서 소리가 들린다. 울음소리와 애끓는 통곡 소리. 라헬이 자식들을 잃고 운다. 자식들이 없으니 위로도 마다한다."

(마태 2:16-18)

실제로 예수가 탄생했을 때 이 사건이 일어났는지는 회의적
이다. 기록이 없기 때문이다. 그러나 이 이야기는 헤롯의 통치
에 수반되었던 끔찍한 폭력을 집약적으로 보여 준다. 헤롯은 죽
기 직전까지 살인을 멈추지 않았다. 그는 죽기 5일 전에 자신의
아들 안티파테르를 처형했고, 몇 주 전에는 자신에게 반기를 든
두 명의 랍비와 그 제자들을 산 채로 화형시켰다. 앞서 인용한
'신성한 아우구스투스의 치적'이 '로마의 평화'를 선전하고 있다
면, 마태의 이 이야기는 '로마의 평화'가 어떻게 민중의 평화인
'샬롬'을 파괴하는지 그 실상을 보여 준다. 로마제국과 헤롯의
통치 방식은 사람들에게 공포와 두려움을 불러일으켜 복종하게
만드는 것이었다.

마태의 예수는 태어날 때부터 지배 권력과 긴장과 갈등을 일
으킨다. 일반적으로 학자들은 마태가 모세 출생 이야기를 염두
에 두면서 예수 탄생 이야기를 서술했다고 한다. 모세가 탄생했
을 때 이집트 제국의 파라오가 사내아이들을 죽이라는 명령을
내렸듯이, 예수가 탄생했을 때에는 로마제국의 졸개 헤롯이 사
내아이들을 죽이라는 명령을 내린다. 또 헤롯이 죽은 뒤 천사가
요셉의 꿈에 나타나 이스라엘로 돌아가라고(마태 2:19-20) 명하
는데, 이것 역시 이집트로 돌아가라는 야훼의 명령(출애 4:19)과
비슷하다. 모세도, 예수도 출발부터 제국의 시스템과 대립한다.
마태는 일종의 원형적 해방사건인 출애굽을 자신의 예수 이야
기의 틀로 사용한 것이다. 그럼으로써 노예들의 해방사건인 출

애굽의 현실을 자신의 이야기 속에 끌어들이고 있다. 마태에 따르면 아기 예수는 모세처럼 출애굽과 같은 해방사건을 일으킬 인물이다. 이집트의 압제 아래 신음하던 히브리인들이 그들을 이끌어 내 줄 해방자를 기다렸듯이, 로마와 유대 지배자들 아래서 고통받던 유대인들 역시 새로운 통치, 즉 하느님의 통치, 하느님나라를 기다렸다. 아기 예수는 이 기다림의 끝을 쥐고 세상에 왔다는 것이다.

이것은 출애굽 사건 이후 천 년 이상 이어진 기다림의 연속이었다. 마태복음의 예수 족보에 나오는 '팔자 센' 네 여인들(마태 1:3,5,6,7 다말, 라합, 룻, 우리야의 아내), 그리고 라헬로 상징되는 자식 잃은 어머니들은 '샬롬'의 세상을 애타게 기다렸던 사람들이고, 이러한 기다림 속에 예수가 태어난 것이다. 따라서 그의 탄생은 오래 전 일어난 출애굽 사건과 그 후 이어진 기다림의 연속선상에 있다. 탄생 설화에서뿐만 아니라 마태복음 전체에서 계속 반복되는 예언과 성취에 대한 서술은 이런 맥락에서 이해해야 한다(1:22-23; 2:5-6,15,18,22-23). 예수의 탄생은 그런 기다림의 성취라는 것이다.

그러나 천여 년 전 아기 모세가 탄생했을 때 파라오가 히브리인들의 해방을 두려워했듯이, 동방박사들이 "새로운 왕이 출현했다"고 말하자 헤롯은 당황했고 예루살렘이 온통 술렁거렸다(마태 2:3). 새로운 왕의 출현은 그들에게는 두려운 일이었다. 그들은 새로운 왕을 받아들일 수 없었고, 대제사장과 율법학자들은 아기를 찾아 없애려는 헤롯을 적극 돕는다(마태 2:4-6). 여기서 '온 예루살렘'이란 헤롯 정권과 그 하수인들을 가리킨다. 새로 태어난 메시아와 그가 가져올 '샬롬'은 폭군 헤롯과 그가 섬기는 '팍스 로마나'의 체제와 정면으로 대치한다. 그래서 천여 년 전 파라오가 해방의 씨를 말리기 위해 히브리 사내아이들을 죽여 버렸듯이, 헤롯도 하느님나라의 씨를 말려 버리기 위해 아이들을 죽인다. '팍스 로마나'는 이렇게 '샬롬'을 짓밟는다.

베들레헴의 유아 학살 이야기는 역사 속에서의 희생에 대한 끔찍한 기억이다. 학살은 아기 예수가 상징하는 '샬롬'의 세계에 대한 국가 시스템의 반응이다. 그리고 옛날 모세의 누이 미리암과 히브리 산파들이 제국의 폭력으로부터 생명을 살려 내고 해방의 씨앗을 길러 냈듯이, 지금 마리아는 갓 낳은 예수를 이집트로 데려가 살려 낸다. 파라오가 새로운 나라의 싹을 아무리 무참하게 짓밟았어도 모세를 죽이지 못했듯이, 헤롯은 새로운 나라의 씨앗인 아기 예수를 죽이지 못했다. 그러므로 희생이 끝이 아니다. 피상적으로 보면 역사는 약육강식의 세계이고, 우리가 역사에서 배울 것도 적자생존의 원리밖에 없다. 전쟁의 기계들은 강력하고, 생명은 강보에 싸인 아기처럼 연약하다. 그러나 그 연약한 생명이 쇳소리 나는 기계 바퀴 아래서 살아남는다. 마태의 이 이야기는 아무리 전쟁 기계들이 굉음을 울리며 돌진해서 모든 것을 파괴해도 생명은 살아남는다고 말하고 있다. 그래도 생명은 지속된다는 것이다. 그리고 결국은 세상의 가장 못난 것들이 세상에서 가장 위대한 일을 한다. 아무리 땅을 빼앗기고 곡식을 빼앗겨도 못난 농부는 다시 쟁기질을 한다. 또 아무리 전쟁이 일어나고 자식을 빼앗겨도 바보 같은 여자들은 다시 아이를 낳는다. 이 바보들이 계속해서 농사를 짓고 아이를 낳기 때문에 내 입에 밥이 들어가고 인류의 생명이 지속된다. 이들이야말로 민중의 평화, 곧 '샬롬'을 이루어 가는 사람들이다.

한편 누가는 아기 예수와 아우구스투스를 대비하고 있다. 이 것은 온 세계가 세금 징수를 위해 조사를 받아야 한다는 로마 황제의 명령과 예수의 탄생을 관련시킨 데서 잘 드러난다. 로마제국과 유대 민중 간의 주된 긴장 관계는 조세 문제에 집중되어 있었다. 누가는 기원후 6년 유대가 로마의 직접 통치하에 들어가면서 시리아 총독 퀴리니우스가 벌였던 인구조사를 예수 탄생 시기와 관련시키고 있다. 그것은 로마의 재정수입을 정확히 산정하기 위한 기초 자료를 마련하려는 것이었다. 당시 인구조사는 통상 잔인한 심문을 동반했고, 그 과정에서 폭동이 일어나기도 했다. 당시는 갈릴리의 유다가 바리새인 사독과 함께 나타나서, 로마인에게 세금을 바치는 것과 피조물에 지나지 않는 인간을 지배자로 용인하는 것은 비겁한 짓이라고 비난했다. 물론 이들은 무자비하게 진압되었다.

이러한 폭력적인 상황에서 당시 아우구스투스는 "세상에 평화를 이룬" "전 세계의 구원자"로 널리 선전되고 있었다. 그러나 천사는 목자들에게 "오늘 다윗의 동네에서 너희에게 구원자

가 나셨으니, 그는 곧 그리스도 주님이시다"(누가 2:11)라고 선언
하며, 뒤이어 하늘 군대는 "가장 높은 곳에서는 하느님께 영광
이요, 땅에서는 주께서 기뻐하시는 사람들에게 평화로다"(누가
2:14)라고 노래한다. 이것은 제국의 이념을 정면으로 뒤집는다.
누가는 이제 아우구스투스가 아니라 아기 예수가 진정한 평화,
'샬롬'을 가져올 구원자임을 선포하고 있는 것이다.

요셉과 마리아가 인구조사 때문에 고향 마을로 여행을 하게
되었다는 누가의 서술 역시 호슬리에 의하면 당시 세금과 관련
된 유대 농민의 고달픈 삶의 정황을 반영한다.* 전통적인 농경
사회에서 으레 그렇듯이 유대 팔레스타인의 대다수 농민들은 조
상 대대로 이어져 내려오는 땅을 일구어 살면서 자신들의 생산
물로 지배자 집단의 삶을 지탱해 주었다. 그러나 로마의 조공 요
구는 농민들에게 심각한 경제적 압박을 가했고, 많은 농민들이
대대로 살던 고향 땅을 떠나 먼 곳에 가서 실향민 노동자가 되었
다. 호슬리에 의하면 요셉과 마리아는 그렇게 뿌리를 잃은 수많
은 사람들을 대표한다. 그런데 어디 다른 곳에 가서 생계 수단을
찾은 사람들, 즉 요셉과 마리아 같은 사람들에게 정복자들은 강
제 귀향을 명령한다. 조세 징수의 대상에서 누락되지 않도록 등
록을 하라는 것이었다. 마리아의 경우 하필이면 가장 형편이 안
좋을 때 칙령이 떨어졌다. 호슬리에 의하면 이것이야말로 로마

---

* 리차드 A. 호슬리, 『크리스마스의 해방』, 손성현 옮김, 다산글방, 2000, 140~142쪽.

황제가 만든 '평화' 아래서 대다수 민중의 삶이 어떠했는지 그대로 보여 주는 사례다. 그것은 고향을 떠나 떠돌다가 낯선 마을이나 성읍에 자리 잡고 사는데, 조공과 노역을 요구하는 제국의 명령 때문에 다시 파탄에 직면한 민중의 체험이다. '팍스 로마나'에 의해 '샬롬'을 파괴당하는 민중의 체험인 것이다.

이러한 민중의 경험은 '팍스 로마나'의 실상을 보여 주며, 누가는 시므온과 안나의 이야기를 통해 아기 예수가 오랫동안 기다려 온 민중의 평화, '샬롬'을 회복할 인물이라고 한다. 마리아와 사가랴, 시므온의 노래는 이스라엘의 위로와 구원에 대한 갈망을 표현하고 있다. 마리아 찬가(누가 1:46-54)는 하느님이 이스라엘을 원수들로부터 구원하신다는 오래된 전승에 근거하고 있으며, 태어날 아기가 바로 이스라엘을 헤롯과 아우구스투스 같은 지배자들로부터 해방시킬 인물임을 노래한다. 예수는 '팍스 로마나'의 지배로부터 '샬롬'을 회복할 것이다. '팍스 로마나', '로마의 평화'의 반대는 전쟁이 아니라 '샬롬'이며, 아기 예수는 '샬롬'의 화신이다.

4.

흙먼지를 일으키며 몰려오는 로마 군대와 대살육극을 벌이는 로마의 주구 헤롯, 타작마당에서 쭉정이만 남겨 놓고 싹쓸이해 가는 세리와 군인들. 이들은 예수 탄생의 단순한 배경이 아니라 예수 탄생 이야기의 중심 갈등을 이끌고 가는 핵심 인물들이다. 강철 군대와 함께 밀려오는 '팍스 로마나' 앞에 '샬롬'은 강보에 싸인 아기처럼 연약하다. '샬롬'은 마을의 올리브나무 숲과 임신한 아내, 오래된 예언과 그것이 이루어지기를 기다리는 노인들, 밤하늘의 별을 보며 빈 들에서 양 떼를 지키는 목자, 아기를 낳은 여인들과 관련된다. 반면 '팍스 로마나'는 마을과 마을 사람들을 몰아내고 건설되는 웅장한 건축물들과 요새들, 화려한 옷차림을 하고 헬레니즘식 경기장과 목욕탕을 들락거리며 그리스어로 말하는 사람들, 로마 기마병과 상인들을 실어 오는 함선 같은 것들과 관련된다. 요컨대 '샬롬'은 우리가 '고향'이라는 단어와 함께 떠올리는 모든 것들과 관련되며, 그것은 민중이 오랜 세월 주어진 환경에 뿌리내리며 독특한 방식으로 스스로 갈고 닦아 꽃피운 삶의 총체이자 마음의 습관이다. 반면 '팍스 로마나'는 당대의 지배자들이 먹고 입고 말하고 생각하는 것의 총체와 관련되며, 그 본성상 끊임없이 이식되지 않고서는 유지될 수 없다. '샬롬'은 각각의 장소와 시간에 매어 있기 때문에 다양하고 이식될 수 없는 반면, '팍스 로마나'는 자연환경적·문화적 차이를 문질러 버리면서 침식해 들어오기 때문에 결과적으로 문화적 획일화를 가져온다.

국가와 제국의 역사는 끊임없이 '샬롬'을 침탈해 가는 역사였다. 베들레헴의 유아 학살과 세금 징수를 위한 호구조사령은 인종과 문화와 자연적 차이를 넘어 '팍스 로마나'가 확대될 때 필연적으로 그것은 군사적·경제적 폭력, 즉 전쟁을 수반한다는 것을 보여 준다. 그러나 성서는 아기 예수의 평화, 진정한 평화는 '팍스 로마나'가 아니라 '샬롬'이라고 하며, 결국에는 '팍스 로마나'가 아니라 '샬롬'이 승리한다는 믿음을 보여 준다. 전쟁과 수탈이 아무리 가혹하고 악랄해도 그것은 '샬롬'을 완전히 파괴하지 못한다. 구체적이고 다양한 '차이'들로 이루어진 '샬롬'의 전 수준으로 침투해 들어갈 수 없기 때문이다. 또한 전쟁과 수탈이 계속되려면 전쟁을 지탱해 주는 풀뿌리 민중의 자급적 삶이 유지되어야만 하기 때문이다. 이런 의미에서 전통 사회의 전쟁은 민중의 평화에 기생했으며, 아기 예수가 가져오는 평화에 대한 성서의 이야기는 그러한 삶의 지속성에 대한 전통 사회의 믿음을 반영한다.

그러나 근대에 이르면 이 믿음 자체가 흔들린다. 경제가 삶의 전 영역으로 침투해 들어가면서 이제 전혀 다른 의미의 평화 개념이 생겨났다. 이반 일리치는 이 새로운 평화 개념을 '팍스 이코노미카'라고 했다.* 그는 중세 말 유럽에서 영주에 의해 공유지가 사유화되면서 일어난 변화를 민중의 자급적 삶을 위한 공유재(Commons)가 상품 생산을 위한 '자원'으로, '희소한 가치'로 탈바꿈한 것으로 해석한다. 원래 공유지는 누구나 열매를 줍고

---

* 이반 일리치, 「평화의 사라진 의미」, 앞의 책, 44~62쪽.

장작을 얻을 수 있는, 말 그대로 '공유지'였는데, 그것이 양모 생산을 위한 희소한 '자원'으로 인식되면서 농민들이 쫓겨나게 된 것이다. 그리고 이 자원의 '희소성'이라는 개념이 삶의 전 국면으로 확산되면서 '팍스 이코노미카'가 평화의 의미를 독점하게 되었다. 이와 함께 평화는 자원의 희소성을 전제로 한 경제권력들 사이의 균형으로 환원되었고, 그 과정에서 희소한 것이 아닌 것의 평화로운 향유, 즉 민중의 평화는 가려져 버렸다는 것이다. 원래 민중의 평화란 희소한 가치들의 향유라는 경제적 개념과는 거리가 멀기 때문이다.

전 세계적 스케일로 확대되는 '팍스 이코노미카'는 경제개발과 경제성장 이데올로기의 확산을 통해 추진된다. 경제개발은 민중의 자급적 문화를 변용시켜, 그것을 전 세계적 경제 시스템 속으로 통합하는 것을 의미한다. 개발은 언제나 민중의 자립·자급적 활동이 희생되고, 공식적인 경제영역이 확대되는 것으로 귀결된다. 경제발전은 언제나 희소한 재화와 서비스에 대한 의존을 확대하는 방향으로 진행되며, 상품의 생산과 유통을 용이하게 만들어 가는 과정에서 민중의 자급적 활동을 가능하게 하는 조건을 제거해 버린다. 그렇게 함으로써 민중의 평화를 희생시키고 '팍스 이코노미카'를 강요한다. 대규모 토목공사, 생산성을 높이고 소비에 대한 의존성을 높이는 정책들은 언제나 토착적인 민중의 삶을 파괴한다. 오늘날 경제성장을 통해 평화가 유지된다는 생각은 보편적인 공리처럼 받아들여지고 있지만, 사실상 경제성장에 연결됨으로써 평화는 특정 계급, 즉 경제권력을 독점한 사람들 사이의 힘의 균형이라는 당파적인 목표에 종속되고 말았다. 그리고 보다 중요하게는 희소성이 없는 가치는 보호할 가치가 없다는 근대 경제의 기본 전제로 인해 '팍스 이코노미카'는 민중의 평화를 근원적으로 위협하는 것이 되었다.

일리치는 이렇게 평화가 경제 개념에 연결되어 버린 현상에 도전해야 한다고 말한다. 그는 평등과 민주주의라는 근대적 이상을 실현하기 위한 기본조건으로 경제성장을 달성해야 한다는 이 시대의 근본 전제에 문제를 제기하고 있는 것이다. 그는 모든 경제성장에 수반되는 민중의 자급 문화에 대한 폭력적인 공격, 자연환경적 비용과 생태계의 한계를 지적하며, 이러한 것들이 '팍스 이코노미카'에는 은폐되어 있다고 한다. 그는 이러한 사실을 폭로하는 것이 급진적인 평화 추구의 가장 일차적인 과제라고 했다. 일리치의 이런 생각은 단순히 과거로 돌아가자는 것이 아니다. 오늘 우리는 삶의 가장 근원적 토대인 '땅의 평화'가 파괴되어 가는 것을 목도하고 있다. 인간은 다른 동물들과 마찬가지로 입에 밥이 들어가야 목숨을 유지할 수 있다. 삶을 영위하기 위해서는 물과 경작지, 숲, 깨끗한 공기 같은 것이 필수적이다. 그러나 '팍스 이코노미카'는 '민중의 평화'의 토대인 '땅의 평화'를 파괴했다. 오늘날 '팍스 이코노미카'를 추구하는 전 세계 권력 엘리트의 행태를 보면 죽을 때까지 제 몸을 파먹는 괴물을 보는 것 같다. 그들은 삶을 유지하기 위한 최소한의 보호망마저 파괴하고 있다.

나아가서 오늘날 전 세계의 사회경제적 약자들은 테러와 폭력에 내몰리고 있다. IS를 비롯한 이슬람 근본주의 세력은 전 지구적 평화를 위협하는 세력으로 간주되지만, 실은 이들이야말로 '팍스 이코노미카'의 필연적인 부산물이다. 이들의 근본주의 이념은 증오에 가득 차 있다. 이들은 유대인, 기독교인, 여성, 동성애자들을 손쉬운 증오의 대상으로 삼는다. 그러나 이처럼 과격한 이슬람 근본주의자들이 자라나는 온상은 전 세계적인 양극화와 토착적 삶의 파괴를 가져오는 '팍스 이코노미카'이다. '팍스 이코노미카' 안에 그들을 위한 장소는 없으며, 그들을 위한 희망도 남겨져 있지 않다. 그들은 시장을 지배하는 자들 앞에 머리를 조아리게 만들고 자신의 아들딸을 굶주리게 만드는 전 세계적 질서, 원래 자신들에게 속했던 토착적 부와 자연 자원에 빨대를 꽂고 수탈하는 전 지구적 자본주의, 미국과 전 세계의 금융 엘리트들이 주도하는 질서에 대해 그들이 소유한 것 중 가장 근대적인 것, 곧 그들의 무기를 가지고 절망적인 저항을 하고 있다. 결국 그러한 폭력의 온상은 '팍스 이코노미카'를 밀어붙이는 전 세계적 자본주의, 신자유주의이다. 시리아에서 벌어지고 있는 참상은 이런 의미에서 '팍스 이코노미카'의 최종 국면, 디스토피아를 보여 준다.

오늘 우리에게 아기 예수의 탄생의 의미는 무엇일까? 무엇보다도 그것은 우리 삶에서 경제와 관련된 것들을 줄여 가는 것과 관련이 있을 것이다. 오늘날 '샬롬', 아기 예수의 평화는 '팍스 이코노미카'의 반대, 즉 상품의 소비와 서비스에 대한 의존을 최대한 줄여 나가는 것을 의미한다. 국민소득 3만 불, 주가 지수 3천이라는 숫자를 통해, 경제성장을 통해 행복과 평화가 이루어지리라는 환상을 접고, 2천 년 전 갈릴리 예수가 말했듯이 '고르게 가난한 행복과 평화'를 추구해야 한다. 평화는 물질이 아니라 사람과 사람 사이에서 자라난다. 희소한 자원을 놓고 서로 경쟁하게 만드는 '팍스 이코노미카'가 아니라, 서로 빚을 탕감해 주고 이웃이 되게 만드는 '샬롬', 경제성장이 아니라 '가난'이 당연시되는 세상이 아기 예수의 평화에 더 가깝다. 2천 년 전 '샬롬'의 반대가 '팍스 로마나'였다면, 오늘날 '민중의 평화'의 반대는 '팍스 이코노미카'이다. 그러므로 진정한 대립은 전쟁과 평화 사이에 있는 것이 아니라 '팍스 로마나'와 '샬롬' 사이에, 그리고 '팍스 이코노미카'와 '민중의 평화' 사이에 있다.

근대의 '확실성'을
넘어서

뒷걸음질치는 게

열두 살의 이반 일리치는 외할아버지의 집 가까운 빈 교외의 포도밭을 지나다가 바람에 풍겨 오는 고약한 냄새를 맡는다. 냄새를 맡으며 그는 조부의 집에 아이를 낳아 주는 일은 없으리라는 사실을 깨닫는다. 일리치의 인생에는 시적이라고 할 수 있는 이런 종류의 일화가 종종 있고, 그런 이야기들은 읽는 사람을 끌어당기기도 하고 밀어내기도 한다. 일리치의 글들은 사실과 정보들에 대한 엄격한 분석에 근거해 있지만, 그의 글들을 읽으면서 탄복하게 되는 것은 무엇보다 그의 천재성에 기인한다고밖에 말할 수 없는, 뛰어난 직관에 근거한 통찰들이다. 이러한 통찰들은 마치 어딘가 먼 곳으로부터 온 마술사인 것처럼 그를 낯선 존재로 보이게 하면서, 동시에 근대 문명이 너무나 당연시해 온 것들의 낯설음과 대면하도록 우리를 각성시킨다.

이러한 일리치의 비범한 통찰들은, 산업사회가 과거의 청정 기술로 되돌아갈지라도 문제를 물질적 차원에서 해결하려고 하는 한 실패할 것이라고 보았던 일리치의 정신적 태도와 관련이 있을 것이다. 데이비드 케일리는 일리치의 이러한 태도를 ascesis, 오늘날 자주 '금욕'이라는 소극적 언어로 잘못 번역되기도 하지만, 수덕(修德)이라는 뜻에 더 가까운 중세의 영적·지성적 태도와 관련시킨다. ascesis는 "정신적 가슴에 뿌리를 둔 내적 감각기관의 수련으로서 마음의 비판적 습성에 없어서는 안 되는 것"이다. 반면 이러한 ascesis에 바탕을 두지 않은 통찰은 필연적으로 약탈적, 아전인수적, 편파적이 되고 궁극적으로는 냉혹해진다고 보았다.**

일리치는 영어, 불어, 독어, 이태리어, 스페인어, 크로아티아어, 그리스어, 라틴어를 자유자재로 구사했고, 그 밖에도 수많은 언어를 할 줄 알았다. 또한 화학, 신학, 철학, 역사학 등 지식의 각 분야를 가로막고 있는 벽을 아무 어려움 없이 넘나들었다. 비범한 언어 능력과 방대한 지식을 통해 그는 교육, 의료, 교통,

---

＊ 이반 일리치 · 데이비드 케일리, 『이반 일리치와 나눈 대화』, 권루시안 옮김, 물레, 2010, 17~18쪽.

통신 등 근대인의 삶의 실질적 내용을 구성하는 핵심 영역들에서 인간의 삶을 근원적으로 노예의 삶으로 만드는 것이 무엇인지 파헤쳤다. 광범위한 지식의 세계를 넘나들며 일리치가 시종일관 문제로 삼았던 것은 인간이 자기 삶의 주인이 되는 문제였고, 그는 근대인의 삶을 노예의 삶으로 만드는 근본 원인과 과정을 탐구했다.

이 과정에서 그는 흔히 그러듯이 근대성, 곧 자신이 속한 현재에 굴복한 것이 아니라, 근대 곧 현재를 밖에서 바라볼 수 있는 기준점을 얻기 위해 과거로 눈을 돌렸다. 이 점에서 그는 일차적으로 역사가였고, 그것도 매우 의식적으로 과거의 잔유물로 남아 있는 존재로서 그러했다. 그는 그냥 일반적인 역사가가 아니라 마치 과거의 다른 시대로부터 지금까지 살아남은 사람처럼 과거로부터 현재에 대해 말했다. 일리치는 "우리를 인간답게 하는 것은 과거성이라는 그림자 속에서의 삶"*이라고 했고, 과거라는 거울에 비추어 현재를 살펴보고자 했다. 그에게 역사란 "현재를 바깥에서 바라볼 수 있는 아르키메데스의 기준점"에 다다르는 특별한 길이었다.** 일리치는 자신의 역사 탐구에 대해 이렇게 말했다.

---

* 이반 일리치, 『과거의 거울에 비추어: 현대의 상식과 진보에 대한 급진적 도전』, 권루시안 옮김, 느린걸음, 2013, 253쪽.
** 이반 일리치 · 데이비드 케일리, 앞의 책, 17쪽.

저는 미래에 대한 망상을 막기 위해 역사를 공부합니다. 역사
학자에게 현재는 과거의 미래입니다. … 역사학을 연구하면 제가
연구하는 사료의 저자 대부분은 저의 행동과 생각, 심지어는 지
각의 바탕이 되는 명백한 확실성을 상상조차 못했다는 점을 알
아차리게 됩니다. 저는 현 시대의 전제를 예민하게 파악하려고
역사학을 공부합니다. 이러한 전제는 검토되지 않고 그냥 지나
쳐 버려 우리 시대 특유의 선험적 지각 형태가 되어 버렸습니다.
　… 과거를 공부함으로써, 제가 글 쓰고 말할 때 대면하는 생
각과 느낌의 정신 위상을 형성하는 논리적 공리를 과거의 시각
에서 내다보고자 합니다.

(『과거의 거울에 비추어』 27쪽)

역사학이란 과거와 현재의 대화라고 한다. 하지만 실질적으
로 역사가들은 자신이 속한 현재의 문제의식과 관점을 가지고
과거를 본다. 일리치는 정반대이다. 그는 현재의 시점에서 과거
를 보는 것이 아니라, 과거의 시점에서 현재를 본다. 가령 12세
기에 살았던 일리치의 '친구' 빅토르 드 위그라면 지금 이 시대
의 글쓰기와 사고방식, 삶의 전제를 이루는 것들에 대해 어떻게
생각했을까를 상상한다. 이러한 '역사적 상상'을 통해 근대, 곧
현재의 '확실성들'(certainties)을 드러내고 그 기괴함을 인식하게
하는 것이 그가 역사 연구를 통해 하는 일이다. 우리가 확실하
다고 생각하는 전제들, 확실성은 본질적으로, 처음부터 그런 것

같아 보이지만, 거기에는 역사가 있다. 역사가로서 일리치는 현재로부터 한 걸음씩 뒷걸음질쳐 가면서 그 과정과 계기들이 어디서 어떻게 이루어졌는지 예민한 눈으로 밝혀낸다.

일리치의 말대로 역사가에게 현재는 과거의 미래이다. 따라서 일리치가 과거의 시점에서 현재를 본다고 했을 때 그것은 과거를 이상화하거나 과거로 돌아가자는 이야기가 아니라 어디까지나 사실에 입각해서 우리가 속한 현재를 보기 위함이다. 과거는 계획이나 이상(理想)과 같이 언젠가 실현될 것을 가정하거나 전제할 수 있는 것이 아니라 이미 일어난 것, 사실에 속하기 때문이다. 이 점에서 그가 사회과학 이론 등 특정 이론에 근거해서 사물을 보는 입장을 취하는 대신 과거를 탐사하는 길을 택한 것은 '계획화 멘탈리티'에서 유래하는 미래에 대한 유토피아적 망상을 피하려는 의도가 있다.

일리치는 역사가로서 자신이 취하는 이러한 태도에 대해 루돌프 쿠헨부흐가 말한 '게'의 비유를 들어 설명했다.* 게는 달아날 때 튀어나온 눈을 달아나는 대상에게 고정시킨 채 뒷걸음질친다. 일리치는 자신의 역사 탐구 방식을 현재에 눈을 고정시킨 채 과거를 향해 뒷걸음질치는 게에 비유했다. 눈을 현재에 고정시키고 현재에 등을 돌리지 않은 상태에서 과거를 향해 뒷걸음질친다. 이렇게 하다 보면 출발점인 현재가 흔들림 없이 그대로

---

* 이반 일리치, 앞의 책, 275쪽.

있는 한편으로 현재의 세계를 이루고 있는 것들, 현재의 세계가 확실하다고 전제하는 우리 시대의 공리 같은 것들이 뒷걸음질 치는 풍경 속으로 하나씩 사라진다. 그러면서 한 발짝씩 과거로 물러나는 '나'와 시선이 고정된 현재 사이에 간격이 점점 더 커져간다. 시선은 현재를 향해 있지만 '나'는 과거에 있기 때문에, '내'가 속해 있는 과거의 낯설음이 아니라 현재의 낯설음이 드러나는 것이다. 결국 그에게 역사학이란 '과거의 재구성'이 아니라 '현재의 낯설음'을 발견하기 위한 과정이다. 그는 과거로부터 미래를 향해 직선적으로 진행하는 시간 속에서 '과거'를 재구성하려고 한 것이 아니라, 게처럼 현재로부터 뒷걸음질치는 시선으로 '현재'를 파악하고자 한 것이다. 그에게 진정한 시간이란 과거로부터 미래로 직선적으로, 기계적으로 이어지는 것이 아니라, 알 수 없는 미래로부터 '선물'로 주어지는 것이기 때문이다.

'욕구'와 토착가치

저는 과거에서 나와 현재로 들어올 때, 저의 정신 공간을 생성하는 논리적 공리의 대부분이 경제학에 물들었다는 사실을 알게 됩니다.

(『과거의 거울에 비추어』 27~28쪽)

일리치는 1926년 오스트리아의 빈에서 태어났다. 태어난 지 한 달 뒤 그는 할아버지가 살던 크로아티아의 브라츠 섬으로 보내졌다. 달마티아 연안에 있는 이 섬 마을에서 할아버지가 살던 집은 16세기부터 조상들이 살던 유서 깊은 집이었다. 일리치는 자신의 고향이라고 할 수 있는 5백 년 된 할아버지의 집과 그 섬 사람들의 전통적인 삶에 대해 이렇게 묘사하고 있다. "똑같은 올리브 나무 서까래가 여전히 할아버지의 집 지붕을 떠받쳤고, 지붕 위에 얹힌 똑같은 석판으로 빗물을 받아 모았다. 똑같은 통에서 포도를 밟아 포도주를 빚었고, 똑같은 종류의 배를 타고 바다로 나가 물고기를 잡았다. … 할아버지는 바깥소식을 한 달에 두 번 접했고, 바깥소식은 증기선을 따라 사흘 뱃길을 타고 왔다. … 한길에서 멀리 떨어진 곳에서는 역사가 여전히 알아차리지 못하게 느릿느릿 흘러갔다."*

그러나 일리치는 이 모든 것이 바뀌게 된 작지만 결정적인 변화에 대해 말한다. 변화가 있기 전까지는 아직 그곳 사람들에게 자기 집 문지방 밖에 있는 것들이 대부분 공유재(Commons)였다. 정적(Silence) 역시 공유재여서 누구나 큰 소리로 말하고 싶을 때는 목청을 돋우면 되었다. 일리치는 이 모든 것이 섬에 확성기가 들어오면서부터 달라졌다고 한다. 그날부터 마이크를 누가 잡느냐에 따라 누구의 목소리가 확장되는지가 결정됐다.

---

* 위의 책, 71쪽.

확성기를 이용할 수 없으면 입막음을 당하는 것이나 마찬가지였다. 모두에게 똑같이 제 목소리를 부여해 주던 정적이라는 공유재가 파괴된 것이다. "정적은 확성기들이 서로 차지하려고 경쟁을 벌이는 '자원'으로 바뀌었고, 이와 함께 지역의 공유재였던 언어가 통신을 위한 국가 자원으로 바뀌었다."**

일리치가 말하는 공유재(Commons)란 자기 집 대문 밖에, 즉 자기 소유 밖에 위치해 있으나 가족과 공동체의 삶을 유지하기 위해 사용할 권한이 인정된 부분을 뜻한다. 공동체의 생존을 위해 필요하기 때문에 각자에게 그 사용권이 인정되는 부분으로서, 모두의 것이지만 누구의 것도 아닌 부분이다. 가령 중세 농민들은 공유지에서 열매를 줍기도 하고 장작을 얻기도 하며, 양을 치거나 때로는 축제를 위해 사냥을 하기도 하면서 가족과 공동체의 삶을 유지했다. 말하자면 공유재란 가족과 공동체의 자급적 삶이 뿌리내릴 수 있는 기반이었다. 또한 공유재는 생존을 위해 꼭 필요하기는 하지만 상품생산을 위해 사용되는 것이 아니기 때문에 경제적 의미에서 '희소한 가치'(scarcity)라고 여겨지지 않았다.

우리는 중세 말 영주가 공유지에 울타리를 쳐 농민이 사용하지 못하게 하고 공유지를 사유화함으로써 농민이 행사하던 초지지배권이 영주에게로 넘어간 이야기를 알고 있다. 일리치의

* 위의 책, 72쪽.

탁월한 점은 초지만이 아니라 '정적'까지도 공유재에 포함시켜 확성기의 도입을 '정적'이라는 공유재의 파괴라고 이해했다는 데 있는 것이 아니다. 그의 비범함은 공유재의 파괴가 지니는 내적이고도 본질적인 변화, 즉 공유재의 파괴로 인해 인간이 주변 세계와 자신을 이해하는 방식에 근원적으로 어떠한 변화가 일어났는지 천착해 냈다는 데 있다.

일리치에 따르면 공유지 내지는 공유재에 일어난 이러한 변화는 사회가 주변 환경을 바라보는 태도에 철저한 변화가 일어났음을 의미한다. 이전에 환경은 사람이 시장에 의존하지 않고 자급적으로 생계를 유지할 수 있는 공유재로 여겨졌다. 그러나 공유지에 울타리가 쳐진 이후 환경은 일차적으로 생산을 위한 자원으로 변하게 되었다. 즉 자급적 삶을 위한 공유재가 상품생산을 위한 '자원'으로, '희소한 가치'로 탈바꿈한 것이다. 그리고 인간은 자급적·자치적 존재가 아니라 늘 무언가를 욕구하는 존재, 상품과 서비스에 의해 그 욕구가 충족되어야 하는 존재가 되었다. 늘 '기본적 욕구'(basic needs)가 충족되어야 하는 소비자이자 산업노동력, 즉 '호모 이코노미쿠스'(homo economicus)가 탄생한 것이다.

호모 이코노미쿠스는 타인과의 관계에서 깊은 고립과 소외를 경험한다. 상품과 서비스에 의해서만 충족될 수 있는 '욕구'를 지닌 존재가 되면 될수록 인간은 점점 더 욕구불만의 상태로 되고, 가족과 이웃을 신뢰하는 경험은 잠식당하기 때문이다. 가족과 이웃에 대한 실망과 고립, 소외는 자급적인 지역공동체의 소멸과 병행하며, 결국 인간을 관리받고 싶어하는 존재로 만든다. 그리고 관료들과 전문가들이 '호모 이코노미쿠스'의 관리자로 나서게 된다. 또한 공유재는 경찰 없이 존재할 수 있지만, 자원은 그렇지 않다. 자원은 경찰, 다시 말해 국가가 지키게 되어 있다. 따라서 국가의 물리적 힘은 비대해진다. 이와 함께 자주적 주체자가 시민 수혜자로, 국가에 연금된 사람으로 바뀐다.*

'욕구'에 근거해서 인간의 조건을 정의하는 근대의 공리에 따르면, 인간의 평등 역시 모든 사람의 기본적 욕구는 동일하다는 '확실성'에 근거해서 이해된다. 각자는 자신의 결핍을 충족할 권리를 얼마나 정당하게 주장할 수 있느냐에 따라 평등한지 평등하지 않은지가 결정된다. 일리치에 따르면 이것은 인간을 곤궁에 빠진 동물처럼 인식하는 것이고, 문화를 경제학으로, 선을 경제적 가치로 탈바꿈시키는 것이다. 이렇게 하면 결국에는 개인의 자아는 뿌리 뽑히게 된다. 이때는 사람을 그가 속한 고유한 맥락 속에서가 아니라 결핍 내지는 '욕구'라는 추상으로 정의하는 것을 자연스럽게 받아들이게 된다. 이것은 주어진 '삶의 필연' 속에서 거기 적응하기도 하고 좌절하기도 하면서 살아가는 근본적으로 자유로운 존재로 인간을 이해하는 것과는 전혀 다르다.

* 위의 책, 190쪽.

일리치에 의하면 평등을 내세우는 대안적인 경제학 역시 이 '비참한' 관점을 바탕으로 하는 정의를 전제하고 있다. 대안경제학자들 역시 욕구, 가치, 희소성, 자원이라는 근대의 확실성들을 공유하고 있고, 따라서 대안적 경제학이 민중의 복지에 이바지하고자 하는 바람을 아무리 강력하게 표명해도 인간에게 욕구와 결핍이라는 짐을 지우는 전제 자체는 조금도 건드리지 못한다. 이 때문에 그들은 자신의 권고나 제안을 일회용 반창고 광고나 종교적 훈계 같은 언어로 표현하게 된다는 것이다.*

일리치는 이러한 '희소성의 세계'가 전면에 나선 것은 불과 2백여 년에 지나지 않으며, 그보다 훨씬 오랜 세월 동안 인간은 우연과 축복과 은총의 세계 속에서 살아왔다고 말한다.** 가령 이제까지 축복, 또는 부담으로 가정의 한 부분을 차지하던 할머니가 욕구를 충족시켜야 하는 하나의 대상으로 변하고 나면 '경제적 노인'이라는 새로운 인간이 출현한다. 할머니는 실질적으로 가정 밖으로 밀려나 한 사람의 늙은 여자로서 필요한 것들을 수령하게 된다. 원래는 할머니에게 당연히 해 주어야 하는 대우이지만 그 활동이 할머니의 욕구를 충족하기 위해 생산되는 하나의 가치로 해석되고 나면 그때부터 그것은 부정가치(disvalue)로 바뀐다. 설사 할머니가 필요한 돌봄을 받는다 해도 '욕구 충

* 위의 책, 30쪽.
** 위의 책, 33쪽.

족'의 권리와 무관하게 그동안 당연히 받아 왔던 대우는 더 이상 받지 못하게 되는 것이다. 이때 할머니가 경험하는 것은 희소성을 전제로 가치를 평가하는 개념을 가지고는 측정할 수 없다.* 왜냐하면 할머니가 박탈당한 것은 경제적 희소성이라는 영역 안에 있지 않기 때문이다. 공유지에서 더 이상 양을 치거나 부식을 얻을 수 없게 된 농민의 경험, 자동차에게 길을 내준 사람들의 경험 역시 마찬가지다. 그리고 이처럼 잃어버린 영역이야말로 은총과 축복이 일어나는 자유와 우연의 영역이다. 우리가 문화라 일컫는 것, 가족 간의 사랑과 친구 사이의 우정은 이 영역에서 형성된다. 따라서 경제적 가치, 욕구와 희소성의 세계가 전면에 나서게 될수록 문화와 은총과 우정의 영역은 경제의 그늘에 가려지고, 부정가치가 된다.

따라서 좋은 삶을 위한 조건의 하나로 일리치는 희소성의 가치 대신 '토착가치'를 말한다. 토착, 즉 vernacular라는 말은 '뿌리를 내린 상태'나 '머물러 살기'라는 뜻을 함축하는 인도 게르만어 어원에서 온 말이다. 그리스로마 고전 시대에 이 말은 '집에서 담근', '집에서 만든'이라는 뜻을 지녔다. 일리치는 공유재에서 이끌어 낸 모든 가치로서 시장에서 사고팔지는 않지만 개인이 자기 것으로 보호하고 지킬 수 있는 가치를 가리키는 말로 이 단어를 사용했다. 이 말을 일리치는 상품 및 산업경제에 대

---

* 위의 책, 39쪽.

비되는 말로 쓰기를 제안했다.* 일리치는 이러한 토착 영역의
확대를 위해 노력하는 선구자들로 레오폴드 코르나 프리드리히
슈마허 같은 사람을 언급했다. 이들은 아름다움에 대한 감식안,
각자가 나름으로 경험하는 즐거움, 한 집단에서는 높이 평가받
지만 다른 집단에서는 이해는 하면서도 그대로 따르지는 않을
수 있는 삶과 인생에 대한 태도를 중시했고, 오늘날 도구를 활
용하면 옛 시대의 자급에 따른 고단함을 상당히 덜면서 삶을 향
유할 수 있다는 사실을 입증해 주었다. 일리치에 의하면 이들이
내세우는 소규모 기술, 상품에 의존하지 않는 생활방식은 끝없
이 새로이 형성하되 강요할 수는 없다. 토착가치 위주로 생활하
는 공동체는 매력적인 본보기가 된다는 점 말고는 다른 공동체
에 그다지 제공할 것이 없기 때문이다.**

'가난'의 은총

1970년대에 일리치는 교육과 의료, 주거, 교통 등 현
대 세계의 다양한 분야에서 역사적으로 어떻게 토착가치가 희
소성의 가치로 바뀌게 되었는지 파헤쳤다. 가령 토착 사회에서

---

* 위의 책, 132쪽.
** 위의 책, 134~135쪽.

배움은 삶의 전 영역에서 자유롭게 무의식적으로 이루어지는 것이었으나 이제 '배움'이 희소한 자원으로 의식되면서 희소성이라는 조건하에서 배움을 추구하는 것만이 가치가 있다는 믿음이 확고해지고, 이 믿음은 학교와 교육이라는 제도를 통해 반영되고 강화된다. 경제 영역에서 일어난 현상이 교육과 의료, 통신 등 각 분야에서 그대로 일어나고 있다는 것이다.

말하자면 현대 세계를 이루는 다양한 분야에 대한 일리치의 분석을 관통하는 것이 위에서 말한 '곤궁한 인간', 즉 '호모 이코노미쿠스'의 탄생에 대한 그의 생각이다. 그의 역사적 분석에 따르면 인간을 '욕구'를 가진 존재, 상품과 서비스에 의존하는 존재로 보고, 환경을 희소한 자원으로 이해하며, 삶의 전 분야에서 토착가치를 지워 나감으로써 자립과 자급을 위한 삶의 가능성을 말살하고 근대적 노예로서 살아가는 것은, 결코 당연하지도, 검증되지도 않은 전제를 우리가 당연하게 받아들이고 있는 것이다. 일리치는 칼 폴라니(『거대한 변환』)를 읽고 이러한 근대의 확실성들에는 역사가 있다는 사실을 의식했다.

전통 사회의 사람들은 인간 삶의 객관적 조건, 즉 '삶의 필연'(αναγχη, necessity)으로부터 자기 한계와 연민이라는 인간적 감정을 습득하고 삶의 필연에 순응 내지는 저항하는 과정에서 다양한 문화를 꽃피웠다. '삶의 필연'이란 전통 사회의 사람들이 자각했던 인간이 넘어설 수 없는 한계, '인간의 조건'을 가리킨다. 종교와 문화란 바로 이러한 한계를 받아들이면서 형성된 다양한 사회적 표현들이라고 할 수 있다. 이처럼 삶의 필연에 순응하고 동시에 저항하면서 자기 한계를 깨달아 갔던 전통 사회의 일반적인 삶의 양식은 '가난'이었다. '가난'은 오늘날처럼 부나 지위, 명성에서 상대적으로 낮은 위치에 있는 것을 가리키는 말이 아니었다. 그것은 시간과 장소에 따라 다양하게 주어진 '삶의 필연'에 생태적이고도 지속 가능한 방식으로 대처해 나갈 때 당연하게 따라 나오는 삶의 스타일이었다. 그러므로 전통 사회에서는 '가난'이 결코 박멸의 대상이거나 극복의 대상이 아니었다. 오히려 '가난'은 일정한 한계 안에서 살아야 했던 대부분의 사람들의 불안정한 삶의 조건을 의미했다. 종교를 비롯한 다양한 문화는 축적된 '부'가 아니라 실은 바로 이 '가난'이 꽃피워 낸 결실인 것이다. 따라서 전통 사회의 '가난'은 일리치에 의하면 '지혜로운 인간'(homo sapiens)을 탄생시킨 반면, 오늘날에는 '가난'을 끊임없이 박멸의 대상으로 만들면서 오히려 '곤궁한 인간'(homo miserabilis), 즉 늘 무언가 부족하다는 강박, 결핍감에 빠진 인간을 탄생시켰다.[*]

인간을 결핍된 존재, 기본적 욕구를 지닌 존재로 보는 근대의 확실성은 원래 문화 속에 내재하는 기쁨과 슬픔을 놓칠 수밖에 없다. 경제 참여자가 희소성을 전제로 실용적 선택을 해서 얻는

---

[*] Ivan Illich, "Needs", *The Development Dictionary*, ed. by Wolfgang Sachs, London: Zed Books, 1992.

결과는 내가 이 사람을 사랑한다는 직접성과는 다른 것이기 때문이다. 사랑의 경험에는 부담도 있고 행복한 웃음에서부터 슬프고 쓰라린 눈물에 이르기까지 다채로운 축복이 있다. 그러므로 우리는 경제가 축소될 때 그것이 오히려 축복과 은총, 우연을 회복하기 위한 조건일 수 있지 않은지 질문할 수 있다. 결국 일리치의 관점에서 보면 은총과 자유, 축복, 본래적인 의미에서 문화를 회복하기 위한 관건은, 우리 시대의 확실성인 경제학을 어떻게 한정할 것인가, "경제구조 때문에 문화 영역에 드리워진 그림자를 어떻게 걷어낼 것인가" 하는 문제로 수렴된다. 탈학교, 탈의료화 등에 관한 그의 논의들은 바로 이러한 한계 지우기의 맥락에서 나온 것이다. 은총 또는 축복이라 부르는 것이 경제적 가치보다 우위에 있을 때에만 개발의 붕괴 뒤 이어질 민중의 삶에 대해 말할 수 있다는 것이다.

1972년 프랑스의 한 TV 방송국과 했던 인터뷰 말미에서 일리치는 자신이 인터뷰 장소로 오는 길에 읽었던 익명의 한 고대 아즈텍인의 시를 들려준다. 그 시는 아즈텍의 언어를 스페인어로 음역한 것이었는데 일리치 자신이 이렇게 번역해서 들려주었다.

아주 잠시 동안 우리는 서로에게 서로를 빌려준다.
왜냐하면 우리는 신을 향해 있으니까.
당신이 나를 끌어당기기 때문에 나는 살아간다.

당신이 나에게 색칠을 하기 때문에 나에게는 색이 있다.

당신이 나에게 노래를 불러 주기 때문에 나는 숨을 쉰다.

그러나 아주 잠시 동안 우리는 서로에게 서로를 빌려준다.

왜냐하면 아무리 단단한 바위에 새겨진 그림이라도 마침내

지워지듯이

우리는 지워지기 때문이다.

또 저 아름다운 초록빛 퀘첼새가 빛을 잃듯이

우리는 우리의 색을 잃기 때문이다.

그리고 물소리가 사라지듯이

우리도 자기 소리를 잃고 숨을 쉬지 못하게 되기 때문이다.

아주 잠시 동안 우리는 서로에게 서로를 빌려준다.

근대, 타락한 기독교

일리치에 따르면 '호모 이코노미쿠스'를 탄생시킨 서구 근대는 기독교의 완성도, 대립도 아니고, 기독교의 왜곡이다. 일리치 자신은 사제직을 반납하기는 했지만 끝까지 믿음의 인간으로 남았다. 일리치에 의하면 서구 근대는 8~9세기 유럽 기독교 안에서 일어난 변화로부터 자극을 받아 성립했다. 그것은 교회가 사람들로 하여금 복음의 요구에 보다 잘 따르도록 하기 위해 '선한 의도로' 권력을 사용해서 추진한 개혁을 가리킨

다. 당시 샤를마뉴 대제가 교회와 손잡고 벌인 사회 개혁 사업, 즉 '카롤링거 르네상스'는 신앙의 요구에 철저히 부응하도록 기독교인의 삶과 사회질서를 개조하려는 시도였다. 이때 교회 쪽에서 일을 진행했던 인물이 스코틀랜드인 수도사 앨퀸(Alcuin)이었다. 그는 샤를마뉴 대제의 궁정학교 철학자로서 대제의 뜻에 따라 개혁을 추진했다. 일리치에 의하면 이때부터 사제는 오늘날 공적 직무를 수행하는 공무원들과 비슷하게 되었다고 한다. 말하자면 사제가 교구 신자들의 개인적 '욕구'를 충족시켜 주는 존재로 이해되기 시작했다는 것이다. 동시에 교회라는 기관이 제공하는 개인적 서비스를 받지 않고서는 구원이 가능하지 않다는 오늘날 기독교의 일반화된 관념도 이때부터 생겼다고 한다. 이제 누구든 영생을 포기할 각오를 하지 않는 한 이 필수 서비스 상품을 거부할 수 없게 되었다는 것이다.

중요한 것은 성직자가 자신의 서비스를 하나의 '욕구 충족'으로 정의할 수 있다는 생각이 생겨났다는 것이다. 산업화 훨씬 이전에 이미 인간은 태생적으로 '욕구'를 지니는 존재이며, 이를 충족시키기 위해 관료적 서비스를 제공받아야 한다는 생각이 모습을 드러낸 것이다. 일리치는 자신처럼 산업시대의 이념적 뿌리를 카롤링거 르네상스 내지는 9세기 수도원 개혁으로 보는 대표적인 학자로 루이스 멈포드를 거론했다.* 기독교 안에서의

---

* 이반 일리치, 앞의 책, 179~180쪽.

이 변화는 실은 그리스도인으로서의 삶이라는 토착 개념이 밀려나고 대신 목사의 보살핌을 중심으로 조직된 제도로서의 교회가 등장하는 과정이었다.

이것은 기독교적 질서를 수립하고자 했던 오래고 지속적인 과정이었다. 이러한 시도들은 당시 철학 사상과 합세해서 새로운 사회질서를 세우기 위한 일련의 강령들을 만들어 냈다. 이것은 무질서를 줄이고 평화롭고 생산적인 장인들과 농민들을 만들어 내서 그들이 더욱더 헌신적이고 도덕적인 행동을 하도록 종용 내지는 강제하려는 것이었다. 이처럼 문명화된, 예의 바른 질서를 창조해 내는 데 성공한 기독교는 그 초월적인 내용의 많은 부분을 털어 냈다. '합리주의자'나 '진보주의자'가 오래된 종교적 삶의 방식들에 대해 으레 그러듯이 오래된 집단적·제의적 형식들을 미신적이라고 보고 억누르거나 제거하려 했다.* 이렇게 보면 서구의 세속화와 신에 대한 광범위한 불신은 새로운 기독교적 도덕 질서를 세우고자 한 기독교 자체의 노력과 긴밀한 공생 관계 안에서 이루어졌다. 결국 일리치는 세속화를 기독교 자체 안에서 일어난 왜곡의 과정으로 보고 있다.

일리치는 이 왜곡의 과정에서 무슨 일이 일어났는지 설명하기 위해 반복해서 선한 사마리아인 비유를 이야기했다. 그것은

---

* Charles Taylor, Foreword to *The Rivers North of the Future: The Testament of Ivan Illich as told to David Cayley*, Toronto: House of Anansi Press, 2005, X I .

한 상처받은 유대인을 돕는 한 사마리아인에 대한 예수의 이야기이다. 일리치가 이 이야기에서 주목하는 것은 낯선, 실은 적대적이기까지 한 두 사람 사이에 상호적인 관계가 수립될 수 있게 한 토대로서 '우연'이다.* 이야기 속에서 상처받은 유대인과 그에게 도움을 준 사마리아인 사이에서 일어난 상호 일치의 사건은 하느님에게서 왔다고밖에 말할 수 없는 '우연'에 의해 일어난다. 그것은 세속적인 언어로 말하면 '우연'이고 신적인 언어로 말하면 '성육'이라는 필연이다. 일리치는 신앙의 언어로 말한다. 그에 따르면 그것은 하느님이 육신이 된 성육의 사건, 사랑의 사건이 있었기 때문에 가능해진 일이다. 하느님의 성육은 이처럼 사마리아인이 유대인과 새로운 관계를 맺음으로써, 즉 우리가 교회라 부르는 연결망을 형성함으로써 세상 밖으로 표현된다. 그러나 이 연결망은 어떤 범주나 규범에 의해 운영되는 조직 같은 것이 아니다. 교회는 시스템이 아니다. 다시 말해 그것은 제도가 아니라 구체적이고 살아 있는 사람들이 서로 간에 맺는 관계들이 이루어 내는 것이다. 일리치에 의하면 타락은 교회가 이처럼 상호호혜적으로 서로에게 연결되어 있다는 느낌에 근거해서 동기를 부여하는 데 실패하고 그 실패를 넘어서기 위해 시스템을 세울 때 시작되었다. 이 시스템은 일련의 규율과 규범, 그러한 규율을 내면화하는 일련의 훈육, 합리적으로 구

---

* *The Rivers North of the Future*, 64~79.

성된 조직 체계를 통해 작동한다. 일단 성립되고 나자 시스템은 우리에게 제2의 천성이 되었고, 우리는 실제 삶에서 몸으로 겪는 경험들로부터 멀어져서 보다 잘 훈련되고 합리적이며 무감각한 주체로 되는 데 익숙해졌다.

근대 윤리는 규칙과 규범에 대한 페티시즘을 보여 준다. 법의 논리가 윤리를 지배하고, 윤리가 규칙과 관련해서 이해된다. 법의 정신은 이성적 존재로서의 인간성에 입각해서 규칙을 세워야 한다는 것이고, 그것은 보편적이고 일반적인 원리로 표현된다.* 그러나 일리치가 말하는 선한 사마리아인 이야기에 나타나는 사랑의 그물망은 삶의 맥락 속에서 우연히 만난 한 구체적인 인간을 향한 선의를 가장 일차적인 것으로 본다. 이 선의에서 우러나는 반응은 결코 일반적인 규범으로 환원될 수 없다. 규범은 우리가 이러한 선의의 반응에 따라 살지 못하기 때문에 생겨난다. 그러므로 일리치는 규범을 없애자고 주장하는 것이 아니라(그것은 가능하지도 않다.) 근대 자유주의 문명의 근저에 깔려 있는 규범에 대한 주물 숭배를 간파해야 한다고 지적하고 있는 것이다.

규범화하는 관점은 사마리아인 이야기가 내포한 대단히 중요한 무언가를 놓치게 된다. 규칙과 훈련, 조직에 의해 질서지어진 세계는 우연을 장애물로, 심지어 위협으로 간주한다. 그러나

---

*   Charles Taylor, XⅡ.

우연은 선한 사마리아인 이야기에서 본질적인 요소이다. 우연은 내 이웃이 누구인지, 그리고 어떻게 내가 그에게 이웃이 되어주어야 하는가라는 질문에 답하는 데 있어서 본질적인 요소이다. 우연히 마주친 상처 입고 길에 누워 있는 사람은 그 모습 자체만으로 우리에게 무언가를 이야기해 주며, 이 사람이 너의 이웃이라는 심오한 답을 해 준다. 그러나 '우연'으로부터 들려오는 이 말씀을 듣기 위해서 우리는 '우연'을 통제하고자, 박멸하고자 하는 우리 시대의 오류를 직시해야 한다.

일리치는 규범과 제도화에 대한 근대의 탐닉을 끊임없이 지적하고 있다. 규율과 제도화는 아무리 훌륭하다 해도, 가령 평화나 평등을 위한 규범과 제도화라 해도 우상숭배적인 덫이 될 수 있다. 우리가 속한 문명은 역사상 유례없이 보편적인 규모로 고통을 경감하고 인간 복지를 향상시키려고 한다. 그러나 동시에 그것은 낯설고 비인간적인 것으로 변해서 폭력에 가담하도록 우리를 유혹한다. 우리가 겪고 있는 거대한 악은 실은 선을 제도화하고자 하는 우리의 의도의 거대함과 관련이 있을 것이다. 거대함은 그 자체가 힘, 즉 폭력을 내포할 수밖에 없기 때문이다. 일리치는 8~9세기 교회의 제도화에서 비롯된 기독교의 이러한 왜곡과 타락을 "최선이 타락해서 최악이 되었다"는 말로 표현했다. 그는 우리의 영적인 삶의 중심을 규범과 제도를 넘어선 곳에서, 그보다 더 심오한 곳, 살아 있는 관계의 망 속에서 발견해야 한다고 한다. 그것은 규범과 제도들에 의해 희생되어서는 안 되며, 때로는 그러한 것들을 전복시켜야 하는 것이다.

일리치는 프로메테우스와 에피메테우스의 이야기를 새롭게 해석하고 있다. 프로메테우스는 그리스어로 앞서서, 미리 안다는 뜻이고, 에피메테우스는 나중에 안다는 뜻이다. 프로메테우스는 신에게서 불을 훔쳐 인간에게 주었다. 그렇게 함으로써 프로메테우스는 '인간의 조건', 즉 '필연'에 문제를 제기했고 운명에 항거했다. 동생 에피메테우스는 판도라와 결혼하지 말라는 형 프로메테우스의 충고를 듣지 않고 그녀와 결혼한다. 판도라는 온갖 고통과 악이 든 상자를 열어 모두 빠져나가게 했고, 상자 안에는 오직 희망 하나만 남았다. 후세의 사람들은 대부분 심정적으로 프로메테우스의 편에 섰고, 에피메테우스는 잊혀졌다. 그러나 일리치는 이를 뒤집어 말한다.

오늘날 인간은 전통 사회에서 필연으로 주어졌다고 생각했던 '인간의 조건'을 인공적인 환경으로 바꾸고자 한다. 일리치는 이러한 근대인의 시도에는 한 가지 조건이 붙는데, 그것은 인간이 그러한 인공적인 환경에 맞도록 자기 자신을 계속 고쳐 만들어야 한다는 것이다. 일리치는 그러한 인간에게는 희망(Hope)이 아니라 '기대'(Expectation)가 있을 뿐이라고 한다. 희망은 자연스러운 선의를 신뢰하는 믿음을 뜻하는 반면, 기대는 합리적인 계획과 통제에 따른 결과를 예측한다는 뜻이다. 희망은 우리에게 선물을 줄 사람의 자유로운 바람에 초점을 맞추고 있는 반면, 기대는 예측 가능한 욕구의 충족과 거기에 대한 권리 주장에 초점을 두고 있다. 일리치에 의하면 희망은 이제 프로메테우스적 사회 풍조에 가려 보이지 않게 되었다. 희망을 남겨 둔 에피메테우스적 인간의 부활만이 우리에게 희망을 다시 가져올 것이다.*

더글러스 러미스는 언젠가 자신이 일리치에게 '가능한 미래'에 대해 묻자, 그가 이렇게 대답했다고 한다. "미래 따위에는 관심이 없습니다. 그건 사람을 잡아먹는 우상입니다. 제도에는 미래가 있지만 사람에게는 미래가 없습니다. 오직 희망만이 있을 뿐입니다."** 일리치는 인간에게 주어진 조건의 진실성을 고수한 사람이었다. 그 안에서 고통을 달게 받으며 기쁨과 슬픔, 사랑과 미움, 축복과 저주의 삶을 복종으로 받아들인 사람이었다. 케일리는 자신이 아는 어떤 여성이 일리치의 『젠더』를 읽고는 야릇한 표정으로 자신을 쳐다보며 진심으로 놀랐다는 어조로 이렇게 말했다고 전한다. "이 사람이 이런 걸 어떻게 알지? 새 같은 사람이야. 눈길을 이리저리 돌리면서 모든 것을 다 보아둔 거야."

일리치는 자신이 과거에 성취한 업적을 되새김질하며 사는 사람이 아니었다. 공자가 그랬듯이 일리치는 말년에 세상에 대해 깊이 절망했다. 그는 핵무기와 생명공학이 대두하는 세계

---

* 이반 일리치 · 데이비드 케일리, 앞의 책, 23쪽.
** 더글러스 러미스, 「이반 일리치를 회상하며」, 이반 일리치, 앞의 책 352쪽.

에 절망했고, 성육한 하느님의 계시 이외에 세상 안에 있는 하나의 실체에 대해 생명이라는 말을 사용하는 데 대해서는 그런 생명은 지옥에나 가라고 말했다. 극에 달한 모독에 대해서는 말을 하지 않고 침묵으로 말하는 것이 가장 많은 말을 하는 것이라고 했다. 아마도 일리치는 프로메테우스적 인간이 초래한 종말을 누구보다도 먼저 예민하게 느끼고 절망했을 것이다. 그리고 그보다 훨씬 늦게 우리는 두려움에 찬 서로의 얼굴에서 '끝'에 대한 감각이 살아나는 것을 느낀다. 지금 우리에게 남은 것은 에피메테우스가 지켜 준 희망밖에 없다. 그것은 종말과 미래에 대한 우리의 모든 계산과 예측을 넘어선 하느님의 자유의 영역에 속한 것으로서의 희망이다. 우리는 폭풍과 함께 나타나는 하느님 앞에서 조용히 입을 가렸던 작은 자 욥처럼 복종하면서 기다릴 뿐이다. 옆에 있는 친구의 눈동자와 그 속에 비친 나를 보면서.

"하느님이 그들을
남자와 여자로 창조하셨다"

인간은 어떻게 인간으로 존재하는가

인간은 어떻게 인간으로 존재하는가. 수많은 오해와 비난의 대상이 되었던 책 『젠더』의 근저에 깔린 이반 일리치의 질문은 바로 이것이었다고 생각한다. 거두절미하고 말하면, 이 질문에 대해 일리치는 인간은 (암컷과 수컷이 아니라) 남자와 여자로 존재한다고 답하고 있다. 젠더가 인간의 가장 근원적인 존재 양식이라는 것이다. 그리고 어떻게 우리가 젠더를 상실하면서 인간이 되는 길을 잃어버렸는지, 문화적으로 대단히 풍요롭고 품위 있는 세계로부터 멀어져서 화폐의 단일성이 지배하는 세계로, '문화의 사막'으로 들어오게 되었는지 성찰하고 있다.

일리치에 따르면 젠더의 상실은 화폐의 단일성이 지배하기 위한 전제 조건이다. 왜냐하면 남녀 간의 젠더 차이란, 모든 것을 균질적인 것으로 환원시켜서 돈으로 교환 가능한 것으로 만들 수 없다는 징표이자 경계이기 때문이다. 남자와 여자는 서로 맞바꿀 수 없고, 또 남녀로 젠더화된 사회는 돈이라는 획일적이고 추상적인 범주가 투과할 수 없는 사회이다. 젠더를 상실한 현대사회에서는 모든 것을 돈으로 살 수 있지만, 젠더화된 사회에서는 그럴 수 없다. 말하자면 젠더는 세계가 평평하지 않다는, 균질적이지 않다는 징표인 것이다. 그러므로 돈의 추상적 보편성, 화폐의 단일성이 지배하기 위해서는 이 평평하지 않은 세계를 불도저처럼 밀어서 납작하게 만들어야 했다. 젠더를 문질러 버려야 했다. 일리치는 이 과정을 단순히 자본주의화 과정이라고 말하지 않는다. 그에 따르면 유럽에서 젠더의 상실 과정은 12세기부터 18세기에 이르기까지 서서히 준비되었고, 이를 위한 내면의 공간을 만들어 낸 일등공신은 교회이다. 근대 자본주의는 이러한 토양 위에 비로소 뿌리를 내릴 수 있었다는 것이다.

일리치는 우리가 흔히 '자본주의화'라고 부르는 과정을 젠더의 상실 과정으로, 젠더의 영역으로부터 섹시즘의 왕국으로의 보다 오랜 이행 과정으로 설명하고 있다. 달리 말하면 이것은 '토착가치'의 영역으로부터 '희소성'(scarcity)의 세계로의 이행이고, 문화적으로 규정된 남자와 여자의 세계로부터 동물적인 암수의 세계로의, 문화적 사막으로의 이행이다. 이러한 문화적 사막에서 남성과 여성은 소비자와 노동자 기능 외에 인간으로서 다른 모든 특징들을 박탈당한 채 중성화된 경제적 행위자, 내지는 암수의 인간동물로 전락한다. 그리고 현재의 조건을 만족스러운 것으로 여기든, 불만족스러운 것으로 여기든 세계를 '상보적 젠더의 세계'가 아니라 '획일화된 경제적 섹스'의 세계로 보는 점에서는 소위 '진보'도 예외가 아니다.

일리치에 따르면 계급 평등, 남녀평등을 내세우는 근대의 대안적 운동들과 이념들 역시 인간을 젠더를 상실한 중성화된 경제적 행위자로 보는 근대의 공리를 공유하고 있다. 그들은 이러한 공리에 대해 문제 제기를 하지 않은 채 경제적·정치적·법적·사회적 평등이라는 환상적 목표를 향해 매진한다. 일리치는 이러한 대안운동들이 내세우는 '평등'이라는 이념의 본질적 성격에 대해 문제를 제기하고 있는 것이다. 그는 세계를 평등한 것들의 총합으로, 교환 가능한 것들의 총합으로 단순화시켜 버리는 데 대해 근원적으로 거부하고 있는 것이다. 일리치는 '평등의 신화'를 거부하는 대신 '경제의 축소'를 이야기한다. 오늘날 우리가 과거로부터 무언가 배울 수 있다면, 그것은 '경제의 축소'가 인간이 인간으로서 존재할 수 있는 길임을 가르쳐 준다고 말한다. 큰 틀에서 볼 때 그것만이 답이라는 것이다.

그는 이 책에서 두려움 없이, 외롭게 이런 이야기들을 하고 있다. 『젠더』가 출간된 것은 1982년이었고, 이 책은 그의 후기

저서에 속한다. 당연히 이 책은 격한 논란을 불러일으켰고, 그는 이해받지 못했다. 그때까지 나온 그의 저서들, 『학교 없는 사회』, 『병원이 병을 만든다』, 『공생을 위한 도구』 등을 통해 그를 자기 편이라고 생각했던 사람들은 당황하기도 했고, 분노하기도 했다. 그러나 나는 이 책을 읽으면서 일리치의 방대한 지식에 다시 한 번 감탄했을 뿐만 아니라, 무엇보다도 우리 시대에 보편적인 진리라고 가정되는 그 어떤 이념들에도 속아 넘어가지 않는 그의 견고한 정신 앞에 머리를 숙일 수밖에 없었다. 그리고 근대라는 바윗덩어리, 인류 역사상 지극히 짧고도 기이한 시대를 들어올릴 인식론적 '아르키메데스의 점'을 찾아내는 그의 시적 직관에 차츰 설복당했다.

말년에 일리치는 극에 달한 모독에 대해서는 말을 하지 않고 침묵으로 말하는 것이 가장 많은 말을 하는 것이라고 했다. 20세기 말을 살았던 그의 절망의 깊이를 가늠할 수 있는 말이면서 동시에 그가 느꼈던 불통의 벽을 가늠할 수 있는 말이기도 하다. 그는 이 책을 쓰고 20년을 더 살았다. 지금 이 시대에도 일리치의 말은 광야에서 들리는 외로운 예언자의 소리이다. 그러므로 이런 말을 할 때는 아마도 예수처럼 이렇게 말하면서 이야기를 시작해야 할 것이다. "들을 귀 있는 자는 들으라!"

'토착적 젠더'로부터 '경제적 섹스'로

일리치는 자신이 사용하는 젠더라는 용어에 대해서 이렇게 말하는 것으로 시작한다.

나는 젠더라는 말을 행동에 있어서의 특징, 토착 문화의 보편적인 특징을 지칭하기 위해 사용했다. 이 말은 남자와 연관된 장소, 시간, 도구, 일, 화법, 태도, 인식을 여자와 관련된 그것들과 구별한다. 이러한 연관성은 사회적 젠더를 구성한다. 왜냐하면 그것은 시간과 장소에 구체적으로 관련되어 있기 때문이다. 나는 그것을 토착적 젠더라 부른다. 왜냐하면 이러한 일련의 연관성은 토착 언어에서와 마찬가지로 전통적인 사람들에게 독특한 것이기 때문이다. … 말하자면 나는 과거에는 너무나 분명해서 이름 붙일 필요조차 없었으나 오늘날은 너무나 거리가 멀어져서 섹스와 혼동되는 이중성을 지칭하기 위해 새로운 방식으로 젠더라는 말을 사용한다.

(『젠더』16쪽)*

일리치에 따르면 산업시대 이전 모든 문화에는 도구의 사용이나 노동과 관련해서 남녀 젠더를 구분하는 선이 있었고, 어떠

***

* 이반 일리치, 『젠더: 젠더에서 섹스로』, 최효선·이승환 옮김, 따님, 1996.

한 지역이나 공동체나 문화도 똑같은 방식으로 그 구분선을 긋지 않았다. 이러한 젠더 구분의 자취는 오늘날까지 남아 있는 유럽 농촌 지역의 도구들에서도 볼 수 있다고 한다. 일리치는 전통 사회에서의 젠더 구분을 이렇게 묘사하고 있다.

> 원주민은 멀리서 모습이 잘 보이지 않아도 그가 남자인지 여자인지 알 수 있었다. 계절과 시간, 농작물, 농기구를 통해 여자인지 남자인지 알 수 있는 것이다. 짐을 머리에 이었는지, 어깨에 멨는지를 보고 그들의 젠더를 구별해 낸다. 만일 추수가 끝난 들판에 풀어 놓은 거위를 발견하게 되면 틀림없이 망보는 소녀가 근처에 있을 것임을 안다. 또 양 떼를 가로지르게 되면 소년을 보게 될 것임을 안다. 어딘가에 '속한다'는 것은 어떻게 하는 것이 자기들 식의 여자와 남자에 어울리는지를 알고 있다는 것을 의미한다. 만일 자기들이 다른 젠더의 일로 간주하는 행동을 하는 사람이 있다면 틀림없이 그 자는 낯선 이방인이거나 체면을 개의치 않는 노예이다. 젠더는 다리 사이에만 있는 것이 아니라 발걸음을 옮길 때마다, 행동거지마다 존재한다.
>
> (『젠더』 88쪽)

전통 사회에서 인간의 모든 활동은 젠더 경계가 지어진 전체 안에 뿌리를 내리고 있었고, 어떻게 뿌리를 내리는가는 공동체마다 달랐으며, 그 각각의 뿌리내리는 방식이 공동체 삶의 독특한 성격을 규정했다. 그리고 이 다양한 젠더 구분의 방식이 일리치가 말하는 문화, 즉 '삶의 예술'로서의 문화의 밑바탕을 이룬다. 이때 일리치가 말하는 문화란 전통 사회의 사람들이 자신이 속한 시간과 장소에 뿌리내리고, 인간이 넘어설 수 없는 한계를 자각하면서 꽃피운 다양한 사회적 표현들이다.* 젠더는 이 '삶의 예술', '가난의 예술'로서 문화의 가장 밑바닥에 깔린 무늬였다는 것이다.

일리치가 말하는 젠더는 근본적이면서 동시에 어느 곳에서도 동일하지 않은 사회적 양극성, 남녀이중성을 지칭한다. 그는 이러한 젠더의 특징에 대해 '애매모호한 상보성'(ambiguous complementarity), '비대칭적 상보성'(asymmetry complementarity)이라는 표현을 쓰고, 오른손과 왼손의 관계에 비유해서 설명하고 있다.** 오른손과 왼손은 다르지만, 서로 어울린다. 일반적으로 오른손을 왼손보다 더 많이 쓰고, 오른손에 더 우위를 부여하지만, 기본적으로 양손은 서로 보완적인 활동과 동작을 위해 이용된다. 그리고 이 독특한 이원성은 늘 모호하다. 일리치는 오른손과 왼손이 이렇게 모호한 방식으로, 비대칭적으로 어울리듯이 남자와 여자는 서로 어울리며 한쪽 없이는 다른 한쪽도 제대로 일을 수행할 수 없다고 한다. 이때 일리치의 논점은

---

* Ivan Illich, "Needs", *The Development Dictionary*, ed. by Wolfgang Sachs, London: Zed Books, 1992.

** 이반 일리치, 앞의 책, 91~97쪽.

젠더의 비대칭성이 지니는 차별을 드러내는 데 있지 않고, 생존을 위해 양손의 상호작용에 의존하듯이, 인간의 삶은 남녀 젠더의 비대칭적 상보성에 의해 유지된다는 데 있다.

그리고 이처럼 모호한, 비대칭적 젠더의 이원성 안에서는 누구도 똑같지 않으며, 누구도 똑같은 일을 하지 않는다. 젠더의 상보성은 특정 시공간 안에 있는 남자들과 여자들이 똑같은 것을 말하고 행동하고 원하지 못하도록 떼어 놓을 뿐만 아니라, 그 자체가 지역과 시간에 매인 이중성이기 때문이다. 일리치는 이 독특한 이원성은 어떠한 기계적인 이원성으로도 환원되지 않으며, 문화의 다양성, 독특한 삶과 죽음, 고통의 방식의 바탕이 된다고 한다. 남녀가 해야 할 일과 하지 말아야 할 일의 목록은 골짜기마다 다르다. 젠더는 무한히 보편적으로, 획일적으로 확장되는 세계를 가정하지 않으며, 각각의 한정된 '우리'라는 공동체 안에서 세계를 "닫는다".* 그렇게 형성된 세계가 아무리 모호하고 부서지기 쉬우며 때로는 부당하고 부조리한 것이라 할지라도, 그 세계 안에서 이루어지는 활동들, 즉 아이를 키우고 요리를 하고 뜨개질을 하고 밭을 갈고 망치 또는 주전자를 사용하는 등의 활동들은 품위 있고 의미가 있으며, 공동체의 자립적 삶에 기여하는 바에 따라서 평가되기 때문에 젠더가 내포하는 차별에는 한계가 있다.

---

* 위의 책, 104쪽.

섹스가 하나에 하나를 더하여 정확히 똑같은 종류의 쌍을 만들어 내는 이중성이라면, 젠더는 두 부분이 합해서 독특하고 새로우며 복제가 불가능한 전체를 만들어 내는 이중성이다. 남자와 여자는 함께 전체를 창조해 내지만, 두 개의 손이 이루어 내는 '전체'가 한 사람 한 사람 다 다르듯이, 남녀가 이루어 내는 '전체'도 각기 다른 본성을 가진 전체이다. 그러므로 토착적 젠더의 영역은 일리치가 '경제적 섹스의 왕국'이라 부르는 곳에서보다 훨씬 깊고 다양한 존재 형태를 꽃피운다. 젠더는 섹스와 다를 뿐만 아니라 그 이상이다. 그러나 일리치에 따르면 경제성장을 통해 젠더는 섹스로 전락해 버렸고, 오늘날 사회과학은 이 점을 놓친 채 '경제적 섹스'의 프리즘을 통해 토착 사회의 젠더를 재단한다.

토착적 젠더 사회에서 경제적 섹스사회로의 이행은 '호모 이코노미쿠스'의 탄생과 맥을 같이 한다. 일리치는 중세 말 영주에 의해 공유지가 사유화됨으로써 일어난 변화에 주목한다. 그에 따르면 공유지 내지는 공유재(Commons)에 일어난 이러한 변화는 자급적 삶을 위한 공유재가 상품생산을 위한 '자원'으로, '희소한 가치'로 탈바꿈한 것을 의미한다. 이와 함께 인간은 자급적·자치적 존재가 아니라, 늘 무언가를 욕구하는 존재, 상품과 서비스에 의해 그 욕구가 충족되어야 하는 존재로 탈바꿈했다. 늘 '기본적 욕구'(basic needs)가 충족되어야 하는 소비자이자 산업노동력, 즉 '호모 이코노미쿠스'(homo economicus)가 탄생한 것이다. 그리고 이 호모 이코노미쿠스는 젠더 부재의 인간이다.

일리치는 칼 폴라니가 형식적인 시장경제의 '탈맥락화'(disembedding)라고 불렀던 것을 인류학적으로 젠더에서 섹스로의 변화로 기술하고 있다. 일찍이 칼 폴라니는 '실체적 경제'와 '형식적 경제'를 구분했다. 인간이 자연과 동료 인간들에게 의존해서 자신의 물질적 욕구를 충족해 나가는 상호작용의 과정이 '실체적 경제'라면, '형식적 경제'란 특정한 목적을 달성하기 위해 희소한 자원과 수단을 합리적으로 사용한다는 의미에서 효율적 선택의 과정을 의미한다. 폴라니는 산업혁명 이후 실체적 의미의 경제가 점차 은폐되고 형식적 의미의 경제가 비대해졌다는 점을 지적했다.

폴라니에 따르면 시장경제의 등장 이전 인간의 삶에서 경제는 사회적·문화적 관계들에 "묻혀 있었다"(embedded).* 인간은 사회집단의 일원이고, 개인의 경제행위는 비경제적 목표들을 포함하는 보다 넓은 범위의 사회적 관계와 결합되어 있었다. 경제가 사회에 "묻혀 있는" 한, 개인의 경제행위는 사회의 규범에 의해 제약을 받게 된다. 그러나 시장경제의 발전과 함께 경제는 점차 사회적·문화적 맥락에서 벗어나게 되었다. 경제가 자체의 법칙에 따라 움직이면서 사회적·문화적 관계가 시장의 규칙에 종속되기에 이른 것이다. 이렇게 폴라니가 '형식적 경제'와 '실체적 경제'를 구분하고, 비대해진 '형식적 경제'의 특징을 문화

---

* 칼 폴라니, 『거대한 변환: 우리 시대의 정치적·경제적 기원』, 박현수 옮김, 민음사, 1991.

적·사회적 맥락으로부터의 '탈맥락화'라고 설명했다면, 일리치는 그것을 인류학적으로 젠더라는 맥락으로부터의 탈맥락화라고 설명하고 있다. 토착적 젠더의 이중성 안에 묻혀 있던 경제가 탈맥락화되어 사회 전체를 지배하게 됨에 따라 젠더 사회가 생식기의 차이만 남은 경제적 섹스의 왕국으로 변모했다는 것이다. 일리치는 젠더로부터 뿌리 뽑힌 '호모 이코노미쿠스'를 젠더 부재의 인간, '경제적 중성자'라고 지칭하고, 이러한 사회를 사회문화적 젠더의 맥락으로부터 유리된 경제적 섹스의 왕국이라고 부른다.

산업사회는 이러한 단일성(unisex)적인 인간, 젠더 부재의 인간을 가정하지 않고는 존립할 수 없다. 이 가정은 두 가지 성이 모두 동일한 일을 위해 존재하며, 동일하게 현실을 인식하고, 사소한 장식적 변조는 있지만 동일한 욕구를 가지고 있다고 보는 것이다. 그리고 모든 경제학에 근본적으로 내재하는 '희소성'에 대한 가정은 이 단일성적인 가정에 근거하고 있다.* 그러므로 경제 이론이 전제하는 주체는 젠더 부재의 인간이다. 모든 근대의 제도는 이러한 희소성의 가정을 내포하며, 또한 그것이 내포하는 단일성적인 가정들을 사회 전체에 퍼뜨린다. 이렇게 해서 각각의 토착 문화에 내포된 미묘하고 이원적인 뉘앙스는 수천 년의 전통을 짓밟히면서 무시되고 혼동된다. 일리치는 이러한

* 이반 일리치, 앞의 책, 23~24쪽.

전략이야말로 근대라고 하는 시대를 다른 어떤 시대와도 동떨어지게 만드는 결정적인 인류학적 특징이라고 본다. 이제 경제 제도들은 문화적으로 뿌리내린 두 젠더를 단지 탈맥락화된 섹스에 의해서만 구분되는 경제적 중성자라는 새로운 존재로 바꾸어 놓았다. 경제적 중성자는 온갖 문화적 의복을 벗기고 남은 생물학적 성에 의해서만 식별될 뿐이다.

일리치는 산업사회는 젠더를 파괴함으로써 성립했고, 이렇게 성립한 산업사회는 필연적으로 성차별적이라고 본다. 성차별이란 양성 간에 전제된 평등이 침해당했음을 뜻한다. 남자와 여자를 동일한 기준으로 비교할 수 없는 곳에서는 이러한 주장이 나올 수 없다. 젠더가 지배하는 조건에서는 남자와 여자가 근본적으로 다르고, 집단적으로 서로에게 의존한다. 상호의존 덕분에 투쟁과 착취와 상대방을 짓밟는 행위에 한계가 그어지는 것이다. 반면 "희소성이 지배하는 조건에서는 남녀가 전쟁을 계속하도록 강요당하며, 여자 개개인에게 언제나 새로운 형태의 짓밟힘이 강요된다. 젠더가 지배하는 조건에서는 여자는 종속적이 될 가능성이 있다. 하지만 경제가 지배하는 조건에서 여자는 어떠한 경우에도 제2의 성에 지나지 않는다".*

그러므로 일리치에 의하면 젠더를 무시한 채 경제적·정치적·법적·사회적 평등이라는 환상적인 목표를 향해 뻗어 나가는

---

* 위의 책, 220쪽.

이중성은 '경제적 섹스'의 특징이고, 남자든 여자든 그러한 생각을 꿈꾸는 것은 허황하다. 아마도 그것은 '모두가 부자가 되는' 꿈처럼 허황할 것이다. 반면 상품생산과 상품의존을 포함한 금전적 연쇄 관계를 감소시키는 것은 결코 환상이 아니다. 만일 경제성장과 산업화가 필연적으로 젠더 파괴적, 다시 말해 섹시스트적이라면, 섹시즘은 경제의 축소를 통해서만 약화된다. 성차별의 약화는 돈과 관련된 것들의 축소와 비시장적·비경제적 형태의 자급의 확대를 필수적으로 요구한다. 젠더의 파괴는 성차별의 전조이고, 성차별을 줄이는 길은 경제의 축소에 있다는 것이다.

성차별의 역사와 이유를 분석하는 것이 일리치의 관심사는 아니다. 일리치가 말하고자 했던 것은 성차별이란 젠더가 부재한 상황에서만 있을 수 있다는 것이다. 그는 근대의 중성화된 경제적 인간에 근거해서 평등을 추구하고 토착적 젠더를 평가하는 것은 유토피아에서 캐 낸 개념을 가지고 과거를 재구성하는 것이라고 했다. 그는 "두 가지 성으로 이루어졌으나 젠더는 존재하지 않는 인간 간에 경제적 평등을 만들어 내려는 몸부림은 직선의 자를 가지고 원을 재단해서 정사각형으로 만들려는 노력과 비슷하다"고 말했다. 그리고 이 몸부림이 거세면 거셀수록 결과는 더 불합리해질 것이라고 했다.*

* 위의 책, 84~85쪽.

일리치에 따르면 순전히 경제 중심의 사회란 젠더가 존재하지 않는다는 전제를 바탕으로 하는 것이고, 여성은 바로 이 전제에 의해 특정한 방식으로 상처를 입는다. 그러나 여권주의자들은 이 전제에 질문을 제기하는 대신 기존 범주 내에서 조작된 평등을 택함으로써 무한경쟁의 자유주의적 유토피아를 만들어 내는 일에 매진하게 되었다. 일리치는 이런 움직임이 서구 혁명정신의 마지막 발작에 해당한다고 하면서 발전을 위해 예전에 벌였던 여느 운동과 다름없는 결과를 낳을 것이라 예견한다. 즉 소수에게는 더한 특권을, 다수에게는 더한 퇴보를 안겨 주는 결과를 낳으리라는 것이다. 그리고 이 다수는 이중의 게토 안에 갇혀 버리게 될 것이라고 한다. 이 '이중의 게토'란 평등의 약속이 여전히 이행되지 않는 상태에서 젠더의 보호막마저 벗겨지는 상황을 두고 일리치의 동료 바바라 두덴이 붙인 이름이었다.

그림자노동

경제 중심의 사회에서 여성은 어째서 늘 제2의 성이 될 수밖에 없는가? 이에 대해 설명하면서 일리치는 '그림자노동'(Shadow Work)이라는 새로운 조어를 만들어 냈다. 그는 한 상품에 추가 가치를 더하기 위해 소비자가 행하는 무보수노동을 지칭하기 위해 이 용어를 만들었다. 상품이 실제 효용가치를 실현하고 소비되기 위해서는 추가적인 노동이 필요하다. 일리치는 이러한 활동이 번거로운 시간의 손실을 수반한다는 점에서 '노동'이라는 말을 썼고, 이러한 수고가 소비 행위에 연관되고 이를 위한 준비 과정임을 나타내기 위해 '그림자'라는 말을 썼다.* 그림자노동은 고도의 상품시장에 의존하는 근대 산업사회의 산물이며, 상품에 의존하지 않는 자급적이고 토착적인 사회에서는 존재하지 않는다. 임금노동 밖에서, 임금노동과 병행해서 제2의 유례없는 경제활동이 생겨나게 된 것이다. 그는 그림자노동이 임금노동과 상품시장이 존재하는 산업사회의 산물임을 설명하기 위해 토착 젠더 사회의 여성과 현대 여성이 달걀 프라이 하는 과정을 비교했다.

"현대의 주부는 시장에 가서 달걀을 사고 차를 타고 집으로 돌아와 엘리베이터를 타고 올라와 가스레인지를 켜고 냉장고에서 버터를 꺼내 달걀을 부친다. 그러나 그녀의 할머니는 그렇게 하지 않았다. 닭장에 달걀이 있나 보고 그것을 집어 와서 집에서 만든 돼지기름 덩어리를 조금 떼어 낸 다음, 아이들이 공유지에서 해 온 땔감으로 불을 붙이고 사 둔 소금을 달걀에 뿌린다. 이 두 여자 모두 달걀 프라이를 하고는 있지만 한쪽만이 시장 상품과 고도의 자본화된 생산품인 자동차, 엘리베이터, 가

---

* 위의 책, 62쪽, 각주 30.

전제품을 사용한다. 그녀의 할머니는 생활의 자립을 창출하는 젠더 특유의 작업을 수행하지만, 새로운 유형의 주부는 그림자노동이라는 가사의 짐을 견뎌 내지 않으면 안 된다."

(『젠더』 66쪽)

여성만이 그림자노동을 하는 것은 아니지만, 가사노동은 전형적인 그림자노동이며, 따라서 여성이 그림자노동의 훨씬 많은 부분을 담당한다. 그림자노동은 타인을 위해 상품을 생산하는 생산노동과도 다르고, 돈과 상관없이 수행되는 토착적 활동이나 전통적 가사 활동과도 다르다. 오늘날 여성들은 자신의 선조들은 하지 않았던 그림자노동이라는 지하경제에서 일하고 있다는 것이다.

일리치는 단순히 남녀의 임금격차보다 산업사회에서 그림자노동, 지하경제가 차지하는 비중이 점점 더 커지고, 이것을 주로 여성들이 담당하고 있다는 사실에 주목한다. 그림자노동은 현대 경제학에서는 보이지 않는 부분이지만, 실은 보고된 임금노동은 빙산의 일각에 불과하고, 수면 아래 잠겨 있는 지하노동, 그림자노동은 그것을 훨씬 상회하며, 현대사회에서 기본적 욕구가 늘어날수록 이 부분은 더욱 커질 수밖에 없다고 한다.

산업사회는 점점 더 증대되는 기본적 욕구를 재화의 소비를 통해 만족시켜야 한다. 따라서 상품의 소비와 관련된 노고는 생산과 관련된 노고보다 더 근본적이다. 더욱이 기계화로 인해 생산에 투입되는 시간은 급격히 감소하는 반면 자본집약적 상품의 집중도가 증대함에 따라 소비에 투입되는 시간은 증가하고 있다. 동시에 고도의 소비 생활은 필수 조건이 되었다. 이러한 소비 생활이란 시간을 만족스럽게 이용하는 것이라기보다 시간을 도구로 이용해서 소비를 하는 것이다. 그러므로 일리치는 적어도 모든 현대 경제의 비군사화 부문에서 그림자노동의 투입량은 임금노동의 투입량을 크게 웃돈다고 한다. 그리고 어떠한 방식으로 가사노동을 화폐가치로 환산하든 간에 그 총가치는 임금노동의 가치를 상회한다고 한다. 가사노동이라는 무료 봉사 행위는 가족의 상품의존성을 위한 유일하고도 가장 근본적인 조건이며, 만일 그림자노동을 수면 위로 떠오르게 해서 그림자노동에도 보수가 지급된다면 산업체계는 마비된다. 산업사회는 그림자노동 없이는 기능하지 못한다.*

따라서 일리치에 의하면 현대사회에서 여성은 남성보다 더 심한 정도로, 더욱 광범위하게 그리고 남성과는 다른 방식으로 경제에 편입되었다. 여성들은 임금노동에서 남성과 동등하지 않으며, 임금노동이 출현하기 전에는 존재하지 않았던 종류의 일에 더욱 불평등하게 매이게 된 것이다. 모든 산업사회에서 여성은 고용상 차별을 받고 있으며, 직업이 없어도 새로운 종류의 "경제적으로" 필수적인 일을 보수도 없이 하도록 강요당하고 있

---

* 위의 책, 74~75쪽.

다. 일리치에 따르면 이것은 좀 더 많은 여성이 전문직에 진출하거나 고위 관료, 경영인이 되는 것과 상관없이 여성 전체에게 가해지는 일관된 차별이다.*

공식적인 고용과 그림자노동에서 여성에게 가해지는 차별은 범세계적이다. 뿐만 아니라 그림자노동은 부자 나라에서 가난한 나라로 수출된다. 예를 들어 슬럼이라는 근대화된 빈곤 지역에서 살고 있는 제3세계의 가난한 남녀들은 경제개발로 인해 과거 그들이 자급적으로 살아가던 방식을 모두 파괴당했다. 그들은 과거 주변 환경을 통해 시장에 가지 않고도 생활에 필요한 것들을 충족할 수 있었지만, 이제 주변 환경은 급격한 개발로 파괴되었고, 그들이 자립적인 삶을 유지하기 위해 사용했던 기술도 거의 잃어버렸다. 이런 상황에서 그들의 가정은 보잘것없는 수입에 의존할 수밖에 없게 되고 일자리마저 부족한 상태에서 상품의존적인 존재가 되어 버렸다. 이들은 토착적 젠더 구분에 의한 아무런 경제적 보호망 없이 근대적 직업으로부터도 소외되고 과거의 자급(subsistence)으로부터도 소외된다. 말하자면 이들 가난한 나라의 근대화된 빈민들에게 경제개발은 '빈곤의 여성화'와 동일한 결과를 가져온 것이다.** 그들은 젠더 구분에 의한 경제적 보호망 없이 원시적 축적의 대상으로 떠밀린

* 위의 책, 79쪽.
** 위의 책, 81~83쪽.

것이다.

결국 여성에 대한 경제적 차별은 산업사회가 시작되면서 나타났고, 그것은 산업사회의 수면 아래 은폐된 거대한 빙산인 그림자노동에 의해 유지된다. 산업사회와 경제성장이 유지되는 한 이 차별은 없어지지 않는다. 젠더를 문질러 버린 경제적 섹스의 사회는 필연적으로 섹시스트 사회이다. 전통 사회에서는 젠더에 따른 일의 분리, 구분은 있었지만, 이것이 본질적 차별은 아니며, 여성이 경제적으로 남성에게 의존하지 않았다. 그러나 현대에서 여성의 노동은 그림자노동이 되면서, 이것이 금전적으로 평가되지 않고, 따라서 남성의 임금노동에 명목상 의존하게 된다. 이것은 모든 영역이 경제화됨으로 인해 일어나는 변화이다. 공유재가 자원, 즉 희소한 가치가 됨으로 인해 생겨나는 결핍과 은폐된 노동의 희생자가 여성이라는 것이다. 어머니의 그림자노동이야말로 화폐 유통, 임금, 자본 형성을 위한 잉여가치가 모두 궁극적으로 의존하는 경제활동이라는 것이다. 그리고 산업사회에서 이 비공식 부분이야말로 식민화되었다는 것이다. 달리 말하자면 '호모 에코노미쿠스'라는 패러다임은 남자와 여자가 실제로 존재하는 바에 들어맞지 않는다는 것이다.

그러므로 일리치는 경제성장과 남녀의 경제적 평등이 함께 갈 수 있다는 생각을 포기하라고 한다. 경제가 성장할수록 그림자노동은 증가하고 따라서 대다수 여성의 상황은 더 어려워진다. 평등을 동반한 성장에 대한 꿈은 환상이라는 것이고, 여성에 대한 경제적 억압을 남성 마초들의 탓이라고 돌리는 전략으로는 결코 문제가 해결되지 않으며, 대다수 여성들과 그림자노동을 전가당한 가난한 나라의 빈곤한 사람들에게는 어떠한 변화도 가져다주지 못한다는 것이다.*

　　반면 일리치에 따르면 어떠한 형태든 남녀 사이의 평화는 경제의 팽창이 아니라 경제의 축소에 달려 있다. 경제의 축소와 함께 적어도 덜 성차별적인 사회가 도래할 가능성을 점쳐 볼 수 있을 것이라고 한다. 산업주의적 생산으로부터 자급으로의 이행, 공유재의 회복이 결국 성차별의 축소에 이르는 길이라는 것이고, 결과적으로 그것은 젠더의 회복으로 가는 길이기도 할 것이다. 상품생산과 상품의존 둘 다를 포함하는 금전적 연쇄 관계를 감소시키는 것이 중요하며, 일리치는 지구상의 가난한 나라와 부자 나라 사이의 균형을 위해서도, 앞으로 벌어질 끔찍한 생태적 위기 상황에 대한 대안으로도 이러한 축소만이 현명한 선택일 것이라고 한다. 금전적 관련성으로부터 점차적으로 플러그를 뽑고 자급을 이루는 것은 이제 생존을 위한 조건이라는 것이다.

---

* 　위의 책, 79쪽.

"하느님은 그들을 남자와 여자로 창조하셨다"

일리치는 근대 산업사회를 인류학적으로 젠더의 상실과 '경제적 중성자'의 등장, 내지는 '경제적 섹스'의 성립 과정으로 묘사하고, 그림자노동이라는 새로운 개념을 통해 '경제적 섹스' 위에 구축된 사회가 필연적으로 성차별적 사회일 수밖에 없음을 입증하고자 했다. 그리고 '경제적 섹스'라는 전제를 문제 삼지 않은 채 경제적 평등, 남녀평등을 추구하는 것이 환상적 목표를 향한 것이라고 비판하고, 대신 '경제의 축소'만이 여성 차별을 포함한 사회경제적 차별을 줄이고 생태계의 지속성을 유지할 수 있는 길이라고 했다.

당시는 물론이고 오늘날에 들어도 매우 도발적인 일리치의 이러한 주장 근저에 깔려 있는 것은 소위 근대화와 '문명화' 과정의 비용을 무겁게 지고 있는 민중에 대한 일리치의 관심이다. 이것은 남성이든 여성이든 이른바 '근대화된 빈곤' 속에서 힘겹게 살아가던 뉴욕 빈민가와 멕시코, 푸에르토리코의 가난한 민중들과 함께했던 일리치 자신의 경험의 연속선상에 있는 것이기도 하다. 아마도 거기서 그는 자본주의 산업생산의 흐름 바깥에 존재하는 자급의 경제, 토착적인 삶의 경제의 가능성을 보았을 것이다. 민중에 대한 일리치의 관심이 뿌리내린 지적·경험적 공간은 마르크스주의나 그 어떤 사회과학적 이론에 근거한 평등 이념이 아니라, 바로 이러한 민중의 자급적이고 토착적인 삶, 즉 젠더에 뿌리내린 삶이다. 아마도 이 점이 오늘날 진보나 대안운동을 추구하는 많은 사람들과 근본적으로 달라지는 지점일 것이다.

『젠더』 후반부에서 일리치는 유럽에서 젠더 경계가 소멸해 간 역사적 과정을 더듬어 간다. 말하자면 젠더로부터 섹스로의 이행이라는 관점에서 쓴 유럽 남녀관계사의 조망도라고 할 수 있다. 물론 시장관계들의 형성, 자본주의의 침투, 화폐화와 상품 의존은 젠더의 폐기를 가속화했다. 그러나 일리치에 의하면 이 이행의 과정은 그보다 훨씬 일찍 12세기 중엽에 준비되었다. 우선 경제적인 측면에서 이 시기부터 유럽에서 부부를 대상으로 과세하기 시작했다. 이전에는 부부가 가정의 중심이 아니라 조상과 집과 토지, 혈연관계를 포함한 전체를 뜻하는 domus와 그 수호신들인 lares가 가정의 중심이었다. 과세를 할 때도 젠더 구분에 따라 남녀에게 각기 다른 현물이 요구되었다. 그러나 이 시기에 오면 부부가 과세 단위로 되고 생산공동체로서 부부가 지니는 생산성이 주목받기 시작하면서 부부가 유례없이 가정의 중심으로 부각된다. 그러면서 12세기에는 결혼의 새로운 형태가 나타나기 시작했고, 이 대목에서 교회가 중요한 역할을 한다. 교회는 혼인을 비적(祕籍)으로 선언함으로써 부부의 가치를 고양시켰다.*

* 위의 책, 128~132쪽.

일리치는 12세기 중엽 교회에서 나타나기 시작한 혼인서약서 안에 표현된 생각, 즉 계약관계에 있는 부부 양측이 각기 동등한 '부분'으로 결합되어 있다는 생각에서 남녀평등에 대한 개념의 기원을 발견한다. 이 시기 교회가 한 쌍의 남녀의 내적 관계를 새롭게 도식화했다는 것이다. 12세기 들어 남자와 여자가 하느님 앞에서 혼인서약을 하기 전에는 맹세하지 말라는 산상수훈의 명령에 따라 맹세하는 것은 교회에 의해 철저히 금지되었다(실제로 혼배성사는 가톨릭의 일곱 가지 성사 중 가장 늦게 정해졌다). 그런데 이제 사회경제적 변화와 함께 부부가 가정의 중심에 오고 교회가 나서서 하느님을 내세워 부부의 결합을 보증하게 된다. 하느님이 각각의 동등한 개인 남녀를 결합시키는 접착제가 된 것이다. 그럼으로써 이제 교회는 단순히 지역의 의식집행자의 위치로부터 각 가정의 문턱을 넘어 그들의 침대 속, 마음속까지 밀고 들어왔다. 예로부터 마을마다 젠더 구분에 따라 토착적, 자생적으로 형성되었던 겸손이나 성실 같은 미덕이 이제부터 교회의 완전무결한 목회적 서비스 행위의 대상이 된 개인의 양심으로 대체되었다. 1215년 라테란공의회에 의해 교회법으로 의무화된 사제 앞에서의 연례적 고해야말로 바로 이 양심이라는 내면적 공간을 확보하는 과정이었다고 한다. 이전에는 제의를 책임졌던 사제가 이제 젠더 부재의 각 개인의 양심의 이야기를 듣는 청죄사가 된 것이다. 또한 교회는 동성애를 기본적인 왜곡으로 정의함으로써 이성 간의 쌍이 정상이라는 개념을 만들어 냈다. 물론 이전에도 동성애적 행위는 존재했지만, 누군가 동성애 행위를 한다는 것은 누군가는 작가라고 말하는 것과 같은 수준에서 이상하다고 말하는 것이었고, 대부분 나름의 방식으로 그들을 받아들였지, 동성애를 이성애와 대립시켜서 비정상적인 성적 왜곡으로 규정하지는 않았다는 것이다.*

　일리치에 따르면 이러한 일련의 변화는 인간이 개인과 공동체를 이해하는 데 큰 변화가 일어난 것을 의미한다. 12세기 혼인서약서에 나타나는 두 개인 사이의 결합이라는 개념은 상대방 젠더의 '너'를 개인이라는 추상적 단위로 만듦으로써 '우리'의 구체성이 사라지는 것을 의미한다. 즉 추상적 개인이 탄생함으로써 공동체가 젠더에 의해 스스로에게 부과했던 공동체의 크기 제한이 사라지고 무한히 확대되는 전 지구적인 '우리'라는 개념이 탄생할 수 있게 된 것이다. 12세기에 일어난 이 변화는 인간 행동에 대한 새로운 종류의 개념화가 탄생하는 인류학적 뿌리였다는 것이다. 바꿀 수 있고 대체할 수 있는 각 부분들로 이루어진 하나의 '체계'로서 사회와 문화가 탄생하게 된 기원이라는 것이다. 이 변화로부터 생겨난 것은 구체적 현실로부터 떠난 전 지구적인 '우리'라는 추상적 개념이다. 이로부터 개체적이고 소유적이며 또한 물질적 생존자라는, 즉 젠더가 부재하는 중성적 경제인이라는 개념이 탄생했다는 것이다. 이제 이러한

---

*　위의 책, 183~195쪽.

전제는 결혼 생활에서 학교에 이르는 제도들 가운데 구현되어 역사의 주체를 변화시켰다. 이제 역사의 주체는 더 이상 자기규제적인 여자와 남자가 이루는 애매하고 비대칭적인 결합으로서 gens나 lares가 아니다. 오히려 주체는 계급, 국가, 회사, 또는 파트너로서의 부부 따위의 위조된 '우리'로 만들어진 이데올로기적 개념으로 변했다.*

　이러한 맥락에서 일리치는 유럽의 역사를 세 단계로 구분했다. 즉 '젠더' 시대(11세기까지), '젠더 붕괴'의 이행 국면(12~18세기), 그리고 '섹스'에 의한 지배 시기(19세기 이후)이다. 이제 우리가 살고 있는 시대에 이르러서는 인간 자체가 추상적인 시스템의 일부로 이해되고 있다. 오늘날 인간은 평균적 생존을 유지하기 위한 표준적인 욕구를 할당받아 이를 충족하는 것이 마치 유일한 삶인 것처럼 여기고 있다. 한계가 지어진 공동체 안에서 젠더적 존재로 자립적으로 살아가는 것이 아니라, 모든 것을 관리받아야 하고, 그 결과 모두가 동일한 삶의 방식을 따라야 하게 되었다. 즉 수정란에서부터 벌레밥이 되기까지 관리당하는 것이다. 한마디로 좀비들의 세계가 도래한 것이다.

　이렇게 대담한 일리치의 역사 구도가 실증적으로 정확한지 판단할 수 있는 역량은 내게 없다. 그러나 일리치의 이러한 역사적 고찰에서 느껴지는 것은 젠더 사회의 낭만화라든가, 아니

* 위의 책, 221쪽.

면 이제 다시 젠더 사회로 돌아가자는 것이 아니다. 그런 것이 아니라 오히려 잃어버린 선한 것들에 대한 일리치의 비애가 느껴진다. 일리치는 이러한 비애를 품고 우리 시대의 신화와 우상을 무너뜨리고 있다. 그는 이 책 첫머리에서 산업사회가 만들어낸 두 가지 신화에 대해서 언급했다. "산업사회는 두 가지 신화를 창조했다. 하나는 이 사회의 성적 계보에 관한 신화이고, 다른 하나는 평등을 추구하는 운동에 관한 신화이다."* 산업사회는 자신에게 필요한 역사를 조작해 내는 과정에서 산업사회의 섹스와 본질적으로 다른 젠더를 성역할의 원시적 형태로, 섹스의 이전 형태로 해석했다. 산업사회는 젠더 부재의 현재와 젠더화된 과거 사이의 연속성을 짜맞춰서 섹스를 젠더의 계승으로 합법화한 것이다. 그는 이 조작된 계보는 합법적인 조상을 갖고 있지 못한 현실에 떳떳이 대응할 수 없는 섹시스트 사회가 필요로 하는 픽션이라고 했다. 섹스를 젠더 안에 심는 것은 위조라는 것이다. 일리치는 자신이 이 책을 쓴 목적은 역사에 대한 그와 같은 중앙집권적 거짓 시각에 맞서기 위한 것이라고 한다.** 그러므로 이 책에서 일리치가 한 작업은 섹스와 젠더 사이의 단절을 주시하고 현재를 과거에서 분리시키는 균열을 밝히는 작업이었고, 산업사회의 위조된 섹스의 계보와 거기 근거한 평등

---

* 위의 책, 16쪽.
** 위의 책, 219쪽.

의 신화를 깨부수는 작업이었다.

남성으로서 일리치가 젠더에 대해 말하는 것은 오늘날 페미니스트들을 격분하게 할 수 있다. 젠더 사회를 일리치가 이상화, 낭만화했다고 비판할 수도 있을 것이다. 그러나 일리치의 주장에서 여전히 유효한 것, 그리고 그의 주장의 핵심은 젠더 사회보다 '경제적 섹스'의 사회가 훨씬 더 성차별적일 뿐만 아니라 필연적으로 성차별적이라는 것이다. 그러므로 경제성장과 남녀평등을 동시에 추구하는 여성운동의 전제에 대해서 재고해야 한다는 일리치의 주장은 특히 성장의 한계가 보다 가시화된 현시점에서 경청해야만 한다.

일리치는 이렇게 말한다. "수도자나 시인이 죽음에 관해 명상하다가 현재의 절절한 살아 있음을 감사의 마음으로 향유하듯이, 우리는 젠더의 서글픈 상실과 맞닥뜨리지 않으면 안 된다. 나는 경제적 중성자가 이중의 게토에 처해 있다는 사실을 철저하고 분명하게 인식하고 경제적 섹스가 가져다주는 안락을 거부하는 길로 나아가지 않는 한, 현대를 살아가는 생생한 삶의 기술은 회복될 수 없으리라 본다. 그러한 삶에 대한 꿈을 이루고자 한다면 감상을 배제하고 경악할 만한 진상들을 직시해야 한다."*

일리치가 내놓고 말하지는 않았지만, 사실 일리치의 이러한

---

* 위의 책, 221~222쪽.

논의들 밑바탕에는 근원적인 인간적 존재 양식으로서 젠더, 즉 "하느님이 그들을 남자와 여자로 창조하셨다"(창세 1:27)는 성서적 젠더 구분이 깔려 있다고 본다. 성서적 관점에서 보면 모든 것의 평균이라는 의미에서의 평등이라는 것은 존재하지 않는다. 그것은 인간을 하나의 수학 단위로 환원시킨 것이고 순전한 관념의 산물이다. 기독교 신앙에 입각해서 보면 인간은 그렇게 창조되지 않았다. 따라서 산업사회가 전제하는 경제적 중성자로서의 인간은 기독교적 인간관에 대한 배반이다. 하느님이 인간을 젠더적 존재로 창조하신 것인지, 아니면 인간 자신이 젠더적 존재로 사회화되었는데 그것을 하느님에게 투사한 것인지 묻는 것은 부질없다. 왜냐하면 신학은 곧 인간학이고, 신앙 안에서 인간학은 곧 신학일 수밖에 없기 때문이다.

'장소'에
뿌리내리기

1.

정확히 언제였는지 모르겠다. 고양이 똥 때문에 동네 사람 몇이 우리 집 고양이들을 치우라고 했다. 집이 1층이다 보니 어쩌다 나들이 맛을 들인 고양이들이 걸핏하면 집 밖으로 내보내 달라고 아우성을 쳤고, 나는 고양이들을 이기지 못했다. 고양이를 좋아하는 사람이 있으면 싫어하는 사람도 있는 법. 당장 몇 사람이 우리 집 고양이들에 대해 불만을 터뜨렸고, 나는 사과 편지를 써서 집집마다 돌리고 고양이 똥을 치울 테니 우리 고양이들이 밖에 돌아다닐 수 있게 허락해 달라고 양해를 구했다. 이렇게 해서 나는 매일 아침 우리 고양이만이 아니라 온 동네 개와 고양이의 똥을 치우게 되었다.

처음엔 개똥, 고양이 똥만 치우다 이제는 웬만한 쓰레기들을 다 치운다. 한겨울이나 비 올 때만 빼고 일 년 내내 아침마다 습관처럼 동네를 돈다. 다른 쓰레기들은 빌라의 공동 쓰레기봉투에 담고 똥은 거름 되라고 이슬 젖은 마당 한켠에 묻는다. 부삽을 들고 어디 묻을까 적당한 곳을 찾다 보면 저만치 뚱이와 콩쥐가 야옹대며 알은체한다. 덩치가 큰 고양이 한 마리와 훨씬 작은 고양이 한 마리가 서로 엉겨붙었다 떨어졌다를 반복하며 다가온다. 잡초가 무성한 마당의 초록색과 고양이의 누런색, 갈색이 햇빛 아래 조화롭다. 내 옆에 오면 콩쥐는 재빨리 자세를 잡고 누워 제 몸을 핥고, 뚱이는 멀뚱하니 제 똥 치우는 것을 바라본다. 윙윙 파리 소리가 나면 영락없이 똥 무더기가 있다. 부삽으로 먼저 땅을 조금 파고 거기 똥을 묻는다. 묻다 보면 부삽으로 지렁이나 땅속 개미집을 건드릴 때가 있다. 고양이들이 물어죽인 참새나 생쥐를 묻을 때도 그렇다. 매번 조심하는 걸 잊는다. 미안하다.

개똥, 고양이 똥을 치우다 보면 어릴 적 생각이 많이 난다. 그때는 넝마주이가 있었다. 검게 물들인 군복을 입고 머리에는 챙이 달린 모자를 쓰고 한쪽 어깨에 대나무나 싸리나무로 짠 커다란 바구니를 메고 다녔다. 그들은 동네 어귀를 다니며 종이며 옷가지며 깡통 같은 것들을 집게로 집어 바구니에 담았다. 그들은 어떻게 됐을까. 몇이라도 살아 있을까. 길 건너 아랫집에 살던 뇌성마비 동갑내기 윤범이. 윤범이가 오르다 떨어진 감나무.

인텔리였던 윤범이 엄마의 하얗고 성말라 보이던 얼굴. 윤범이는 살아 있을까. 집 뒤 담벼락 밑에 손가락만 하게 매달려 있던 오이, 묵정밭에 뒹굴던 늙은 호박. 사람들은 아직도 호박을 심고 있을까. 참, 아파트촌으로 변했지. 그리고 아, 저녁 바람에 조용히 흔들리던 그 해바라기. 쟁반 같은 얼굴에 온통 주황색 갈기를 달고 고개를 까딱 숙인 채 저녁노을에 조용히 검붉은 빛으로 변해 가던 해바라기. 지금은 완전히 사라졌겠지. 모든 것이 황량해졌겠지.

이런 것들은 특별하지도 않고 그다지 아름답지도 않은 기억들이다. 다만 내 유년의 장소들과 얽혀 그 장소들을 가득 채우고 있던 기억들이고, 그래서 잊을 수 없는 것들이다. 쪼그리고 앉아 고양이 똥을 묻다 보면 그런 기억이 연이어 떠오르고, 이제는 그런 장소, 기억만이 아니라 그것과 연결된 가치들마저 낡고 지나가 버렸다는 생각을 한다. 그런 장소, 기억과 결부되어 형성된 나의 가치관이 총체적으로 공격받고 있다는 사실을 깨닫는다. 내가 가진 불만과 내가 겪는 불화의 정체를 명료하게 언어화해 줄 말들을 찾으면서 매일 아침 나는 똥을 치우고 쓰레기를 줍고 고양이들과 눈을 마주친다. 지금 내가 살고 있는 장소와 결부된 일이 과거의 장소들에 대한 기억을 일깨우고, 그 기억은 다시금 현재 내가 처한 곤경을 부각한다.

잘하는 일도, 잘못하는 일도 아닌 이 일을 나는 왜 하는가. 아마도 그것은 어린 시절 내가 살던 장소, 그리고 지금 살고 있는 장소에서 내가 겪고 있는 정서적 경험과 연결되어 있기 때문일 것이다. 그것은 나의 개성과 정체성, 정서적 안정감의 근원으로서 '고향'이라는 말로 가장 잘 표현될 수 있는 나의 '장소성'과 결부된 일련의 행동들이기 때문이라고 생각한다. 장소와 결부된 심리적·정신적 애착은 세계를 바라볼 수 있는 안전지대, 즉 생각으로 세계를 견인해 볼 수 있는 아르키메데스의 점을 만들어 갈 수 있게 해 준다. '고향'에 속한 사물과 사람들은 하나하나 고유한 이름과 지울 수 없는 특징들을 가지고 있고, 그래서 풍요롭고 다채롭다. 그리고 그러한 다채로운 경험 안에서 나를 닫는다.

돌아보면 나는 내 인생의 시기마다 한 장소에 오래도록 뿌리내리고, 그곳에 속한 사물의 질서 안에서 세상을 바라보는 내 나름의 입장을 가지려고 애썼다. 어린 시절 뛰어놀던 서울 변두리의 산과 들, 1970년대 말 이화여대의 수수하고 검소했던 풍경들은 내가 가진 미적 감수성의 토양이 되었고, 나는 이런 장소들을 매개로 해서, 즉 이런 장소들이 나와 내 주변 사람들에게 갖는 의미들을 존중하는 법을 배우면서 친밀감, 배려, 관심과 같은 인간적 감정과 태도를 익혔고, 무언가를 소중히 여긴다는 것이 어떤 것인지 배웠던 것 같다. 구체적인 장소와 얽힌 이러한 경험들은 인간이 자기 밖의 세계와 관계를 맺는 가장 기초가 되는 경험들이다. 이제 내게 남아 있는 장소 경험이라고 해야 고작 고양이 똥을 치우는 정도이지만, 가늘게나마 끊어지지 않고 장소에 뿌리내릴 수 있다는 것이 감사하다. 죽을 때까지 이곳에서 고양이 똥을 치우면서, 고양이 때문에 동네 사람들과 아웅다웅하면서 살고 싶다.

2.

어딘가에 뿌리를 내리고 '내것', '우리것'으로 인식되는 어떤 장소를 소유하고자 하는 것은 아마 인간 본성의 일부일 것이다. 국가권력과 지배 세력은 이러한 인간 본성을 애국주의나 조직에 대한 충성심으로 둔갑시켜 사람들을 동원하고 이용하고 싶어 하지만, 장소에 뿌리내리고자 하는 인간의 욕망은 그런 것이 아니다. 자기가 속한 장소를 아끼고 무리하게 인간의 의지에 복종시키지 않으면서 집을 짓고 농사를 짓고 장소를 돌보는 것, 즉 장소의 본질 자체에 대한 존중은, 성서를 비롯하여 장소에 뿌리내린 토착적 전통문화의 가장 기본적인 특징이다. 왜냐하면 특정 장소에 뿌리내린다는 것은 그 장소에 속한 사물이나 사람들 하나하나에 대해 친밀감을 느끼고 애착을 갖게 되는 것을 의미하고, 그럴 경우 그 장소에 속한 것들, 전체로서 그 장소를 함부로 손대거나 건드릴 수 없기 때문이다.

자신의 장소에 뿌리내린 고유한 생명체로서 피조물들과 대면하게 될 때 우리는 그들에 대해 애정을 느끼게 되고, 애정을 느낄 때는 함부로 착취하고 파괴하지 못한다. 애정을 느낄 때 우리는 추상적 범주들을 깨부수고, 독특한 방식으로 자신이 뿌리내린 장소에서 살아가는 개체와 만난다. 우리는 구체적으로, 개별적으로 아는 것만을 사랑할 수 있다. 그러므로 우리가 사랑하는 것들을 옹호하기 위해서 우리는 구체적으로 사고하고 구체적인 언어를 구사해야 한다. 우리로 하여금 정말로 가치 있는 것들을 위해 헌신하게 만드는 것은 추상적이고 객관적인, 비인격적 언어가 아니라 친숙함과 경외, 애정 같은 것이고, 이러한 감정이야말로 구체적인 장소에 뿌리내린 개별적이며 대체불가능한 사물들, 즉 살아 있는 사물들 자체에 의해 촉발된다.

구약성서는 말할 것도 없고 신약성서에서도 예수의 가르침은 그가 살던 갈릴리와 팔레스타인의 지리적·생태적 장소성을 떠나서 이해할 수 없다. 예수는 자신이 거주하던 장소인 갈릴리와 이스라엘의 구체적인 남자들과 여자들, 어린아이들 말고 무슨 보편적 인류애에 대해 말하지 않았고, 그의 장소에 속한 구체적인 사람들과 사물을 떠나 추상적 언어로 사고하지 않았다. 예수는 자신이 현재 살고 있는 장소에서 과거부터 이어져 온 삶의 행렬, 즉 하느님의 백성인 이스라엘 백성의 역사의 흐름에 입각해서 자신의 소명을 자각했다. 어부들이 그물을 깁던 갈릴리 바닷가, 언제 강도가 출몰할지 모르는 여리고 길, 암탉이 병아리를 모으는 시골 농부의 마당, 그가 기도하던 겟세마네의 올리브나무숲. 이런 것들은 단순히 배경이 아니라 예수와 그 주변 인물들의 삶과 장소를 가득 채우고 있던 구체적인 사물들이고, 하나하나가 다른 것으로 대체 불가능한 고유한 것들이었다. 복음서에서 우리는 이처럼 구체적인 장소에 매인 자연 사물들과 사람들에 대한 이야기를 듣게 된다.

예수는 장소성에 대한 감각, 즉 익숙한 한 장소에 뿌리내리는 일의 중요성에 대해 매우 예민한 감각을 가지고 있었고, 따라서 그가 인간에게 요구했던 행동양식 역시 특정 장소와 그 장소에 속한 존재들과의 친밀한 사귐, 존중과 배려, 즉 사랑이었다. 그 것은 이웃사랑이라는 말로 가장 잘 표현할 수 있다. 이웃사랑은 장소에 뿌리내린 사랑이다. 예수는 인류애가 아니라 이웃사랑을 촉구했다. 구체적인 장소 안에서 육화된 사랑, 즉 이웃사랑만이 진정한 사랑으로 승인된다. 장소성을 인식할 때 우리는 자신이 육체를 가진 존재, 살과 피로 된 존재임을 자각하게 된다. 예수가 요구한 이웃사랑 역시 육화된 사랑이었다. 그 사랑은 강도 만난 사람을 보고 "측은한 마음이 들어서 가까이 가서, 그 상처에 올리브 기름과 포도주를 붓고 싸맨 다음에, 자기 짐승에 태워서, 여관으로 데리고 가서 돌보아 주는"(누가 10:33-34) 사랑이다. 세대에서 세대를 거쳐 전해 오는 사마리아인 이야기의 아름다움은 그 구체성, 시시콜콜함, 자상함에 있다. 이웃사랑은 자상한 사랑이다. 그리고 그 자상함은 장소와 장소에 뿌리박은 존재들과의 육화된 세밀한 관계들로부터 온다.

그러나 오늘날 근대인은 이 시시콜콜함을 견디지 못한다. 우리는 모든 것을 교환 가능한 것으로, 다른 것으로 대체 가능한 것으로 생각하는 데 아주 익숙하다. 자본주의 사회에서는 오로지 '돈'의 추상성에 의해 모든 것이 대체 가능한 것으로 균질화되어 버렸기 때문이다. 가격이 같으면 가치도 같고 실제로도 같은 것이라는 일종의 균등주의가 존재한다. 개발가치가 같으면 논이든 밭이든 길이든 모두 똑같고, 화장실 변기의 물이나 호수의 물이나 다 같은 H_2O이다. 이 장소나 저 장소나 이 생명체나 저 생명체나 가격이 같으면 같다. 화폐의 보편성에 근거한 자본주의의 추상화 과정에서는 모든 것이 교환 가능하며, 다른 것으로 대체될 수 있다. 원래 각자 자신이 속한 장소에서 고유하고 다채로운 방식으로 육화된 존재들이었는데, 그 구체성을 잃고 화폐라는 단일한 추상성에 의해 보편화되고, 그럼으로써 모든 것이 대체 가능해진다. 그래서 세월호 아이들의 목숨도 보상금 얼마로 대신할 수 있고, 돈을 위해서는 유유하게 흐르는 강물을 거대한 시멘트 보에 가둔 죽은 물로 바꿔도 상관없다고 생각한다. 유유히 흐르는 강물이나 시멘트 보에 갇힌 물이나 같다고 생각한다. 그리고 실은 절대 같을 수 없는 것을 같은 것으로 취급하다 보니 이루 말할 수 없는 고통이 생겨난다.

결국 장소에 뿌리내린 삶의 구체성을 잃어버리면서 옳고 그름, 좋고 싫음에 대한 정치적·문화적 감수성이 상업적 무차별주의 내지는 개발주의적 공격성으로 바뀌어 버렸고, 이것은 필연적으로 정치적·문화적 획일주의, 전체주의로 귀결된다. 이것은 오늘날 근대인이 제2의 천성처럼 내면화한 상업적 호환성의 교리이며, 우리는 그것이 마치 자연법칙이기라도 한 양 어디에나 적용한다. 그래서 어느 장소나 똑같고 살아 있는 동물이나 죽은 고기나 똑같으며, 인간 역시 얼마든지 대체 가능하다. 이처럼 상업적 호환성의 교리가 일반화되면서 우리의 사고와 언어 역시 바뀌었다. 그 결과 구체적인 장소로부터 뿌리 뽑힌 생경한 언어들이 횡행하며, 우리가 그러한 뿌리 뽑힌 언어에 익숙해지는 만큼 개별적인 삶과 장소의 소중함에 뿌리박은 예수의 언어로부터 멀어진다. 아마도 이것이 진보든 보수든 오늘 우리가 아무리 호의와 열의를 가지고 접근해도 예수의 정신의 핵심을 놓치게 되는 근본이유 중의 하나일 것이다.

예수의 가르침은 근대적 의미에서의 평등주의와 다르다. D. H. 로렌스는 「민주주의」라는 에세이에서 인간의 삶을 근원적으로 무의미하게 만들고 인간을 산송장으로, 기계로 만드는 근대 산업문명의 내재적 논리를 밝히고, 그것은 삶의 가치를 옹호하는 '새로운 민주주의'와 양립할 수 없다고 말했다.* 그는 근대 과학기술의 진보와 거기에 근거한 물질적 삶의 향상이 도리어 삶의 빈곤화와 의미 상실을 초래하는 것은 거기 내재된 논리가 삶을 극도로 단순화하는 수량적이고 기계적인 환원주의의 논리이기 때문이고, 그것은 새로운 민주주의와 양립할 수 없

---

* "Democracy", *Selected Essays D. H. Lawrence*, Penguin Books, 1950, 73~95.

다고 했다. 이 글에서 로렌스가 집중적으로 공격하고 있는 것은 '평균치'라는 개념이다. 그가 보기에 평균이란 추상적인 관념의 산물이며, 인간을 하나의 수학 단위로 환원한 것이다. 그리고 그것은 순전히 "하나의 살아 있는 인간을 다른 살아 있는 인간과 비교하기 위한" 것이다. 즉 평균치의 인간이라는 개념은 인간을 기계적으로 측정하기 위해 만들어졌다는 것이다. 로렌스는 이렇게 인간을 비교하기 위해 평균적 인간이라는 개념을 만들어 낸 것은 키츠의 시를 양고기와 비교하기 위해 돈이라는 추상적 화폐단위를 고안해 낸 것과 똑같다고 한다. 이 평균적인 인간은 모든 인간이 신체적으로, 기능적으로, 물질적으로 필요로 하고 갈망하는 것을 나타낸다. 요컨대 '평균적 인간'은 인간 존재 안에서 물질적 필요의 표준을 나타내기 위한 것이다. 그러므로 '평균적 인간'의 유용성은 물질적 차원에서의 편리함과 유용성에 국한되며, 철저히 수단에 머물러야 한다. 그런데 이러한 '평균적 인간'을 평등이라는 이념으로 이상화하는 것은 로렌스가 보기에 수단을 목적으로 만드는 것이고, 따라서 난센스이다. 그는 이런 의미에서의 평등을 경멸한다.

이에 비해 장소에 뿌리내린 인간은 결코 비교될 수 없다. 로렌스는 이렇게 말하고 있다.

모든 것이 본래 독특한 이상 비교란 전혀 성립될 수 없다. 한 인간은 다른 인간과 동등하지도 않고 그렇다고 동등하지 않은 것도 아니다. 순수한 자아인 내가 다른 사람 앞에 서 있을 때, 나는 동등이라든가 열등이라든가 우월이라든가 하는 것을 인식하는가? 나는 인식하지 않는다. 진정한 의미의 나 자신이 그 자신이 되고 있는 어떤 사람과 함께 서 있을 때 나는 오직 개별성의 신비로운 존재를 인식할 뿐이다. 내가 있고 또 다른 생명체가 있을 뿐이다. … 비교도, 추정도 불가능하다. 존재하는 개별성의 신비로운 인식만이 있을 뿐이다. 다른 사람의 존재 때문에 나는 기쁘거나 불쾌하거나 슬플 수 있다. 하지만 비교란 전혀 개입될 수 없다. … 자신의 절대적인 생명에서 떠나 기계적인 물질세계로 들어갈 때에만 비교가 개입한다. 그런 경우 동등과 차등이 동시에 시작된다.

（「민주주의」 92~93쪽）

로렌스가 비판하고 있는 '평균치'라는 개념은 장소로부터 뿌리 뽑힌 근대인의 머릿속에 이식된 개념틀이며, 애당초 인간의 장소성과 삶 자체에 대한 몰이해에 근거한 것이다. 그것은 기계의 방식을 인간에게 적용한 것이다.

오늘날 우리를 고통스럽게 하는 대부분의 일들의 근저에는 실은 이러한 사고가 자리 잡고 있다. 그것은 자본주의든 사회주의든, 진보든 보수든 마찬가지다. 오늘날 산업문명은 고유하게 자신이 속한 장소에 뿌리내리고 자기 자신이 되고자 하는 근원적인 인간욕구에 대한 몰이해에 기초해 있다. 오로지 외적인 발전, 생활수준의 향상이라는 척도에 매달리고, 수량화해서 측정하고 비교할 수 있는 것, 즉 평균화가 가능한 것만이 인간의 삶에서 유일하게 현실적인 것이라고 믿고 있다.

가령 경제적인 측면에서도 한 장소에 뿌리내린 사람들이 얼마나 주체적이고 자급적으로 자신의 경제적 삶을 유지해 나가느냐는 것은 전혀 고려의 대상이 되지 않는다. 중요한 것은 오로지 수치상으로 측정할 수 있는 이익뿐이고, 수치화할 수 없는 실제 구성원 한 사람 한 사람의 경제적 독립성과 자율성은 무시된다. 이것은 GNP 또는 GDP와 같은 추상적인 사회경제적 지표들이 경제에서 결정적인 요소가 된다는 것을 뜻한다. 자기 장소에 뿌리내리고 살아가는 눈앞의 구체적인 인간이 아니라 추상적인 숫자가 중요해지는 것이다. 이러한 경제에서는 구체적인 개인과 가족, 공동체가 느끼는 삶의 풍성함이나 만족감과 각종 경제지표가 나타내는 것 사이에 커다란 괴리가 있고, 삶이 공식적인 경제로부터 소외된다.

이처럼 구체적인 인간이 아니라 추상적인 수치를 경제의 기본 척도로 삼을 때 무한히 직선적으로 성장하는 경제라는 개념이 생겨난다. 숫자는 무한히 앞으로 전개될 수 있기 때문이다. 그러나 실제 살아 있는 자연과 개인과 공동체는 무한대로 성장할 수 없고, 행복이라든가 삶의 풍성함 같은 것 역시 무한히 확대되는 수치로 환원될 수 없다. 이러한 의미에서 오늘날 자본주의 산업경제는 실은 무한히 확장될 수 없는 것을 무한히 확장될 수 있는 것으로 잘못 가정하는 데서 출발하고 있다. 그것은 구체적인 장소에 뿌리내린 인간 삶의 다채로움이나 복잡성과는 상극이다. 한마디로 그것은 비역사적이고 비인간적이며, 결국은 전체주의의 방향으로 나아가게 된다. 그리고 그것은 끝없이 전진하기보다는 한 장소에 머물러서 내 앞에 존재하는 사물들, 인간들을 응시하고 그들을 돌보라는 예수의 요청에 응하는 일을 근본적으로 어렵게 만든다. 내가 속한 장소와 그 장소에 서식하고 있는 피조물들과 나와의 연결성을 흐리게 하고, 그러한 것들에 나를 연결시켜 주는 구체적인 행동과 보살핌으로부터 멀어지게 한다.

3.

『정의의 길로 비틀거리며 가다』에서 리 호이나키는 오늘날 근대의 다양한 현상을 관통하는 한 가지 특징은 "뿌리 없음", 즉 장소로부터의 뿌리 뽑힘이라고 했다. 사람이 세상에 나서 산다는 것은 세계 안의 한 장소에 자리를 잡고 거주하는 것을 의미하고, 그 장소에 이미 뿌리내려 살고 있는 공동체의 한 구성원이 되어 다른 사람들에게 매이게 되는 것을 뜻한다. 그러므로 리 호이나키에 의하면 가장 인간다운 도덕적 품성은 인간다운 반응의 출발점으로서 국가나 조직이 아니라 구체적인 타자에 대한 '충성심'이다. 그것은 코스모폴리탄적이고 보편적인 인류애가 아니라, 자신이 알고 있는 타자들과의 친밀한 사귐이자 사랑이며, 거창한 언어로 표현되기보다는 날마다 반복되는 사소한 보살핌, 사려깊음, 신중함 같은 행동들을 통해서 표현되는 삶의 습관으로서의 사랑이다.

성서의 관점은 철저하게 구체적인 장소에 뿌리박고 있다. 성서는 구체적인 장소에 뿌리박고 그 안에서 진실을 추구하고 선을 찾으며 나를 둘러싼 가까운 세계 속에서 아름다움을 발견하고자 하는 인간들의 이야기로 가득 차 있다. 성서의 세계에 익숙해지다 보면 구체적으로 내가 속해 있는 장소와 그 장소에 서식하고 있는 피조물들과의 관계에 충실할 때 나는 기쁨과 슬픔, 고통과 풍성함으로 가득 찬 살아 있는 세계에 속해 있을 수 있고, 그만큼 내 삶을 스스로 결정할 수 있으며, 그만큼 자유로울 수 있다는 것을 깨닫는다. 성서는 인간이 자신이 속한 장소의 무한한 복잡성, 곧 삶의 '우연'에 열려 있는 만큼 자유로울 수 있으며, 동시에 하느님의 은혜에 나를 개방할 수 있음을 일깨워준다. 그것은 인간을 수량화하고 수치화하는 기계의 방식과 상극이며, 장소로부터 뿌리 뽑힌 근대의 방식과도 결정적으로 대립된다. 진보든 보수든 오늘날 기독교인들이 이 점을 말하지 않는 것은 참으로 이상하다.

자기가 속한 장소에 대한 충실성은 성서적으로 말하자면 삶에서 우리가 만나는 구체적 사건들과의 관계, 삶의 우연성에 대한 개방이며, 삶 자체에 대한 충실성이다. 어리석은 부자의 비유(누가 12:16-21)에 등장하는 부자는 곳간들을 헐어 내고 더 큰 것들을 지어 거기에다 곡식과 재물을 모아 두고 이제는 안전하다고 장담하지만, 바로 그날 밤 생명의 근원인 하느님은 그의 목숨을 되찾아간다. 삶은 유동적이다. 그가 어리석었던 것은 죽기 전에 자기 재산으로 자선을 베풀지 않아서가 아니라 자신의 장소에, 자신의 삶에 충실하지 못했기 때문이다. 그는 창고에 쌓인 곡식의 높이만 바라보며 빈 껍데기로, 바보처럼 살았던 것이다. 단순히 가난한 사람을 도우라는 이야기가 아니다. 돕더라도 무슨 윤리적 정언명령에 복종해서가 아니라 삶에 대한 충실성으로, 삶의 구체적인 장소에서 자신이 만나는 사람들에 대한 사랑으로, 자발적으로 도와야 한다. 사마리아 사람이 여리고로 가는 길에 강도 만나 곤경에 처한 사람을 보고 마음속에서 저절로 우러나 행동했듯이, 그렇게 말이다. 삶의 여정 속에서, 우리가 서식하고 있는 장소에서 그때그때 만나는 구체적이고 개별적인 존재들에 열려 있어야 한다는 것이다. 그것은 곧 삶의 신비에 대해 열려 있는 것이다. 이것은 세속적인 언어로 말하자면 삶의 우연이지만, 신앙의 언어로 말하자면 하느님의 은혜다. 성서는 이렇게 인간이 자신이 속한 장소에서 자발적으로 마음이 움직여서 하느님의 신비, 하느님의 은혜와 만났던 이야기들로 가득 차 있다. 이러한 자발성을 불쌍한 사람을 도와야 한다는 자선 행위나 윤리적 명령으로 둔갑시켜 버리는 것은 수치화하고 이상화하기 좋아하는 사람들이 하는 짓이다.

자신이 만난 신비로운 인물에게 고이 간직해 온 값비싼 향유를 아낌없이 바치는 것이 그것을 팔아 가난한 사람들을 돕는 행위보다 우위에 있다(마가 14:3-9; 마태 26:1-5; 누가 22:1-2). 분주히 일하는 언니 마르다를 도와서 착한 동생이 되기보다는 사모하는 분 옆에서 그가 하는 말을 듣는 것이 인생에서 해야 할 한 가지 좋은 일이다(누가 10:38-42). 그런가 하면 사람들은 예수를 만나 자신이 가졌던 것을 다 버리고 따른다. 키 작은 삭개오는 예수를 보려고 나무 위를 오른다(누가 19:1-10). 모두가 자신이 속한 구체적인 시간과 장소에서 자발적으로 마음이 움직여서 열린 마음, 따뜻한 가슴으로 한 일들이다. 마치 이른 봄, 나무에 물이 오르고 어린 들짐승의 몸에 윤기가 나듯, 살아 있는 인간이 그 자신의 활기찬 생명체로 발돋움하겠다는 유일한 목적에서 한 일들이다. 그 앞에서 모든 숫자와 기계는 힘을 잃는다.

예수는 관념적으로 말하지 않았다. 그는 무한이나 세계혼, 지고의 존재에 대해 말한 적이 없다. 그는 실제 세계와 장소, 그 안에 있는 구체적이고 개별적인 것들에 대해 말했다. 그가 어디서 하느님을 보았던가? 특정한 장소에 서식하고 있는 구체적이고 개별적인 피조물들, 남자들과 여자들, 동물들과 식물들 '가운데' 서다. 어디서 영혼을 발견했는가? 한 인간 안에서, 한 마리의 동물 안에서, 한 그루의 나무와 한 송이 꽃 속에서 발견했다. 그러므로 길가에 돌멩이처럼 앉아서 구걸하던 한 사람의 눈먼 거지도 그 앞에서는 유일무이하고 그 무엇과도 바꿀 수 없는 독특한 존재였다. 인간은 누구나 독특하고 그 무엇과도 비교될 수 없기 때문이다. 인간을 그가 속한 장소와 관계들로부터 분리해서 수치로 환원하여 다른 인간과 비교하는 것은 사실은 불가능하기 때문이다. 그러므로 내 앞에 있는 실제 인간이 해명할 수 없는 하나의 신비라는 것은 오늘날 어떤 사회조직, 정치제도라도 그 근거로 삼아야 할 진리이다. 그것은 목자가 아흔아홉 마리 양을 들판에 버려두고, 잃은 양 한 마리를 찾아나설 때 가슴에 품었을 진리이다. 그리고 이 진리를 지키기 위해서 우리는 우리가 살고 있는 장소와 그 장소 안에서 우리가 맺는 구체적인 관계들을 놓쳐서는 안 된다. 진실해지려면 내가 살고 있는 이 장소에 확실히 뿌리내려야 한다.

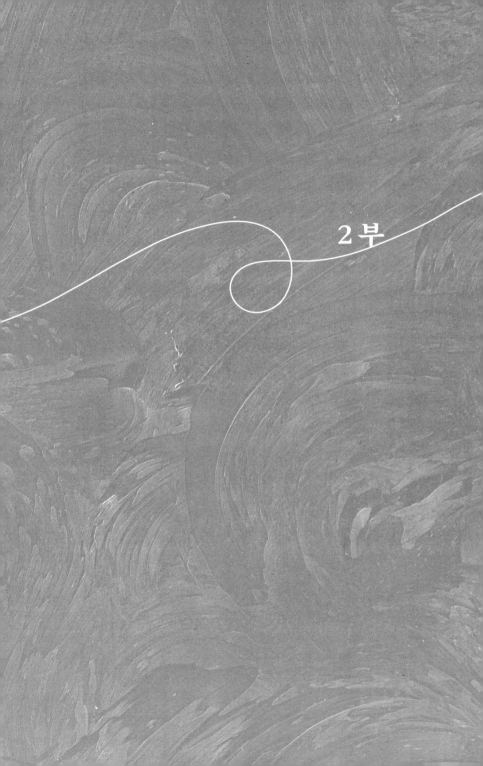

2부

국가 · 전쟁 · 여성

1.

　도저히 상식으로 믿기지 않는 일들이 이 정권 들어 너무 자주 일어나서 길이 들 때도 되었건만, 이 정권은 매번 '새롭게' 사람을 놀라게 한다. 위안부 성노예 피해자 문제와 관련해서 우리 정부가 일본과 했다는 합의내용을 들으면서 기가 막혔다. 위안부 문제와 관련해서 그동안 어떤 정권도 하지 못한 진전을 이루었다는데, "책임을 통감한다"는 말만 있고, 일본 정부는 군이나 국가 차원에서 "강제연행은 어떤 문서에서도 확인되지 않았다"는 기존 입장을 여전히 고수하고 있다. 그뿐 아니라 일본 정부는 이 문제를 더 이상 거론하면 국제사회에서 설 자리가 없을 것이라고 엄포까지 놓고 있다. 이른바 "불가역적"으로 이 문제를 끝내겠다는 것이다. '사과'를 했다는데 사과의 내용이 성립되지 않으니, 사과를 받은 것이 아니라 또 한 번 모욕을 당한 것이다. 한마디로 외교 참사다.

얼마 안 되는 돈에 할머니들의 삶을 팔아넘기고, 돈을 받았으니 일본대사관 앞에 소녀상을 철거하고 더 이상 국제사회에서 거론하지 않겠다는 합의를 당사자인 할머니들과 대다수 시민들이 어떻게 받아들일지 정말 몰랐던 것일까? 명색이 국가 간 합의라는데 우리 정부는 명백한 부정도 긍정도 못 하고, 일본 정부의 이런 태도에 공식적 항의조차 못 하고 있다. 본래 국가 간의 외교적 합의라는 것이 애매모호해서 이해 당사국이 서로 자기 좋을 대로 해석할 여지를 남겨 두게 마련이라 해도, 그것 역시 분명한 이해득실을 계산한 다음에나 가능한 이야기이다. 이번 합의를 통해 우리가 얻은 것이 무엇인가?

많은 평론가들이 말하듯이 미국은 동북아시아에서 중국을 견제하기 위한 전략적 장치로서 한미일 군사동맹 강화를 가로막던 오랜 장애물을 이번 기회에 제거하고자 했다. 그런데 한미일 군사동맹을 강화하여 중국과 군사적 긴장을 높이는 것이 우리의 국익과 일치하는가? 오히려 그것은 동북아의 긴장을 높이고 남북관계를 악화시켜 평화보다는 전쟁에 한 걸음 더 다가가는 것이 아닌가? 그리고 전쟁이란 언제나 어린이나 노인과 같은 사회적 약자의 희생, 여성의 성노예화를 수반한다. 그러므로 당연히 이번 합의는 무효화되어야 한다.

그런데 비단 이번만이 아니라 이런 일은 반복해서 일어나고 있다. 일본 정부 고위 인사가 과거사를 반성하기는커녕 식민지 배를 정당화하는 발언을 하면, 이에 대해 한국 정부는 비난성명을 내고 엄포를 놓지만 그것은 대국민용에 불과하고, 실제로는 일본에게 배상 요구를 하지도 않고 오히려 일본의 군사대국화 정책에 동조하고 있다. 한국 현대사를 연구하는 학자들은 이런 일들이 계속 반복되는 기원을 제2차 세계대전 전후처리 문제를 놓고 승전국들이 합의했던 샌프란시스코 강화조약에서 찾고 있다.

김동춘 교수에 의하면 샌프란시스코 강화회의에 임했던 미국의 기본적인 이해관계는 "대소방어를 위해 일본을 반공 십자군으로 격상시키고 자유진영의 주요 파트너로 활용"*하자는 것이었다. 이 때문에 미국은 샌프란시스코 강화조약을 통해 "일본에게 식민지 지배의 책임을 묻는 것이 아니라 태평양전쟁의 책임을 물은 다음, 다시는 외국을 침략할 수 없는 평화국가로 만들어 국제사회에 복귀"시키고자 했다.** 이에 따라 샌프란시스코 강화조약을 통해 일본이 한국 등 주변 국가를 침략하고 식민지배한 일을 사과하거나 배상할 가능성은 거의 사라졌다. 일본의 배상은 필리핀, 베트남 등 태평양전쟁에서 일본과 맞서 싸운 공적

* 김동춘, 『대한민국은 왜?』, 사계절, 2020, 188쪽.
** 위의 책, 187쪽.

이 인정되는 연합국에만 해당되었고, 연합국으로 인정받지 못하고 샌프란시스코 강화회의에 초청받지 못한 한국과 대만은 해당사항이 없었다. 따지고 보면 미국이나 영국도 식민지를 경영한 제국주의 진영이었기 때문에 일본에게 식민통치의 책임을 지라고 말할 처지는 아니었을 것이다.* 따라서 미국이 자기편임을 확인한 일본은 과거 식민지배에 대한 반성은 고사하고 계속해서 망언을 일삼고 다시 군사대국화의 길로 나섰다. 과거사에 대한 독일과 일본의 태도가 상반된 것은 문화적 차이 탓도 있겠지만, 본질적으로는 전후 미국의 세계지배전략에서 각 나라가 점한 위치가 다르기 때문이다. 독일 역시 유대인 600만 명을 학살할 수 있는 나라였다는 사실에는 변함이 없다.

그렇다면 이에 대해 한국 정부는 어떤 태도를 취했나? 이승만은 1950년 2월 도쿄에서 "성장하는 공산주의 팽창으로부터 일어나는 공통의 위험은 한국과 일본을 단결시켜야 하며, 과거의 적대는 망각되고 현재의 제 곤란이 해결되어야 한다. 반공이 가장 중요하다. 이를 위해 필요하면 일본과의 관계 개선을 적극 수용하겠다"고 말했다. 이승만은 샌프란시스코 강화회의에 대한 미국의 입장을 지지한다고 밝혔고, 일본과의 과거사 문제에 대해 관용적인 태도를 갖는다고 말했다. "공산주의라는 공적을 향해 한일이 단결하자"는 이승만 대통령의 성명은 일본 중심의

* 위의 책, 190~191쪽.

동북아 반공전선을 구축하려던 미국이 하고 싶었던 말을 대신한 것으로, 이후 독도 문제나 식민지 배상 문제에서 한국의 입지를 결정적으로 약화시켰다.*

또한 쿠데타로 집권했기 때문에 정통성이 약했던 박정희 군사정권은 경제개발에 박차를 가했고, 이에 필요한 자금을 얻기 위해 한일외교 정상화를 서둘렀다. 실제로 박정희 정권은 일본으로부터 청구권 자금이라는 명목으로 5억 달러의 경제개발 지원금을 받아 산업시설을 세웠다. 결국 이승만 정권과 마찬가지로 박정희 정권도 자신들의 정치적 필요와 경제성장에 대한 열망에 편승하여 미국의 동아시아 정책, 즉 한국을 일본의 경제성장을 위한 배후지, 하청기지로 편입하려는 정책을 받아들였다. 나아가서 이 협상은 이후 식민지 피해자 개개인이 일본 정부나 기업을 상대로 소송을 해서 배상을 받을 수 있는 가능성을 가로막았다. 사실상 그 돈은 일본이 조선을 지배한 과거사를 일단락 짓는 것을 의미했다. 이후 식민지 피해자들에 대한 보상 문제는 한국 정부의 책임으로 넘어오게 되지만, 한국 정부는 위안부 할머니들을 비롯해 조선인 원폭피해자, 사할린 동포 등 식민지 피해자들을 돌보지 않았다.** 결국 한국의 경제성장은 이들의 비참한 희생의 대가를 국가의 이름으로 가로채 이룩한 측면

* 위의 책, 189쪽.
** 위의 책, 194~195쪽.

이 있다.

　이처럼 해방 이후 남북한 단독정부 수립, 한국전쟁, 샌프란시스코 강화조약, 한미상호방위조약으로 이어지는 일련의 역사적 흐름은 미국의 동아시아 정책에 따라서 진행되었고, 이 정책에 따라 한국은 반공전선의 첨병이 되었다. 그리고 이 과정에서 과거 친일 경력이 있던 사람들은 반공주의자로 변신하여 계속해서 한국 사회의 지배층으로 군림할 수 있었다. 남한의 과거 친일전력자와 기시 노부스케를 비롯한 일본 측의 전쟁범죄자들이 반공을 내세워 미국의 이익을 대변하면서 남한 재건, 일본 재건의 임무를 자임하고 나섰다. 그 과정은 미국이 짠 동아시아 국제질서의 틀을 파악하고 그 안에서 진정으로 국익, 즉 국민의 이익을 위한 평화의 길을 찾아가는 것이 아니라, 남북한이 내전으로까지 돌입하는 폭력과 전쟁의 길이었고, 그 과정에서 위안부 할머니들을 비롯한 식민지 피해자들의 삶은 무시당하고 짓밟혔다. 할머니들은 과거에는 식민지배자들로부터 유린당했고, 해방 후에는 조국으로부터 외면당했다. 이제 소련이 붕괴한 뒤 과거 미국의 대소 반공전선 구축이라는 동기는 대중국전선 구축이라는 형태로 바뀌었고, 그러한 맥락 안에서 대미관계에 불안을 느끼는 북한은 핵무기 개발과 미사일 발사로 동아시아의 긴장과 대결을 고조시키고 있다. 최근에는 개성공단까지 폐쇄되었다. 거대한 파괴의 느낌, 기시감을 갖지 않을 수 없다.

2.

　과거에도 그랬고 지금도 그렇고 '국가'나 '국익'이라는 명분이 걸렸을 때 보통 사람들의 상식이나 도덕감정, 정의감과 배치되는 행동이 쉽게 용인된다. 이 때문에 한 사람의 개인으로서는 도저히 할 수 없는 끔찍한 일을 국가의 이름으로 서슴없이 저지른다. 그러지 않으면 전쟁이라는 것은 설명이 되지 않는다. 기본적으로 전쟁은 '국가'가 하는 일이고, 전쟁은 살인을 하는 것이며, 따라서 실제로 살인을 하든 안 하든 군대와 병사의 주된 업무는 살인이다. 어떤 명분을 앞세우든 이 사실에는 변함이 없다. 그리고 살고 싶어 하고 죽기 싫어하는 것이 인간 본성일 텐데, 그것을 거슬러서 남을 죽일 뿐만 아니라 자신의 죽음까지도 무릅쓰게 만드는 마법을 '국가'는 행사한다.

　국가의 발생에는 언제나 폭력, 전쟁이 개입되어 있다. 아마도 그래서 대부분의 건국신화들은 신화적인 살해 행위에 대해 언급했을 것이다. 고대 바빌론 건국신화인 에누마 엘리시에서 마르둑 신은 어머니 티아마트를 죽인다. 『일본 서기』에 등장하는 야마토 타케루, 로마의 창건자 로물루스, 스칸디나비아 신화의 호두르 등 건국신화의 영웅들은 형제 살해자들이다. 이것은 건국사업에 필수적으로 수반되는 정치적 희생제의, 즉 새로 창건되는 국가로부터, 현존하는 또는 잠재하는 적의 위협을 없애 버려야 한다는 사정을 반영할 것이다.

그러나 거기서 더 나아가 보다 심층적인 수준에서 그것은 국가가 무엇인지를 국민의 의식 속에 심어 준다. 국가는 필연적인 인간의 조직 형태이고, 그 운영 방식은 본질적으로 폭력을 행사할 수밖에 없으며, 또 국민은 그것을 용인할 수밖에 없다는 것이다. 건국신화가 전하는 모친 살해, 형제 살해는 국가란 보통 사람의 판단 영역 위에 있으며, 국가의 관리자는 보통 사람들에게는 허용되지 않는 행위를 할 수 있다는 인식을 심어 준다. 국가는 우정, 사랑, 혈연 같은 인간적 유대로부터 벗어나 있다. 따라서 국가의 이름으로 행동할 때에는 친구, 아버지, 형제, 심지어 아들도 살해할 준비가 되어 있어야 한다는 것이다. 우리는 이 피비린내 나는 제의가 국가 건립의 과정에서 실연되는 것을 보아 왔다.

국가는 전쟁이라는 비도덕적 행위를 도덕화시켜 주는 이념적 장치를 일찍부터 발전시켜 왔다. 이른바 "정당한 전쟁" 이론, 즉 정전론(正戰論)이다. 국가 발생 초기에는 신이 허락한 전쟁인지 여부가 중요했다. 가령 구약성서의 전멸법(신명 20:10-18)은 야훼 하느님의 명령만 있다면 정복 전쟁을 벌여 적국의 남자들만이 아니라 여자와 아이까지 죽이고 노예화하는 것이 전혀 문제가 되지 않았음을 보여 준다. 우리는 하느님으로부터 선택받은 백성이니 우리의 전쟁은 정당하다는 논리이다. 그러나 사회와 문화가 복잡해지고 도덕적 명분이 중요해지면서 보다 세련된 정전론이 요구되었다. 정의로운 전쟁과 정의롭지 못한 전쟁을 구분하기 시작한 것이다. 서양에서는 플라톤, 동양에서는 맹자 같은 사람이 이러한 논의를 발전시켰는데, 정전론의 대체적인 얼개는 방어전만을 정당한 전쟁으로 인정하고, 비전투원의 살해나 노예화, 약탈, 성폭행 등을 금하는 것이었다.

그러나 현대 정전론의 원형은 키케로와 아우구스티누스에게서 나타난다. 이들은 "전쟁의 궁극적 목적은 평화"라고 했다. 아우구스티누스가 정당한 전쟁 이론을 내놓던 무렵, 이교도 침략자들이 그가 주교로 있던 도시 히포의 지척에까지 쳐들어와 있었다. 그런 상황에서 아마도 그는 전쟁을 피할 수 없다고 생각했을 것이다. 나라를 지키지 않는 그리스도인은 반사회적이라는 비난 역시 무시하기 어려웠을 것이다. 그래서 그는 전쟁을 하면서도 사랑의 계명을 어기지 않는 것으로 만들 수 있는 방안을 모색했다. 그는 전쟁과 그리스도의 사랑이 하나로 합치되게 하고자 했다. 그에 따르면 신의 도시가 아닌 지상 도시에서 전쟁은 간혹 필요악일 수 있고, 그리스도인은 그 전쟁에 참여할 수 있다. 하지만 이때 전쟁은 정당한 전쟁이어야 하고 전쟁을 수행하는 방식도 정당해야 한다. 그에 따르면 그리스도인은 지상 도시를 방어하기 위해서가 아니라 평화를 구축하기 위해 전쟁을 벌인다. 평화가 하느님의 뜻이기 때문이다. 그리고 전쟁을 하는 그리스도인의 내면의 동기가 진정으로 정당한 명분과 적에 대한 사랑에서 우러나온다면 그런 경우에는 폭력의 사용이 불의하지 않다. 그는 이렇게 말한다. "사랑은 선을 행하는 자비의 전쟁을 배제하지 않는다."(『서간』138)

이것은 사랑과 평화를 위한 전쟁은 정당한 전쟁이라는 매우 역설적인 논리이다. 그러나 평화라는 목적을 위한다 해도 폭력의 사용을 정당화할 수 있는가? 정당한 전쟁이라 해도 전쟁은 전쟁, 잔혹한 폭력행위이지 않은가? 또한 그는 '사랑에서 우러나오는 폭력의 사용'을 옹호함으로써 외적 행동과 내적 의도를 구분하고 있다. 그러나 서로 끔찍하게 죽고 죽이는 살육의 현장에서 적을 사랑한다는 내적 의도란 게 대체 무엇인가? 실제로 이것은 주관적인 동기, 즉 사랑과 평화라는 동기의 순수성을 강조함으로써 그때그때 상황에 따라 자의적으로 해석될 수 있는 여지를 남긴다. 특히 고도로 파괴적인 대량살상무기를 사용하는 현대 전쟁에서 이러한 논리는 위험천만하게 사용될 수 있다.

그런데 이러한 아우구스티누스의 위험스러운 정전론이 실은 오늘날 국제법이나 UN 같은 국제기구, 외교관계 등에 일반적으로 전제되어 있다. 그것은 평화란 전쟁에 의해 도래한다는 생각에서 가장 전형적으로 나타난다. 이 논리에 따르면 평화는 전쟁의 승패가 결정된 후 전쟁을 끝내기 위해 맺는 강화조약에 의해 확보된다. 따라서 평화란 전쟁에 의해 만들어지는 것이며, 군대나 경찰, 기타 국가폭력 기구에 의해 보호받는 사회상태를 말한다.* 전쟁이 곧 평화의 전제 조건이며, 평화란 국가폭력, 다

---

* C. 더글러스 러미스, 「적극적 평화?」, 『간디의 '위험한' 평화헌법』 김종철 옮김, 녹색평론

시 말해 군대에 의해 이루어진다. 물론 이때 '평화'란 소극적 평화, 즉 전쟁이 없는 상태를 의미한다. 이에 대한 전형적 예를 기원전 1세기 로마 황제 아우구스투스가 이루었다는 '팍스 로마나'(로마의 평화)와 오늘날의 '팍스 아메리카나'(미국의 평화)에서 볼 수 있다. 이 사고방식에 따르면 전쟁을 없애기 위해 군대를 폐지하는 것은 평화를 확보하는 방법이 아니다. 오히려 그것은 최악의 전쟁 상태를 불러온다.

이러한 사고방식에 따르면 전쟁은 그 목적이 평화이기 때문에, 전쟁은 평화를 가져오기 때문에 정당화된다. 그리고 그 전제는 "전쟁을 할 수 있는 권한, 즉 합법적 살인권을 하나의 조직에 집중시킴으로써 평화를 이룰 수 있다는 것이다. 즉 일정한 지역 내에서 다른 조직이나 그룹이 저항하지 못하도록 압도적인 힘을 갖는 조직이 있다면, 그 지역에서는 조직적 폭력이 줄어든다는 것이다. 따라서 국내의 평화는 국가폭력에 의해 달성되며, 국가 간의 평화는 상호공포(힘의 균형, 핵시대가 되면 공포의 균형)에 의해 지켜진다."* 특정 지역 내에서 유일하게 합법적 폭력을 독점한 조직으로서 국가는 군대를 가져야 하며, 세계적 차원에서 초강대국은 전쟁을 일으킬 수 있는 능력에 의해 평화를 유지한다. 따라서 그들이 일으키는 전쟁은 정의로운 전쟁일

사, 2014, 146쪽.
* 위의 책, 149쪽.

수 있다. 정당한 전쟁은 '평화'를 가져오는 전쟁, 다시 말해 '평정하는'(pacifying) 편, 이기는 편의 전쟁이다. 그러므로 오늘날 전쟁의 최대 명분은 전쟁이 평화를 가져온다는 역설적인 논리이다.

그러나 정전론은 허구이다. 그것은 군대가 무엇을 하는지를 보면 알 수 있다. 군대는 국제법과 군법상 허용되는 일만 하는 집단이 아니다. 가령 위안부 문제의 경우는 조직적으로 국가와 군대가 나서서 성노예를 모집하고 운영했다는 점에서 이미 국제법 자체를 어긴 것이지만, 동서를 막론하고 전쟁과 강간, 성폭력은 늘 같이 간다. 물론 오늘날에는 비전투원 살해와 약탈, 강간 등이 국제법상 금지되어 있고 대부분의 국가의 군법에서도 금지하고 있지만, 그런 경향은 군대의 전통과 문화에 깊이 각인되어 있으며, 잠정적인 위협으로서 전시에 실효성을 지닌다. 월남전에서 우리 군대가 저지른 민간인 학살과 성폭력, 관타나모미 포로수용소에서 벌어졌던 포로 학대 등은 예외적인 것이 아니다. 그것은 지상전에 늘 따라다닌다.

그리고 정전론의 허구는 병사가 누구를 죽이는가를 통해서도 입증된다. 전쟁법은 가급적 적의 전투원만을 죽이고 가능한 한 무장하지 않은 일반 시민을 죽이지 않도록 노력해야 한다고 규정하고 있다. 그러나 실제로는 병사보다 일반 시민 쪽이 많이 살해된다. 20세기에 국가에 의해 살해된 외국인의 수는 6,845만 2천 명이었지만, 자국민의 수는 1억 3,475만 6천 명이었다.* 이 숫자는 군대는 국민을 외국의 적으로부터 지키기 위해 존재한다는 고정관념을 무너뜨린다. 대부분의 국가에서 군대의 기본적 역할이란 국민 위에 국가권력을 확립하고 그것을 국민으로부터 지키는 것이다. 광주 학살과 북한의 핵무기 개발, 미국의 세계 전략을 국내 정치와 분리해서 과연 이해할 수 있는가?

아무리 정당한, 정의로운 전쟁이라는 명분을 내세워도 전쟁은 그 자체로 끔찍한 폭력이다. 아무리 고매한 철학자, 신학자들이 전쟁에 윤리를 덧씌워도 전쟁은 인간의 얼굴을 할 수 없다. 정전론은 전쟁을 저지르는 왕들과 장군들의 명분 찾기를 도와줄 뿐, 전쟁의 야만성을 바꿔 놓지는 못한다. 침략 전쟁은 국제법상 금지되어 있지만, 침략 전쟁이야말로 로마제국을 비롯한 과거와 현재 제국들의 존재 근거이고, 단지 그것을 변방 야만인들을 교화한다거나 현대에 이르러서는 민주주의와 인권, 평화를 수립한다고 포장했을 뿐이다. 2004년 미국은 대량살상무기 보유를 내세워 이라크를 침략했지만, 이미 이라크 공격 당시에도 사담 후세인이 대량살상무기를 보유하지 않았다는 사실은 여러 경로를 통해 입증되었다. 오바마 역시 아프가니스탄에 안정된 민주국가를 수립하기 위해 어쩔 수 없이 미군을 보냈다고

---

* R. J. Rummel, *Death by Government*, 1977. 『간디의 '위험한' 평화헌법』, 164쪽에서 재인용.

하지만, 실은 전략적 요충지에 대한 통제 욕구 이외에 다른 것이 아니다. 정당한 전쟁이라는 논리를 통해 전쟁을 벌이는 자의 수사는 진화했을지언정 전쟁의 실상은 여전히 전략적 요충지에 대한 통제 야욕, 비전투원의 무차별 살인, 성폭력의 횡행일 뿐이다. 정당한 전쟁은 없다. 그냥 전쟁, 끔찍한 살육극이 있을 뿐이다. 전쟁을 통해 평화를 이룬다는 논리 역시 허구이다. 기독교인이라면 더더욱 평화의 근원적 의미를 끝까지 붙들어야 한다.

3.

특정 지역 내에서 합법적 폭력을 독점한 기구로서 국가는 무엇보다도 전쟁을 수행하는 기관이며, 국가가 합법적으로 수행하는 전쟁은 정의롭다. 왜냐하면 그것은 평화를 가져오기 때문이다. 이것이 정전론의 기본논리이다. 일본을 향해 도덕적 사과와 법적인 배상을 요구하는 위안부 할머니들은 이 논리, 근대 국가가 작동하는 기본원리에 도전하고 있다. 자신들이 겪은 성노예화에 대한 할머니들의 사과 요구는 전쟁의 무조건적 비도덕성을 상기시키며, 법적인 배상 요구는 정의로운 전쟁이란 없으며, 전쟁은 무조건 범죄임을 상기시킨다. 전후 미국을 중심으로 한 세계질서의 한 축을 이루며 이제 다시 군사대국화를 통해 동아시아의 평화 유지를 자임하고 나서면서 과거 식민

지배와 전쟁의 부도덕함과 불법성을 인정하지 않는 일본의 태도가 거짓된 것임을 할머니들의 짓밟힌 삶 자체가 증거하고 있다. 전쟁에 수반되는 대량 민간인 학살과 약탈, 성노예화는 '국가'라는 배경이 없으면 불가능하다. 위안부 문제 역시 마찬가지다. 그것은 국가, 특히 가장 집중된 형태의 국가인 제국에 의한 범죄이다.

구약성서 사사기에는 국가로 발전해 가는 단계, 가나안 정착 과정에서 벌어지는 전쟁으로 인해 희생당하는 여성들에 대한 이야기가 나온다. 입다의 딸(11:1-40)과 레위인의 첩(19:1-30) 이야기인데, 두 여성의 죽음은 모두 전쟁과 관련되어 있다. 이 두 여성은 스스로 폭력과 전쟁에 개입한 일이 없지만 폭력의 희생자가 된다. 사사 입다의 딸은 전쟁의 승리에 감사드리기 위한 희생 제물로 바쳐지고, 레위인의 첩은 그녀의 죽음을 빌미로 남자들이 전쟁을 일으킨다. 비천한 출신이라 하여 상속도 받지 못한 채 쫓겨난 입다는 건달들을 모아 비적 떼의 두목이 된다 (11:3). 그러다 암몬족과의 전쟁에 나서면서 하느님께 서원을 하는데, 실제로는 하느님과 거래를 한다. 그는 싸움에서 승리하게 해 주신다면 자신이 집으로 돌아왔을 때 제일 먼저 자신을 맞이하는 사람을 야훼께 번제로 바치겠다고 한다(11:29-31). 그는 전투에서 이겨 집으로 돌아왔고, 그의 딸이 그를 맞이한다.

이 이야기 속에서 아버지와 딸의 모습은 매우 대조적이다. 입다가 전쟁에 참여한 것은 수령이 되기 위해서였고, 그는 자신의 승리를 위해 타인의 목숨을 놓고 하느님과 거래를 했다. 그 결과 딸이 죽임을 당한다. 그런데 스스로 죽음을 맞음으로써 어떤 의미에서 그 딸은 다른 사람이 당할 수 있는 희생을 자신이 당하고 그럼으로써 의도했든 안 했든 그런 거래의 부당함과 잔혹함을 폭로한다.* 창세기 22장에서 제물로 바쳐질 뻔한 이삭은 구제를 받지만(창세 22) 입다의 딸은 구제받지 못한다. 그녀는 두 달의 말미를 얻어 친구들과 함께 산으로 들어가 처녀로 희생될 자신의 젊음을 애도한다. 그녀의 죽음은 전쟁이라는 극단적인 폭력의 한가운데서 젊은 여자로 산다는 것이 무엇을 의미하는지 알려 준다. 해마다 4일 동안 이스라엘 여자들은 입다의 딸의 이야기를 다시 이야기하기 위해 집을 나선다(11:40). 사사기에 나오는 여예언자 드보라의 노래는 야훼의 승리를 끝없이 '다시 이야기'(5:11)하지만, 입다의 딸의 이야기는 드보라의 노래의 이면을 이야기한다. 전쟁에는 드보라의 노래만 있는 것이 아니라, 입다의 딸의 이야기도 있다. 아마도 입다의 딸의 이야기가 드보라의 노래보다 전쟁의 진정한 모습을 전해 줄 것이다. 아무도 돕지 않은, 하느님도 침묵한 한 딸의 죽음. 이것이 전쟁의 실상에 더 가까울 것이다.

　　사사기는 또 한 여인의 죽음에 대한 이야기를 전한다. 이것은

---

* 대너 놀런 퓨월, 「사사기」, 『여성들을 위한 성서주석: 구약 편』, 이화여성신학연구소 옮김, 대한기독교서회, 2015, 198~202쪽.

앞선 죽음보다 더 처참하다. 에브라임 산지의 한 레위인이 첩을 맞이한다. 무슨 이유에서인지 이 여자는 남편에게 반항하고 그를 떠나 베들레헴에 있는 아버지의 집으로 돌아왔다. 이유가 무엇인지 구체적으로 나오지는 않지만, 짐작건대 남편의 학대일 가능성이 높다. 이 남자는 아내의 시체를 칼로 썰 수 있는 사람이 아닌가? 그는 아내를 찾아가 달래서 데려오기로 한다. 베들레헴의 처가로 갔을 때 장인은 사위를 보고 이상할 정도로 극진히 환대하며 여러 날 더 머물라고 권유한다. 드디어 길을 떠난 두 사람은 베냐민 지파의 기브아에서 한 노인의 집에 머문다. 이때 성읍의 비류들이 집을 에워싸고 그들이 "알 수 있게" 레위인을 내놓으라고 한다. 레위인을 성적으로 욕보이고 학대하려는 것이다. 노인은 대신 자기 딸을 내놓겠다고 한다. 그러나 그들이 완강하게 나오자 레위인은 자기 아내를 무리에게 내던진다. 무리는 밤새 성폭행하고 새벽이 돼서야 여자를 놓아준다. 여자는 노인의 집으로 비틀거리며 돌아와 문 앞에 쓰러진다. 남편은 아무 일 없었던 듯 아침에 일어나 길 떠날 차비를 한다. 문을 열었을 때 아내가 문지방에 손을 얹은 채 엎드려 있는 것을 보고, 그는 "일어나 가자"라고 말한다. 그러나 아무 대답도 없었다. 만신창이가 된 그녀의 몸을 당나귀에 싣고 집으로 들어와 그는 칼을 들어 마치 제단에 짐승을 바칠 때처럼 아내를 잡아, 시신을 열두 조각 낸다. 그는 시체의 조각들을 이스라엘 지파마다 보내서 전쟁에 소환한다.

사사기에서 이 이야기는 베냐민 전쟁의 기원에 대한 설명으로 나온다. 동족상잔은 참혹했고, 베냐민 지파는 거의 멸절되다시피 했다. 육백 명의 남자들이 살아남았지만, 여자들과 아이들은 모두 살해되었다. 폭력은 또 다른 폭력을 낳는다. 그들은 베냐민 지파 남자들의 욕구를 채워 주기 위해 다른 도시 사람들을 도륙하여 처녀들을 빼앗고 납치한다. 끔찍한 이야기이다. 가부장제 사회에서 여성의 성이 전쟁이라는 극단적인 폭력의 상황에 어떻게 이용되고 또 끝까지 짓밟히는지 이 이야기는 보여 준다.* 그녀들은 살해당하고 납치당하고 강간당하지만 말하는 것이 허락되지 않으며, 누군지 이름도 언급되지 않는다. 단지 이야기만 전해진다. 이 여자들은 아무에게서도 도움을 얻지 못했고, 지상의 어디에도 그녀들이 쉴 장소는 없었다. 레위인의 아내는 낯선 고장, 낯선 노인의 집 문지방에 쓰러져 있다. 남편은 그녀의 몸을 토막내어 내전의 빌미로 삼는다. 그런데 이 여자들의 이야기가 성서 안에 들어와 계속 이야기된다. 국가의 번영에 대한 이야기가 아니라 비참한 이야기가, 남자들의 전쟁 이야기가 아니라 거기서 희생당하는 여성들의 이야기가, 진짜 삶과 전쟁의 이야기가 전해진다. 그리고 예수 이야기에서 이 여자들의 희생은 다시 한 번 새로운 방식으로 기억된다.

신약성서 마태복음 1장에는 예수의 족보가 나온다. 물론 마

---

* 위의 책, 209~213쪽.

태나 누가가 전하는 예수의 족보를 실제 예수의 족보라고 보기는 힘들지만, 족보를 복음서 첫머리에 실은 저자들의 의중은 읽힌다. 마태복음에 나오는 예수의 족보는 세부사항에서 틀리는 부분이 있어도 기본적으로 다윗 왕가의 족보를 근간으로 하고 있으며, 따라서 예수가 다윗 자손임을 입증하려는 의도로 씌어졌다. 예수는 이스라엘이 전성기를 누렸던 시절의 왕인 다윗의 후손이라는 것이다. 그런데 16절이 묘하다. 16절은 이렇다. "야곱은 마리아의 남편 요셉을 낳았고 마리아에게서 예수가 나셨는데 이분을 그리스도라고 부른다." 마태의 족보는 정형화된 문구로 이어지고, 그 문구대로라면 16절에서도 "야곱은 요셉을 낳았고, 요셉은 예수를 낳았다"라는 말이 나와야 한다. 그러나 16절에서는 요셉이 아니라 마리아에게서 예수가 태어났다고 한다. 다윗 자손으로 예수를 그리는 것이 본래 족보의 의도였다면, 분명 요셉이 예수의 아버지로 서술되었어야 했다. 그러나 여기서 요셉은 예수의 아버지가 아니라 마리아의 남편으로 기술된다. 1장 1~15절까지 다윗 가문인 예수의 부계혈통이 서술되었는데, 마지막 절정인 16절에서는 — 지금까지 이름을 열거했던 노력을 헛수고로 돌리면서 — 예수가 분명 어머니 마리아의 아들로 서술된다. 학자들의 설명은 다양하지만, 간단히 말해 16절에서는 예수 탄생에 관한 두 전승, 즉 다윗 후손 전승과 동정녀 탄생 전승이 충돌하고 있다고 볼 수 있다.

16절의 전환도 특이하지만, 더 이상한 점이 있다. 그것은 도도한 남성 왕들의 계보 중간에 문득문득 등장하는 여성들이다. 다말, 라합, 룻, 우리야의 아내 바쎄바 그리고 마리아가 바로 그들이다. 마태가 이 네 여인을 선택한 것은 특이하다. 왜냐하면 이들은 이스라엘 역사 속의 자랑스러운 여인들이 아니기 때문이다. 그리고 어떤 의미에서 이 네 여자들은 다윗 가문의 명예를 특정한 방식으로 훼손하는 사람들이다. 만일 여기서 예수를 다윗 자손으로 그리는 것이 본래 의도였다면 마태는 이들을 등장시키지 말았어야 했다. 이들은 명문가의 아름답고 총명한 며느리도 아니었고, 권세가의 현숙한 아내도 아니었다. 오히려 이들은 각기 나름대로 오점, 특히 성적인 측면에서 '오점'을 가지고 있는 여자들이었다.

남편이 죽은 후 창녀로 가장하여 시아버지 유다와 동침하고, 거기서 아들을 낳는 다말, 시어머니의 자상한(?) 안내를 받아 늙은 보아즈의 품속에 들어가 그와 한 몸이 되어 생존하는 과부 룻, 가난한 하비루들이 여리고로 밀려온다는 소식을 들었을 때 정탐꾼들을 받아들이고 이스라엘이 약속의 땅을 차지하는 데 중요한 역할을 한 기생 라합, 자기 남편을 죽게 만든 장본인의 아내가 되어 그의 가계를 이어 주었던 우리야의 아내 바쎄바. 이 네 명의 여자들은 각기 다른 방식이기는 하지만, 성적인 측면에서 무언가 특이점 내지는 '하자'가 있는 여자들이면서 동시에 놀라운 적극성을 가지고 삶을 개척해 나간 여자들이다. 왕들의 족보에 들어와 그 도도한 흐름을 끊고 있다는 점에서 이들은 넓은 의미에서 왕들로 대표되는 국가에 의해, 가부장제 사회에 의해 성적으로 수치를 당한 여성들이라고 할 수 있다. 예수의 족보는 가부장제 사회, 그리고 넓은 의미에서 왕으로 대변되는 국가에 의해 성적으로 상처받고 수치를 당하면서도 꿋꿋하게 자신의 삶을 개척해 나간 여성들을 분명히 기억하고 있다. 예수는 가부장제에 의해, 가부장적 국가에 의해 수치당하고 상처받은 여성들의 후손이라는 것이다. 위안부 할머니들이 그랬듯이, 이 여자들도 수치를 당했지만 일어섰다. 국가에 의한 여성의 희생에는 거의 항상 성적인 특징이 있다.

또한 이 네 여자들은 마리아로 연결된다. 예수는 이 네 여자들의 후배인 마리아의 아들이다. 하느님은 국가와 가부장제에 의해 희생당한 여자들의 후손을 구원자로 택했다는 것이다. 하느님의 구원 행위의 놀랍고도 특이한 성격이 동정녀 탄생이라는 표상으로 나타났다고 볼 수 있다. 예수의 출생에서 굳이 남성의 역할을 배제하는 동정녀로부터의 탄생이라는 표상은 예수라는 인물이 가부장적이고 폭력적인 국가의 역사의 실패와 과오를 밝히 드러내고 그 역사를 심판하는 일을 한다는 것을 말해준다. 마태의 족보에서 그 역사의 잘못됨, 비뚤어짐은 앞에 등장했던 네 여인들의 왜곡되고 유린당한 삶을 통해 드러난다. 그들은 비뚤어진 역사의 희생자이며, 동시에 그런 고난의 상황 속에서도 역사를 지탱해 온 생명의 원천이다. 이런 방식으로 이 네 명의 여자들, 그리고 사사기의 희생당한 여자들은 신원된다.

4.

　　노벨문학상 수상자인 알렉시예비치는 전쟁은 여자
의 얼굴을 하지 않았다고 했는데, 실은 '국가'는 결코 여자의 얼
굴을 할 수 없다. 국가라는 형태로 인간 공동체를 조직해 온 인
류의 오랜 역사, 그 속에서 필연적으로 발생할 수밖에 없는 전쟁
이라는 끔찍한 폭력, 그리고 그 끔찍한 폭력을 가장 극악한 형태
로 당할 수밖에 없었던 가난한 여성들. 위안부 할머니들의 삶은
그 자체로 평화의 근원적 의미를 묻게 하며, 근원적 평화를 향한
갈구를 온몸으로 증거한다.

　더글러스 러미스는 일본의 평화헌법인 헌법 제9조의 문제를
국가의 본질과 근원적인 평화의 관계 안에서 설명하고, 이와 관
련해서 간디의 죽음에 대해 이야기한 적이 있다.* 그에 따르면
간디가 구상한 새로운 인도의 헌법은 절대적인 평화의 관점에
서 있었다. 즉 간디의 헌법 제안서는 국가가 소유하는 '정당한
폭력'이 철저히 배제된 정치조직체를 상정한 것이었고, 그 점에
서 일본의 평화헌법보다 훨씬 더 나아간 것이었으며, 간디는 그
때문에 죽었다. 간디의 죽음은 국가에 의한 살해였다는 것이다.

　간디는 막스 베버와 마찬가지로 국가는 본질적으로 폭력기

---

* 　Douglas Lummis, "The Smallest Army Imaginable", *Alternatives: Global, Local, Political*,
　July-September, 2006.

구라고 생각했다. 그는 자신이 아끼던 '국민회의파'가 신생 인도 국가의 부속물이 되어 행하는 일들을 보고 절망했으며, 국가의 개혁 능력에 대해서도 회의했다. 그래서 독립을 쟁취한 이후 "그는 반복해서 국가권력의 논리를 정면으로 거스르는 제안을 했다. 예를 들면, 폭동 지역에서 경찰과 군대를 철수시켜라, 파키스탄과 전쟁 중임에도 국고에서 파키스탄의 몫을 넘겨줘라 등등." 후자의 요구를 위해 간디는 목숨을 건 단식을 했다. 당시 인도 정부는 한 걸음 물러나서 간디의 요구를 들어줄 수밖에 없었고, 파키스탄에 돈을 지불했다. 그리고 바로 이 단식이 나두람 고드세로 하여금 간디를 암살할 결심을 하게 만들었다고 한다.

간디의 요구는 신생 인도의 헌법 구상에서 절정에 이른다. 그는 국가가 아닌, 국가와는 근본적으로 다른 정치구조를 제안했다. 구체적으로 간디는 인도에 실제로 존재하는 70만 개의 마을들에 근거한 마을공화국들을 구상했다. 그는 "5인으로 구성된 판차야트를 기초로 해서 그 윗 단계에 2차 지도자들이 선출되는 방식으로 계속 확장되어 결국 인도 전역을 관할하게 되는 계단식 체제를 생각했다." '국민회의파'가 국가기관에서 완전히 물러나 마을로 돌아가야 한다는 제안을 내놓았던 것이다. 러미스에 의하면, 간디는 만일 국가를 대신해서 판차야트 라지를 건설하는 것이 불가능하다면 국가 내부에 판차야트 라지를 세울 수 있을 것이라고 생각했던 것으로 보인다. 그야말로 거대한 권력이동을 생각했던 것이다. 간디는 단순히 이론적 관심에서가 아니라 실제로 실행 가능한 것으로 그런 제안을 했고, 그런 일을 해 나갈 변화의 주체로서 간디 자신과 '국민회의파', 그리고 간디 지지자들이 있었다. 그들은 과거에도 명백히 불가능해 보였던 일들을 가능한 일로 바꾸어 놓은 경험이 있었다. 따라서 당시 그의 제안은 실제로 가능한 일이었다. 만일 그의 친구들이었던 '국민회의파' 지도자들이 간디를 버리고 보통의 폭력국가를 선택하지 않았더라면 말이다. 그리고 바로 이러한 현실적 가능성 때문에 그의 헌법 제안은 다른 유토피아적 제안들과는 달리 불편한 감정을 불러일으키는 것이었다. 그의 친구들은 간디의 제안을 위험스러운 것으로 생각했다. 어쩌면 그들은 간단히 그가 사라져 주기를 원했을지도 모른다. 간디의 신헌법 제안문이 전 인도 의회위원회 의장에게 전달된 지 몇 시간 후에 간디는 암살당했다.

간디의 죽음이 인도라는 새로운 국가 건설과 관련해서 어떠한 의미를 지니는지는 역설적으로 암살자 나두람 고드세의 행동과 발언에서 극적으로 드러난다. 나두람 고드세는 미치광이가 아니라 "사회중심부를 대변하는 인물"이었다. 그는 "지적이고, 조리있고, 명석하고, 애국적이며, 용감했다." 목격자들에 따르면 간디를 쏘기 전 그는 두 손을 모아 존경을 표시했으며, 총을 쏜 후 총 든 손을 허공으로 올리면서 "경찰!"이라고 소리쳤다. 고드세는 자신이 무슨 일을 하고 있는지 잘 알고 있었다. 그는 법정에서 이렇게 진술했다. "내가 간디지를 죽이면 나는 내 생명보다 더 소중한 명예를 모두 잃어버릴 거라고 생각했습니다. 그러나 동시에 나는 간디지가 사라지면 분명히 인도의 정치는 현실적인 것이 되어서, 응징할 수 있게 될 것이고, 군대를 보유하여 강력해질 수 있을 것이라고 느꼈습니다. 내 자신의 미래가 파멸될 것이라는 데에는 의심의 여지가 없지만 국가는 살려 낼 수 있을 것입니다." 간디가 죽자 근대 국가로서 인도 건설은 착착 진행되었고, 고드세의 기대는 이루어졌다. 근대국가 인도의 건설을 위해 간디는 죽어 줘야만 했던 것이다. 근대국가의 근원적 폭력성이라는 제단 위에서 간디는 희생될 수밖에 없었고, 여기에 간디의 죽음의 필연성이 있다.

고드세는 근대적 조국 인도의 건설을 위해 간디를 살해하기로 마음먹었다. 근대 국가의 구성적 원리란 막스 베버에 의하면 "합법적 폭력에 대한 권리"이다. 이것은 폭력적인 국민국가는 불가피하게 필요하다는 신념이고, 따라서 국가는 의심될 수 없고 그에 대한 대안이 없다는 믿음이다. 국가를 세우는 일은 선택사항이 아니라 인간의 운명이라는 신념이다. 그리고 러미스에 의하면 바로 이러한 신념으로부터 '국가의 마법'이 생겨난다. 보통 사람의 상식적인 감각으로는 도저히 할 수 없는 끔찍한 짓을 국가의 이름으로는 거리낌 없이 저지르게 되는 것이다. '국가의 마법'이 작동하기 때문에 폭격기 조종사는 수많은 민간인이 죽임을 당할 것을 알면서도 지상 폭격을 가할 수 있고, 과학자는 자신이 개발하는 무기가 어떻게 인간의 몸을 산산조각 낼지 알면서도 불철주야 그 일에 매달린다. 이처럼 '국가의 마법'은 인간으로서 '차마' 할 수 없는 크고작은 일들을 '감히' 하게 만드는 요술을 부린다. 이 때문에 분명 거기에는 '어떤 진심'이 있었을 테고, 그것은 '고드세의 진심'이었을 것이다.

그런데 간디는 그가 구상한 새로운 인도 헌법을 통해 "합법화된 폭력"으로서의 국가라는 것이 인간이 불가항력적으로 받아들여야만 하는 운명이 아닐 수 있음을 보여 주었고, 따라서 '국가의 마법'이 더 이상 작동하지 않는 세상이 실제로 가능하다는 것을 보여 주었다. 적어도 당시 인도 상황에서 그것은 운명이 아니라 선택사항이었음을 가르쳐 주었던 것이다. 그 때문에 그는 '국가'에 의해 살해당할 수밖에 없었다. 간디의 제안을 불편해하는 사람들이 많이 존재했고, 그가 죽을 수밖에 없었다는 사실이야말로 간디가 꿈꾸었던 세상이 사실은 가능한 것이었다는 데 대한 역설적인 증거라고 할 수 있다. 만일 그의 꿈이 무력하고 전혀 현실성이 없는 것이었다면 그들은 두려움을 느끼지 않았을 것이고, 간디를 제거할 필요도 느끼지 못했을 것이기 때문이다.

오늘날 우리는 모두 고드세의 유혹 앞에 있다. 그것은 국가를 위해 내 안의 간디를 죽여야 한다는 강박이며, '국가의 마법'에 걸려 새로운 세상에 대한 상상력을 포기하는 것이다. 그것은 정말로 사람들을 괴롭히는 실체와 대면하는 데서 출발하기를 회피하는 것이며, 윤리적 존재로서의 인간을 근본적으로 성립 불가능하게 만드는 우리 시대의 악이 무엇인지 보기를 회피하는 것이다. 그러나 시인 로빈슨 제퍼스의 말대로 우리 시대를 지배하는 "일반적인 정의(正義)나 행복의 꿈에 속지 않는" 명석한 개념을 가지고 있는 사람이 그래도 누군가는 있어야 하지 않겠는가. 상상력이 없는 사람들에게 그들은 비합리적 몽상가로 보이겠지만 어느 시대에나 끔찍한 재난 가운데서도 구원의 희망을 보존해 온 사람들은 그들이었다. 결국 우리는 현실이 발목을 잡기 때문에 어쩔 수 없이 상상력을 포기하는 것이 아니라 사실은 상상력을 포기했기 때문에 현실의 진면목을 보지 못하는 것이다. 상상력이 없는 곳에서 '국가의 마법'은 작동하기 시작하며, 우리 안의 간디는 죽임을 당하고, 희망도 사라진다.

하느님의 경제,
삶의 경제

○

1.

"책임자 지시를 잘 따르면 개죽음만 남는다. 산산조각 난 아이에게 죄를 다 뒤집어씌웠다. 둘째 아이는 절대 그렇게 가르치지 않을 것이다. 첫째를 그렇게 키운 게 미칠 듯이, 미칠 듯이 후회가 된다."

이 말은 지난 5월 28일 서울 지하철 2호선 구의역에서 홀로 고장 난 스크린도어를 고치다가 목숨을 잃은 열아홉 살 청년 김 군의 어머니가 민주노총 공공운수노조가 주최한 기자회견에서 한 말이다. 어머니는 그 자리에서 "지금도 우리 아이가 온몸이 부서져 피투성이로 안치실에 있다는 것을 도저히 믿을 수 없다. 회사 쪽에서는 지킬 수 없는 규정을 만들어 놓고 그것을 우리 아이가 지키지 않아 그 과실로 죽었다고 한다. 죽은 자가 말이 없다지만 너무 억울하다"고 눈물을 흘렸다.

왜 이렇게 가슴 아픈 일들이 자주 일어나는 걸까? 세월호 사태 때 "가만히 있으라"는 지시를 잘 따랐던 아이들이 희생되었듯이, 또 한 명의 성실하고 책임감 강했던 청년이 희생당했다. 세월호 사태를 제대로 해결했다면 김 군은 죽지 않았으리라는 생각이 무럭대고 든다. 비단 이번 사건만이 아니라 세월호 사태에서부터 가습기 살균제로 인한 피해, 그리고 그러한 사건들을 대하는 우리 사회의 방식은 우리가 살고 있는 세상이 얼마나 반생명적이며 폭력적인지 적나라하게 보여 준다. 우리 사회는 얼마나 많은 젊은이들을 죽음으로 내몰려는 것인가? TV 화면에 비친 김 군의 유품은 많은 사람들을 울렸다. 그의 가방에서는 사발면과 숟가락이 다른 공구들과 함께 나왔다. 가지런히 진열된 공구들은 그가 일하는 모습을 떠올렸다. 끼니도 거른 채언제 전동차가 들어올지 모르는 공포 속에서 어두운 철로와 스크린도어의 비좁은 틈에서 홀로 곡예하듯 재빠르게 그 공구들을 움직였을 청년의 손놀림이 떠올랐다. 길을 가다 뒤통수만 봐도 알아볼 수 있는 아들을 도저히 알아볼 수 없었다는 어머니는 "우리 아이가 죽는 날 나도 죽었다"고 했다. 어머니는 책임감 있게 키운 것, 윗사람 지시를 들으라고 가르친 것을 후회한다고 했다.

언젠가부터 우리 사회에서는 이런 죽음이 일상화되었다. 기

업은 비용을 절감하고 사고 책임을 회피하기 위해 위험을 외주
화한다. 이 때문에 사고가 일어나도 영세한 하청기업과 노동자
자신의 잘못으로 돌릴 뿐 원청기업에게 책임을 물을 수 없다.
그 결과 김 군과 같은 죽음이 반복되고 있다. 우리 사회는 이런
'김 군'들의 목숨으로 굴러가는 사회이고, 그런 죽음이 반복돼도
현실은 바뀌지 않는다. 여성 노동자 김진숙 씨는 사고 후 자신
의 SNS에 이런 글을 올렸다.

  여성이 도심 한복판에서 살해당하면 밤늦게 돌아다닌 여자
  책임이고, 열아홉 살 노동자가 혼자 일하다 처참히 숨지면 보고
  안 한 노동자 잘못이고, 숨쉬기도 힘든 미세먼지는 고기와 고등
  어 잘못이면, 정부는 뭐 하는데? 법은 왜 필요하고 세금은 왜 따
  박따박 걷는 건데?

  이런 사고가 날 때마다 슬픔이 배가되는 것은 우리 사회의 소
위 지도층에 있다는 사람들과 너무나 대비되는 이들의 성실한
삶 때문이다. 왜 가난하고 작은 사람들은 이토록 착하고 성실하
게 사는 걸까? 누굴 위해서, 누구의 이익을 위해서 가난한 사람
들은 이토록 기진맥진 허덕이면서 살아야 하는 걸까? 이 세계
를 움직이는 자들은 누구인가? 걸핏하면 규정을 내세우며 책임
을 회피하는 관료들, 뒤늦게 나타나 화면 각도를 의식하며 카메
라 앞에 서는 정치가들, 연구비 수주와 유명세, 얼마간의 이익

을 위해서라면 얼마든지 곡학아세할 준비가 되어 있는 전문가들, 한 줌의 이익을 위해서라도 사람들을 사지에 몰아넣는 짓을 서슴지 않는 기업가들. 국가와 사회를 움직이는 그 잘난 사람들을 보면서 작고 가난한 사람들은 안심했을까? 투표를 해서 그들에게 국가와 사회를 맡기고 다시 자기 일에 매달렸을까? 자신은 보잘것없는 이득을 얻을 뿐이면서 서둘러 스크린도어에 매달릴 수 있었을까? 왜 수많은 보통 사람들이 누군가의 이익을 위해 기진맥진해야 하는가?

2.

죽은 김 군은 한 사람이 아니다. 그는 우리 사회의 모순을 감당하고 있는 수많은 젊음들 가운데 하나이다. 도처에 '김 군'이 있고, 이들은 앞으로 더욱 그 숫자가 늘어날 것이다. 왜냐하면 경제성장이 더 이상 가능하지 않은 시대가 도래했고, 자본주의 자체가 근본적인 위기에 봉착했기 때문이다. 오늘날 많은 학자들이 최근의 지속적인 경제위기는 단순한 불황이 아니라 인류 역사상 새로운 시대가 도래하고 있는 징표라고 경고하고 있다. 전 세계적으로 지속되는 금융위기와 석유 생산 정점, 기후변화와 같은 근본적인 위기로 인해 산업혁명 이후 200년 이상 지속되어 온 자본의 세계화 과정이 한계에 도달했고, 따라서 더 이상 경제성장이 가능하지 않은 새로운 시대가 도래했다는 것이다. 현재 전 지구적 자본은 상품시장의 불확실성 때문에 투자를 확대하기 어려운 지경에 이르렀고, 그래서 실물경제와 유리된 투기자본의 형태로 순환되고 있으며, 언제든 거품은 터질 수 있다.

경제성장은 끝났다. 전 지구적 자본의 확장은 끝났다. 리처드 하인버그는 그의 책 『제로성장 시대가 온다』*에서 단호하게 이와 같은 주장을 펼치고 있다. 그는 다시 경제성장을 예전으로 돌리려는 모든 근시안적이고 무익한 시도는 실은 현실이 아니라 환상에 근거한 것이라고 한다. 하인버그는 성장시대가 끝나는 세 가지 핵심적인 이유로 석유위기로 대표되는 자원고갈, 환경파괴로 인한 기후변화, 금융통화의 구조적 실패를 들었다. 석유문제 전문가이기도 했던 그는 이 중에서도 가장 중요한 이유로 자원고갈, 즉 석유위기를 꼽고 있다.

많은 에너지 전문가들에 따르면 석유 생산은 이미 정점을 지났다. 산업혁명 이후 자본주의의 수레바퀴를 쉬지 않고 굴려온 것은 실은 석유였다. 석유는 그 어떤 에너지와 비교할 수 없을 만큼 효율성이 높고 운송이 편리한 값싼 에너지원이다. 따라서 석유가 희소해질수록 현대 생활을 유지하는 데 필요한 비

---

* 하인버그, 『제로성장 시대가 온다: 성장의 종말과 세계 경제의 미래』, 노승영 옮김, 부키, 2013.

용은 엄청나게 증대된다. 지금 세계적으로 셰일가스 개발이 각광을 받고 있지만, 이것은 지하 깊은 곳의 혈암층, 즉 바위틈에 끼어 있는 석유로 채굴 과정에 막대한 비용이 들고 고압파쇄법 (hydrofracturing)이라는 채굴 방법은 심각한 환경파괴를 일으킨다. 셰일가스는 갑자기 발견된 것이 아니라 오래 전부터 그 존재를 알고 있었지만 고비용과 채굴의 어려움 때문에 방치했다가 이제 석유정점이 지나면서 마지막 화석연료 자원으로 그것마저 눈독 들이게 된 것이다. 전문가들은 그나마 셰일가스도 생산정점이 몇 년 안 남았다고 예측하고 있다. 그러므로 셰일가스가 각광을 받고 있다는 사실 자체가 석유문명의 위기를 말해 준다.

뿐만 아니라 그동안 세계경제는 빚더미 위에서 호황을 누렸다. 잔뜩 부풀려진 금융경제 속에서 사람들은 숫자만으로 존재하는 돈으로 지출을 늘렸다. 그러나 부동산 가격이 현실화하면서 그 빚은 상환 불능 상태가 되었다. 주요 은행들이 파산하고 국가경제가 부도나고 전 지구적인 재정적 파산 상태가 목전에 있다. 게다가 정치구조는 마비되었고, 전 세계적으로 '기업권력'에 볼모로 잡혀 있다. 정부는 위기에 합리적으로 대응하지 못하고, 문제를 해결할 능력이 없을 뿐만 아니라 문제를 오히려 심화시키는 정책 결정을 내린다. 사적 이익을 추구하는 집단들이 실질적인 정책 결정을 하기 때문이다.

그러므로 하인버그에 따르면 대격변은 예비되어 있다. 언제

충돌이 일어날 것인가는 시간문제이고, 우리는 각자 이에 대응해야 한다. 경제를 재구조화하기 위한 특단의 조치를 취하지 않는 한 그러한 폭발은 언제라도 이루어질 것이다. 그런 일이 일어나면 어떻게 될지 하인버그는 아주 실감나게 말한다. 노동자들은 실질임금이 하락하는 동안 파산하지 않고 버티기 위해 필사적으로 돈을 빌려 왔지만 이제 더 이상 새로운 대출을 받지 못하고 막다른 골목에 이를 것이다. 대량 식량부족 사태에 이르고 식품가격이 치솟을 것이다. 현금지급기에 돈이 없고, 실업률은 끔찍할 정도로 치솟을 것이다. 정부의 행정 서비스 역시 제 기능을 하지 못하고, 생활수준은 곤두박질치고 긴축 프로그램들은 가혹할 것이다. 경제적 불평등은 확대되어 극소수의 과두적인 지구 엘리트와 절대다수의 대중 사이에 엄청나게 간격이 벌어질 것이다. 이러한 경제적 붕괴는 사회불안으로 이어지고, 폭동과 소요의 불길을 당길 것이다. 상황이 이런 식으로 진전되리라는 것을 알고 두려워하는 엘리트들은 타락한 지급불능의 은행들을 구제하기 위해 지금 국가의 자원을 약탈하고 있으며, 경찰력을 군사화하고 반대와 저항을 범죄화하기 위해 법률을 고치고 있다.

현재의 자본주의는 모순을 외화시킬 더 이상의 외부, 즉 식민지가 없고, 전 세계적인 사회경제적 불평등은 현 체제를 유지할 수 있는 한계를 넘어섰다. 이 점에서 현재의 사회경제적 불평등은 지속불가능하다. 이 '지속불가능한 불평등'을 줄이기 위해서는 대규모의 채무 탕감, 엄청나게 부풀려진 군사비 지출에 대한 대규모 삭감, 재정부문에 대한 엄격한 규제와 제한, 과두 엘리트들과 기업들에 대한 높은 과세 등이 반드시 필요하다. 이러한 경제의 재구조화가 기후변화와 자원의 고갈을 늦추지는 못하지만, 새로운 정책을 운영해 나가는 데 필요한 사회적 안정성을 창출해 낼 것이다. 그러나 하인버그는 과연 그런 합리적인 정책이 가능할 것인지에 대해 회의적이다. 그는 파국이 가속화하면서 파워엘리트 쪽에서 더 대담하고 절망적인 드라이브를 걸어 거대 은행과 군사체계를 지탱하기 위해 사회의 자원을 더욱 약탈적으로 먹어치우지 않을지 우려한다.

결국 생존 가능성은 지역에 따라 결정될 것이라고 한다. 중요한 것은 공동체의 복원 능력이다. 성장이 멈추면 인구가 많은 나라가 더 어려워지고, 자급적 농민이 많은 나라는 '저개발국'이라는 오명을 벗고 유리한 위치에 서게 될 것이라고 한다. 공동체들은 집단을 형성해서 자신들이 먹을 것을 생산하고 안전을 지키며 교육과 재정시스템, 자기통제 등을 실행해야 한다. 하인버그는 이러한 탈중심화 과정이 21세기 경제와 사회적 흐름의 한 징표가 될 것이라고 한다. 하인버그는 이것이 우리의 운명이라고 한다. 우리 삶의 질은 우리 공동체의 질에 달려 있다. 공동체적 구조가 강력하다면 아마 견딜 수 있을 것이지만, 그렇지 않으면 꺾이고 말 것이다. 그러므로 대파국의 위기가 정말로 시작되기 전에 이러한 구조가 장착되는 것이 중요하다고 그는 말한다. 그에 따르면 그것은 "이웃을 아는 것"을 의미한다. 지역에 터 잡고 지역의 삶에 뿌리를 내리는 것, 그것만이 생존을 위한 우리의 전략이 될 수 있을 것이라고 한다. 그 안에서 개인들이 각자 실제적인 기술을 연마하고 보다 자급적이 되고 이웃과 신뢰의 연대를 형성하는 것. 그것이 우리의 삶과 우리 아이들의 삶의 질을 결정하게 될 것이라고 한다.

　탈중심화, 지역화라는 하인버그의 대안은 타당하다. 결국은 그렇게 될 것이다. 그러나 성장시대의 종언이라는 상황 진단의 엄중함에 비해 하인버그가 제시하는 구체적인 지역화 대안은 안이하게 느껴진다. 지역화폐, 텃밭가꾸기, 푸드뱅크 등은 모두 필요하고 또 인간성을 고양하는 것이지만, 상황의 긴박성에 비해 한가로운 대안처럼 느껴지는 것 또한 사실이다. 이와 관련해서 최근 녹색당이 열심히 주장하고 있는 기본소득 제도는 사회경제적 약자들의 피해를 최소화하면서 경제 시스템의 근본적 변화를 안정적으로 착지시킬 적극적인 대안으로 보인다. 기계화와 자동화, 특히 인공지능의 실용화 가능성까지 고려하면 일자리는 더욱 줄어들 것이다. 취업은 어렵고 인구가 줄어들어 연금제도도 안정적으로 기능하기 어려운 상황이 되었을 때 우리는 어떻게 생계를 유지할 수 있을까? 베이비붐 세대와는 전혀 다른 세계에서 살아가야 할 수많은 '김 군'들의 삶의 안전망을 어떻게 보장해 줄 것인가? 이러한 질문 앞에서 기본소득은 실질적인 대안이 될 수 있을 것이다.

기본소득은 현재 소득의 많고 적음을 떠나 누구나 인간적 존엄성을 유지하는 데 필요한 물질적 조건을 충족할 수 있도록 일정 액수를 매달 수령하게 하는 제도이다. 이것은 소득은 반드시 고용이나 이윤획득을 통해 얻어진다는 자본주의 사회의 고정관념을 무너뜨리며, 사회적 약자를 배려하는 복지제도와도 다르다. 기본소득의 이념은 인간은 누구나 존엄하게 살 권리가 있다는 인간존엄성의 원칙과 모든 지식과 기술, 넓은 의미의 자본이란 근본적으로 수천수만 년에 걸친 인류 공동의 지혜의 보고로부터 나온 것이라는 공동체적인 경제철학에 기반해 있다. 사실 고용을 통해서만 소득을 얻는다는 관념은 지극히 자본주의적이다. 이러한 관념의 근저에는 임금노동만이 노동이라는 산업사회의 뿌리깊은 통념이 전제되어 있다. 그러나 산업사회 이전의 노동은 거의가 임금노동이 아니었다. 가령 자급적인 소농의 노동은 임금과는 아무 상관이 없다. 게다가 대부분의 인간은 소득으로 이어지든 그러지 않든 일을 한다. 왜냐하면 인간은 일하도록 창조되었고, 진정한 의미의 노동은 임금노동이 아니라 '자기표현'으로서의 노동이기 때문이다. 또한 특정 기술이나 특허, 지식은 우리 앞에 살다 간 수많은 선조들이 이룬 지혜의 보고에 깃털 하나의 무게도 안 되는 것을 살짝 얹은 것에 불과하기 때문에 거기에 과도한 이익을 부여해서는 안 된다. 오히려 오랜 인류 공동의 삶과 지혜의 덕택으로 지금 이 사회와 문명이 존재한다는 점에서 인간 공동체의 일원이라는 이유만으로도, 인간으로

서 존재한다는 그 사실만으로도 누구나 살아가는 데 필요한 일
정액을 받을 권리가 있다.

기본소득을 통해 최소한의 생계가 유지된다면 젊은이들은 돈
벌이를 위해 굴욕을 당하거나 생존을 위해 삶을 저당잡히지 않
아도 되고, 정말로 의미 있는 일을 하면서, 재미를 추구하며 살
수 있을 것이다. 그리고 그러한 변화는 마치 다윗의 물맷돌처럼
최후의 숨을 몰아쉬며 비틀거리는 괴물 자본주의를 너무 소란
스럽지 않은 방식으로 끝장낼 수 있을 것이다. 중요한 것은 재
원 문제가 아니라 인식의 전환이다. 생각이 바뀌면 길은 있다.

3.

무한성장이라는 자본주의 이데올로기가 파산했다
는 것은 하인버그만이 아니라 이미 1972년 로마클럽의 「성장의
한계」에서부터 장 지글러, 재레드 다이아몬드 같은 사람들이 계
속해서 경고해 왔던 바다. 슈마허는 유한한 지구에서 무한한 발
전을 추구하는 것이 문제라고 간명하게 말했다. 그리고 경제지
표가 아니라 '사람이 중요한 경제'를 얘기했고, 유한한 지구에서
계속 살려면 순환적 경제로 가야 한다고 했다. 이들은 환상이
아니라 현실을 보라고 호소했다. 그리고 이것은 오랜 세월 인류
가 발전시켜 온 지혜로운 전통들이 한결같이 말하고 있는 것이

기도 하다.

경제성장이 멈춘 시대에 어떻게 살아야 할 것인가? 자본주의는 끝없이 소비를 부추긴다. 끊임없이 소비하고 소비가 확대되어야만 돌아가는 시스템이다. 이러한 경제 시스템은 석유와 같이 유한한 자원을 마구 낭비할 뿐만 아니라 인간 정신을 좀먹는다. 인간이 살아가는 삶의 세계에 대한 폭력은 반드시 인간성 자체의 파괴를 수반하기 때문이다. 삶에서 우리가 실제로 필요로 하는 것은 무엇이며, 우리는 어떠한 방식으로 그러한 것들을 얻어야 하는가? 우리는 본래 무엇을 생산하며, 우리의 노동에는 어떠한 사회정치적 의미가 부여되는가? 믿음의 인간으로서 우리는 이러한 질문들을 하느님의 세계경륜과 관련하여 제기해야 한다.

하인버그는 공동체를 형성하는 능력이 문명의 전환기에 생존의 가능성을 결정할 것이라고 했는데, 경제적 행위의 목표가 삶 자체, 그것도 공동체적 삶이어야 한다는 것을 우리는 복음서들에 나타나는 예수의 삶과 가르침에서 확인할 수 있다. 예수는 가난하고 굶주리고 지금 슬퍼하는 사람들은 복이 있고, 부유하고 배부르고 지금 웃는 사람은 화가 있다고 했다(누가 6:20-26). 그리고 사람들은 서로 빚을 탕감해 주며 살아야 한다고 했다. 이것은 어떻게 사는 것이 가치 있는 삶인지에 대한 선언이다. 물질적인 이해관계가 아니라 선한 사마리아인처럼 서로 이웃이 되어 주는 관계가 삶의 중심이 되어야 한다. 산상수훈을 비롯해서 예수의 빛나는 비유들은 더불어 사는 삶의 지혜들로 가득 차 있고, 어떻게 사는 것이 진정한 행복인지에 대한 가르침들로 넘쳐난다. 검소한 삶, 물질이 아니라 관계, 가족, 친구, 이웃들과 함께 하는 삶 자체가 가장 중요한 가치로 나타난다.

복음서들에는 예수가 많은 무리를 먹인 이야기들이 여러 차례 나온다. 아마 이것은 예수가 민중과 함께 수없이 밥을 나누고 마음을 나눈 가슴 벅찬 경험을 담은 이야기들일 것이다. 마가복음 6장 30~44절에는 보리떡 다섯 덩어리와 물고기 두 마리라는 보잘것없는 음식으로 5천 명이 배불리 먹고 열두 광주리가 넘게 남았다는 예수의 잔치에 관한 이야기가 나온다. 마가는 의도적으로 이 이야기를 헤롯의 잔치와 나란히 배열했다. 당시 헬레니즘 시대 상류계층이 즐겼던 잔치는 누구나 한 밥상에서 같은 음식을 같이 나누는 평등한 잔치가 아니었다. 당시 잔치 풍습에 따르면 손님의 지위 고하에 따라 잔치의 상석과 말석이 정해졌다. 그리고 어느 자리에 앉는가에 따라 나오는 음식의 양과 질이 달랐다. 헤롯의 잔치는 바로 그런 잔치로서 예수의 잔치와 대조된다. 그런 잔치의 여흥거리로 세례 요한의 목이 잘려 쟁반에 담겨 나온다. 이것은 질탕하고 흥청망청한 상류계층의 잔치가 사실은 민중의 피와 살을 먹고 마시는 행위임을 상징적으로 보여 준다. 그리고 이러한 헤롯의 잔치는 끝없이 인간의 탐욕을 자극함으로써 유지되는 오늘날 신자유주의 체제를 떠올린다. 헤롯의 잔치가 세례 요한의 목을 요구했듯이, 오늘날 신자유주의의 음산한 잔치는 '김 군'과 같은 희생자를 요구한다.

그러나 예수의 잔치, 보리떡 다섯 개와 물고기 두 마리로 5천 명이 함께 먹은 이야기는 전혀 다른 현실, 전혀 다른 잔치를 보여 준다. 이 이야기는 배고픈 민중이 집단적으로 음식을 나누어 먹으면서 겪은 깊은 해방의 경험을 담고 있으며, 공생공빈(共生共貧)하는 자치적인 삶의 공동체적 연대성과 풍성한 삶의 감격을 담고 있다. 지극히 적은 음식을 가지고 5천 명이 먹고도 열두 광주리나 남았다는 것은 가난한 민중이 예수와 함께 맛본 공동체적 삶의 기쁨과 넉넉함을 나타낸다. 이것은 고르게 가난한 삶, 인간이 서식하고 있는 공간적·자연적 조건에 순응하면서 또 거기 저항하면서 이루어 간 '생태적 가난'의 문화가 주는 기쁨, 공생공빈이 주는 공생공락(共生共樂)의 감격을 표현한 이야기이다.

이 이야기는 지금 우리 시대와는 전혀 다른 정신과 삶의 태도에 기반해 있으며, 근본적으로는 전혀 다른 경제 이해에 기반해 있다. 근대 이전 농경사회에서 경제행위란 기본적으로 상호의존과 공동체성을 전제하는 것이었다. 당시는 경제행위가 합리성과 효율성이라는 자체 논리에 의해 독자적으로 작동했던 것이 아니라, 인간 행위 전반, 즉 인간의 사회적·도덕적 삶과 관련해서 작동했다. 경제는 인간이 물질적 욕구의 충족을 위해 자연과 자신의 동료들에게 의존하면서 그들과 함께 이루는 상호작용, 즉 기본적으로 공동체적인 활동이라고 여겨졌다. 그러나 산업혁명 이후 그러한 실체적·실물적 의미의 경제는 점차 은폐되고, 희소성과 경제적 합리성에 바탕을 둔 형식적이고 관념적인 경제 개념이 지배적으로 되었다. 경제에서 공동체적 요소가 사라져 버린 것이다.

칼 폴라니에 의하면 시장경제가 등장하기 전 인간의 삶에서 경제는 사회적·문화적 관계에 "묻혀 있었다"(embedded). 경제가 사회에 "묻혀 있는" 한, 개인의 경제행위는 사회적·공동체적 규범에 의해 제약을 받는다. 그러나 사회적 관계에 의해 경제행위가 제약을 받지 않게 되면서 자본주의 시장경제는 자체의 논리에 의해 움직이게 되었고, 오늘날에 이르러서는 자본의 논리가 인간의 삶 전체를 지배하게 되었다. 자본주의 시장경제의 논리가 인간 삶의 전 영역에서 자기를 관철하는 시장 전체주의 사회가 도래한 것이다.*

이러한 시장 전체주의는 인간에 대한 야수적인 정의 위에 서 있다. 물질적 이익추구는 인간의 본성이며, 그렇기 때문에 인간은 '경제적·합리적' 존재라는 것이다. 개인은 본질적으로 이기적인 존재이며, 사회는 각자의 이익을 추구하는 개인들이 각축전을 벌이는 약육강식의 장이다. 이 점에서 근대 자본주의 경제학이 전제하는 인간학은 불경(不敬)스러우며, 믿음과 함께 가기 어렵다. 왜냐하면 거기서는 인간을 본질적으로 이기적인 존재

---

* 칼 폴라니, 『거대한 변환: 우리 시대의 정치적·경제적 기원』, 박현수 옮김, 민음사, 1991.

로 볼 뿐 아니라, 앞으로도 계속해서 그런 존재로 머물러 있을 것이라고 가정하기 때문이다.

멸망을 목전에 둔 신자유주의가 마지막 몸부림을 치고 있다. 그 속에서 우리는 살아 있는 사람들과 함께 사는 법을 배우지 못한 채 죽은 물건들에 둘러싸여 죽은 물건을 사랑하면서 진짜 삶이라고 착각한다. 각자 고립된 채 경쟁하며 모두 혼자 힘으로 살아남으려 하기 때문에 모든 물건이 다 필요하고, 사람들은 물건들에 둘러싸여 더욱 고독하다. 그리고 고독과 고립이야말로 이 무너져 가는 자본주의 체제를 연명시키는 마지막 먹잇감이다. 그러므로 하인버그를 비롯한 여러 학자들이 말하는 결론, 즉 경제성장이 끝났고 자본주의 체제가 무너져 간다는 소식은 우리가 하기에 따라 새로운 방향전환을 위한 희망의 소식일 수 있다. 동료 인간과 지구 생태계에 대한 끝없는 약탈에 기반한 경제 시스템이 끝난다는 것은 실은 기쁜 소식이기 때문이다.

복음서들에서 거듭 전하고 있는 예수의 잔치는 서로 돕는 공동체적 경제의 일단을 보여 준다. 풍성한 기쁨을 누리는 데는 산해진미가 필요 없다. 욕심을 내서 자기 창고에다 쌓아 놓으려는 사람의 마음은 언제나 허기지다. 창고는 가득 채워질지 모르지만 욕심은 채워지지 않기 때문이다. 마찬가지로 끝없는 성장을 추구하는 한 그 집단은 궁핍할 수밖에 없다. 풍요 속에 굶주리는 것이 우리가 사는 세계의 현실이다. 인간이 사는 생태적 조건에 적합한 삶의 방식은 끝없는 경제성장이 아니라 '고르게 가난한 삶'이다. 아마도 이것이 경제성장이 끝나 가는 이 시대에 요구되는 삶의 방식, '하느님의 경제'일 것이다. 그것은 효율성과 생산성, GNP, GDP와 같은 추상적인 사회경제적 지표들이 아니라, 눈앞에 있는 구체적인 인간, 공동체의 가장 약한 사람들이 얼마나 경제적인 독립성과 자율성을 확보하는지를 중요하게 여기는 경제이며, 개인의 차원에서는 이윤 획득보다 삶의 필요를 충족하는 것을 경제행위의 실질적인 목표로 삼는 경제이다. 무엇보다도 하느님이 허락하신 삶의 풍성함과 만족감이 기본 척도가 되는 경제이다.

제비뽑기와
민주주의

◯

1.

폭풍 같은 시간이었다. 지난여름 이화여대에서 시작한 소용돌이는 점점 몸집을 불려 결국 온 나라를 뒤흔들어 놓았다. 뜨거웠던 촛불광장에서 '박근혜는 내려오고 세월호는 끌어올리라'는 문구가 눈길을 끌었는데, 박근혜가 내려오자 기적같이 세월호가 올라오고 있다. 세상 이치를 이해할 지적 능력도, 타인의 고통에 공감할 정서적 능력도 치명적으로 결여한 사람이 자신의 검찰 조서를 검토하는 데 일곱 시간을 들였다는 보도를 들으면서 무엇이 그로 하여금 정치인으로서 최고의 자리인 대통령에까지 오를 수 있게 했는지 짐작이 갔다. 자신의 안위를 위해서는 밤을 새워 토씨 하나까지 이 잡듯이 잡아내는 무서운 집중력과 독기가 느껴졌고, 그것이야말로 정치인 박근혜를 버텨 온 힘이었다는 생각이 들었다.

그동안 기적같이 많은 사람들이 광장에 모여 촛불을 들고 구악의 상징적인 인물들을 몰아냈지만, 실은 이제부터가 중요하다. 촛불을 들었던 사람들의 염원이 어느 한 인물을 대통령으로 뽑는 것으로 실현될 수 있을까? 물론 현실정치와 제도의 중심을 누가 차지하느냐는 문제는 중요하고, 또 그동안 '나쁜 사람'이 최고의 자리를 차지했을 때 국민 전체가 얼마나 큰 고통을 겪게 되는지 우리 모두 경험한 것도 사실이다. 그러나 대통령 한 사람을 뽑아 놓고 그와 그의 집단에게 절대권력을 위임한 채 그들이 무슨 짓을 하건 두 손 놓고 있을 수밖에 없는 것을 당연하게 받아들이게 만드는 이 시스템 자체에 문제가 있는 것은 아닐까? 주권자인 국민의 실질적 참여를 배제하는 시스템을 우리는 너무 당연하게 받아들이고 있다.

현재 대의민주주의 제도하에서 국민이 정치에 참여하는 것은 대개는 4년 내지 5년마다 돌아오는 선거 때뿐이다. 그 외의 수많은 중차대한 문제들에서 시민들은 정치적 행위자로서 자신의 능력을 행사하지 못한다. 멀쩡한 강을 망치느라 막대한 세금을 쏟아붓고, 국민의 안전과 행복을 근본적으로 위협할 사드 배치를 강행하고, 위험천만한 핵발전소 확대 정책을 밀어붙여도 소수의 시민운동가들만 필사적으로 나설 뿐 대다수 국민은 자신에게 재앙이 닥치지 않기만을 바라고 앉았을 수밖에 없다. 권력을 위임받은 사람이 자신을 뽑아 준 주권자의 뜻을 짓밟고 다수 국민의 이익에 반하여 중차대한 문제들을 제멋대로 결정하고 밀어붙여도 다음 선거가 돌아올 때까지 기다리고만 있어야 하는가? 그렇다고 매번 촛불을 들 수도 없지 않은가?

　이것은 우리나라만이 아니라 대의제 민주주의가 실시되고 있는 대다수 국가에서 벌어지고 있는 상황이다. 이러한 문제를 해결하기 위해 직접민주주의적 보완 장치를 두고 있는 나라들이 있다. 가령 주요 현안들에 대해 국민투표를 실시하거나 국회의원, 자치단체장 등에 대해 국민소환제를 실시하기도 한다. 몇 해 전 스위스에서 기본소득을 놓고 국민투표를 했던 것도 그 한 예라고 할 수 있다. 국회의원 임기 횟수를 제한하고, 시민 중에서 추첨으로 선출된 대표들이 자유롭고 평등한 상태에서 공적 이성을 발휘할 수 있도록 항시적인 공론의 장을 마련하는 시민회의 내지는 시민 합의회의를 설치하기도 한다. 덴마크나 스위스 같은 국가에서는 유전자조작식품 도입 문제, 핵발전소 설립 문제 등 국민의 삶에 결정적 영향을 끼칠 수 있는 문제들에 대해 성별, 직능, 연령별로 일정 수의 시민들을 추첨으로 선출하여 일정 기간 동안 그들이 공부하고 토론하여 결정하도록 하고 있다. 전문가가 아니라 평범한 시민들이 참여하여 자신의 삶과 직결된 문제를 놓고 공부하고 토론하여 결정하는 것이다.

　그런데 이러한 제도들 배후에는 추첨제라는 낯설면서도 동시에 낯설지만은 않은 아이디어가 깔려 있다. 본래 추첨제는 엘리트가 아니라 평범한 보통 사람들이 정치적 역할을 감당할 수 있는 좋은 통로였고, 원래 민주주의는 추첨제와 가까웠다. 몽테스키외는 대의제는 엘리트의 지배로, 추첨제는 인민민주주의로 이어진다고 보았다. 추첨제는 민주주의 이념과 긴밀하게 연결될 뿐만 아니라, 성서에서는 하느님의 뜻이 인간들의 사회정치적 상황 속에서 구체적으로 전달될 수 있는 중요한 통로였다. 구약성서에서는 가나안에 진입한 지파들이 땅을 분배할 때도, 또 처음 왕을 세울 때도 제비뽑기를 했고, 신약성서에서는 유다로 인해 궐석이 된 자리를 채울 때 제비뽑기를 했다. 구약성서의 신정정치 사상과 예수의 하느님나라 운동, 초기 기독교 운동은 하나같이 하느님의 통치를 기대했고, 이들은 하느님의 통치가 실현되는 구체적인 방식에 관심을 가졌다. 성서의 이러한 신정정치의 이상은 평범하고 별로 잘날 것 없는 사람들이 이루어가는 정치인 민주주의의 이상과 일맥상통한다.

2.

성서의 바탕에는 '민(民)의 지배'에 대한 염원이 깔려 있다. 구약성서의 중심에는 하느님의 백성의 역사가 있고, 신약성서는 하느님의 통치에 대한 기대와 새로운 하느님의 백성으로서 교회의 기원에 대해 기술하고 있다. '하느님의 백성',

'하느님나라'라는 신앙의 언어들을 세속적 언어로 번역하면 '민(民)의 지배'라고 할 수 있다.

구약성서에서는 현실 국가를 끊임없이 '하느님의 백성'이라는 이상적 거울 앞에 세운다. 이 거울 앞에서 현실 국가와 그 왕들은 여지없이 그 일그러진 모습을 드러낸다. 이것은 특히 신명기계 역사서에서 두드러지게 나타난다. '신명기계 역사서'란 구약성서 신명기의 핵심사상에 입각해서 씌어진 역사서로서 여호수아서에서부터 사사기, 사무엘상하, 열왕기상하를 가리킨다. 신명기계 역사서는 북이스라엘과 남유다의 패망을 경험한 기원전 6세기에 그러한 파괴와 고통의 사건이 왜 일어났는지 신학적으로 설명하고 있다. 국가라는 형태로 '하느님의 백성'이라는 이상을 실험했던 것이 실패로 돌아간 데 대한 신학적 설명이라고 할 수 있다.

신명기계 역사가는 이에 대해 하느님의 무능이나 잘못이 아니라 이스라엘의 '죄' 때문이라고 설명한다. 이들의 가슴 속에 꺼질 줄 모르고 타올랐던 질문은 "왜 야훼께서 이 땅에 이렇게 하셨는가? 타오르는 이 큰 분노는 어찌 된 것인가?"(신명 29:23)라는 물음이었다. 하느님의 분노는 이스라엘을 이방제의, 우상숭배로 이끈 왕들에게로 향했다. 분노의 화살은 현실적인 의미에서 국가를 발전시키고 외교적으로 유능했던 왕들, 심지어 다윗, 솔로몬 같은 왕들도 비켜 가지 않는다. 기준은 한 가지, 야훼 하느님과의 계약위반의 죄, 즉 우상숭배이다. 그런데 물질적 번영과 문화적 교류를 추구하고 실리적 외교를 펼쳤던 소위 유능한 왕치고 '우상숭배의 죄'에 대한 신명기계 역사가의 비난을 면한 사람이 없다.

신명기계 역사가가 반복해서 말하는 '우상숭배의 죄'는 물질적 번영과 성장 배후에 있는 돈귀신, 마몬 숭배의 죄를 가리킨다고 볼 수 있다. 외견상 무역이 확대되고 경제는 성장하지만, 언제나 그것은 민중의 삶의 향상으로 이어지기보다는 부의 양극화를 가져오고 민중의 자급적 삶을 파괴한다. 예언자들, 신명기 역사가의 비판은 정확하게 이 점을 향하고 있다. 막강한 권세를 지닌 왕들은 국가의 번영과 발전에 대해 요란스럽게 선전선동하고 마치 온 세상을 자기들이 이끌어 가는 양 수선을 피웠지만, 정작 삶의 가장 단순하고 소박한 원리, 야훼 하느님이 주신 율법에 따라 살지 못했다. 화려한 궁전, 웅장한 성전을 건축하고 온갖 미사여구를 동원해 자신들의 치적을 선전했지만, 그것은 그들만의 잔치였을 뿐 허리 굽혀 땅에 무릎 꿇고 심고 가꾸고 거두는 농민들이 자기 자신으로 살아갈 수 있는 길을 가로막았다.

솔로몬 치하에서 계속되었던 건축 사업으로 과중한 세금과 부역에 더 이상 건디기 어려워졌던 농민들은 그 아들 르호보암 왕에게 자신들의 부담을 경감해 줄 것을 요구한다. 그러나 르호보암은 "왕이 백성의 종이 되어 저들을 섬기라"는 경험 많은 노인들의 조언을 무시하고 강압적인 태도를 취했고, 이에 농민들은 "다윗의 집"의 왕으로부터 지배받기를 거부하고 통일왕국으로부터 이탈을 선언한다(왕상 12:1-19). 이때 그들은 이렇게 말한다. "다윗의 집에 우리들의 받을 몫이 조금이라도 있는가. 이새의 아들과 함께 할 유업은 없다. 이스라엘아, 저마다 자신의 장막으로 돌아가라. 다윗아, 이제 자신의 집안일이나 돌보는 것이 좋겠다."(왕상 12:16) 그리고 그들은 각자 자기 장막으로 돌아갔다. 국가라는 것이, 왕이라는 존재가 무엇인지 간파한 농민들이 더 이상 국가를 위해, 왕을 위해 농사짓지 않고 자기 장막으로 돌아간다면 어떻게 될까? 겉으로는 왕들이 세상을 지배하는 것 같지만, 실은 왕들이 농부들에게 의존해 산다. 이 이야기는 인간 삶이, 생명이 궁극적으로 어디서 오며, 어떻게 지탱되는지 말해 준다. 생명은 하느님으로부터 오며, 민중에 의해 유지된다.

이렇게 보면 신명기계 역사서의 완고한 야훼 중심주의는 사실상 권력에 대한 비판, 권력의 탈신성화가 이루어질 수 있었던 근거였다. 그것은 일종의 정치신학이고, 이 정치신학의 현실적인 의미는 민의 주권, 민의 지배라는 관점에서 왕권을 비판하는 것이었다. 사실 이러한 왕권비판, 권력비판 전승은 신명기계 역사서에만 국한되지 않는다. 왕국수립 이전부터 이스라엘은 의도적으로 중심적 권력이 형성되는 것을 피했고, 부족사회의 분권적·평등주의적 질서를 유지하고자 했다. 이 점에서 이스라엘에서는 이미 왕국성립기나 초기 왕정시대에 왕권에 비판적으로 대립하는 강력한 움직임이 존재했다고 가정할 수 있다. 단순히 왕권비판이 아니라 왕국수립과 국가형성이 함의하는 계급지배에 저항하는 흐름이 구약성서 전반에 흐르고 있다는 것이다. 그리고 이것은 소수 권력엘리트에 의한 지배를 거부하고 다수 민중의 자치를 옹호하는 오랜 농민공동체의 염원을 반영한다고 볼 수 있다. 단순히 악한 왕을 선한 왕으로 대신한다는 차원이 아니라, 민중의 자치와 자급을 이상적인 사회적 삶의 형태로 보는 차원이 구약성서 안에 존재한다. 아마도 국가의 역사에 대한 대응 개념으로서 '하느님의 백성'의 역사, 즉 구원사의 흐름이 현실적으로 의미하는 바가 바로 그런 것이라고 할 수 있을 것이다. 그것은 야훼 중심주의를 통한 권력의 탈신성화와 그에 따른 반지배주의 내지는 민중자치 외에 다른 것이 아니다. 야훼 중심주의는 끊임없이 국가권력을 '하느님의 백성' 앞에, 민중 앞에 소환하는 법정이었던 것이다.

인간에 의한 인간의 지배를 거부하는 반왕권적·반국가주의적 정서는 출애굽의 하느님 야훼의 모습과도 잘 부합한다. 출애굽 사건은 이스라엘 부족동맹의 핵심을 이루는 공동의 체험으로 후대에도 반복해서 기억되고 있는 사건이다. 이 출애굽 사건에 나타나는 야훼 하느님은 강제노역에 시달리는 하비루들, 권력의 맷돌에 곡식 낱알처럼 갈리는 작은 사람들을 편들고 그들을 구원하는 하느님이다. 그런데 오늘날 학자들은 국가를 이루기 이전 이스라엘 선조들이 실제로 출애굽 사건을 공통으로 경험했던 것은 아니며, 국가를 이루기 이전 부족시대 이스라엘에서 처음부터 야훼라는 신이 숭배되었던 것도 아니라고 보고 있다. 야훼 종교가 도래하기 이전에 이미 '엘'을 중심으로 하는 '이스라엘'이라는 부족동맹이 형성되기 시작했고, 그 후 보다 강력한 신 야훼가 나와서 이 '엘'과 동일시됨으로써 '이스라엘의 신'이 되었다고 학자들은 추측한다. 한편 야훼 숭배는 출애굽 집단이 출애굽 전승과 함께 이스라엘에 가져왔을 가능성이 크다고 본다. 야훼 신앙의 수용은 출애굽 전승의 수용과 같이 간다는 것이다. 그렇다면 어째서 이스라엘의 일부에 지나지 않는 출애굽 집단의 신앙과 전승이 이스라엘 전체의 구원 체험으로 공유되기에 이르렀는가? 그것은 출애굽 신앙과 전승이 과거 그들이 알지 못했던 특이하고도 강력한 신 관념을 표현했기 때문이었다. 그 신은 당시 근동 최고의 국가였던 이집트의 군사력을 무력화하는 힘을 지녔으면서 동시에 억압받고 고통당하는 노예들을 해방하는 신, 인간에 의한 인간의 지배로부터 해방하고 자유를 주는 신이었다. 강력하지만 제왕을 옹호하는 것이 아니라 노예를, 힘없는 하비루를 옹호하는 신의 관념이었다.

이러한 독특한 신 관념, 엄청난 힘을 가졌으면서도 지배 권력이 아니라 약자를 옹호하는 신의 관념은 이스라엘 부족동맹이 가나안 땅에 정착하는 과정에서 적극적으로 수용되었다고 학자들은 추측한다. 원래 팔레스타인 중앙 산악지대에 정착했던 유목적 배경을 지닌 여러 집단들이 공동의 적과의 전쟁, 공동의 신 야훼의 수용을 통해 서서히 부족동맹을 형성했다는 것이다. 그리고 이스라엘은 하나이고, 공통의 선조에서 유래했다는 계보학이 발전하면서 훗날에 이르면 이스라엘 전체가 출애굽을 경험했다고 믿게 되었다는 것이다. 이렇게 해서 출애굽 사건은 이스라엘의 원초적인 구원사건이 되었고, 출애굽의 신 야훼는 이스라엘 전체의 신이 되었다. 이 출애굽의 신 야훼 하느님은 '노예의 집으로부터 해방하는' 신이었고(출애 20:2), 야훼 종교는 인간이 인간을 지배하는 것을 인정하지 않는, 본질적으로 반왕권적 성격을 지닌 민(民)의 종교였다.

이러한 민의 지배의 원칙은 신약성서에도 이어진다. 예수가 활동했던 1세기 팔레스타인은 로마제국의 지배를 받고 있었다. 전통적으로 로마인들은 피정복 지역의 토착귀족이나 왕들을 내세워 간접통치를 했다. 팔레스타인 지역에서 로마인들은 이두매인이었던 헤롯 가문의 왕들과 예루살렘 성전 대제사장들을 속국 지배자로 임명했다. 일반적으로 헬레니즘 제국들의 수탈 방식은 새로운 식민도시를 건설하거나 재건해서 그 도시를 중심으로 지역 촌락의 물자를 조공의 형태로 빼앗아 가는 것이었다. 헤롯 안티파스는 시골 지역이었던 갈릴리에 로마식 왕궁을 짓고 아버지 헤롯대왕을 따라 거대한 축조사업을 벌여 로마식 원형경기장과 신전들을 세워 황제에게 바쳤다. 이로 인해 갈릴리 주민들은 경제적으로 고갈되었고, 자신들의 고혈을 빼내 호화롭고 무절제하게 사는 왕과 귀족들의 모습을 눈앞에서 보게

되었다.*****

　전통적으로 갈릴리 사람들은 다윗 솔로몬 사후 남왕국 유대보다는 북왕국 이스라엘의 역사와 문화를 함께했고, 출애굽 전통에서 유래한 모세 계약은 갈릴리 촌락공동체의 삶을 위한 토대였다. 그것은 민의 지배 전통에 입각해 있었다. 모세 계약 전통에 속한 사회적·해방적 계명들, 가령 안식일법이라든가 희년법, 노예해방법은 예루살렘 성전이 종교적으로 뒷받침하고 있던 다윗왕조의 수탈체제에 맞서 갈릴리와 유대지역의 농민들이 가정과 촌락의 기본적인 사회경제적 권리를 주장할 수 있는 근거였다. 십계명에 나오는 뒤의 여섯 계명들은 소수가 다른 사람들에게 세도 부리는 것을 막고 각각의 가족들이 그 공동체 속에서 경제적으로 생존할 수 있도록 보호하는 기능을 갖고 있었다. 이 점에서 모세 계약은 고대 이스라엘에서 농민사회의 자급적이고 자치적인 삶을 이루기 위한 사회적·종교적 토대였다고 할 수 있다. 다윗왕정과 예루살렘 성전의 착취에 맞서 유대와 갈릴리의 촌락민들은 가족의 근본적인 사회경제적 권리를 보장하는 계약원칙들에 따라 지역에서의 사회경제적 생활을 영위해 나갔던 것이다.******

---

*　리차드 A. 호슬리, 『갈릴리: 예수와 랍비들의 사회적 맥락』, 박경미 옮김, 이화여대출판부, 2007.

**　리차드 A. 호슬리, 『예수와 제국: 하느님 나라와 신세계 무질서』, 김준우 옮김, 한국기독교연구소, 2004, 190~191쪽.

그러나 이제 로마제국의 가신 왕이었던 헤롯 가문의 왕들은 갈릴리 사람들의 목전에서 호화롭고 사치스런 생활 모습을 보여 주었고, 수많은 건축과 도시 건설로 인해 갈릴리 주민들에 대한 수탈은 더욱 심해졌다. 빵과 서커스를 통해 대중들의 환심을 얻기 위해서 로마는 막대한 양의 재화가 필요했고, 이것은 갈릴리 농민의 관점에서 보면 더 많은 수탈을 의미했다. 촌락공동체의 자율적 삶이 수백 년 동안 유지되어 오던 1세기 팔레스타인 사회가 제국의 지배자들과 속국의 가신 왕들에 의해 보다 큰 로마제국의 노예제 경제체제 속에 통합되면서 갈릴리 농민들과 유대 주민들의 전통적 생활방식은 심각하게 위협받았다.

하느님나라에 대한 예수의 종말론적 선포는 로마제국으로 대표되는 이러한 옛 세계의 종말을 선언한다. 예수의 하느님나라는 로마의 제국적 질서와는 완전히 상반되는 것이었으며, '팍스 로마나'로 상징되는 로마제국의 질서에 저항하는 것이기도 했다. 그는 갈릴리 촌락공동체의 사람들에게 군사적 폭력과 경제적 수탈을 의미했던 로마제국의 지배가 하느님의 심판 아래 있다고 선언했다. 아직은 제국의 무시무시한 질서가 유지되고 있지만, 로마의 지배자들과 헤롯가의 왕들과 대제사장들이 하느님의 유죄선고를 받았기 때문에, 예수는 제국의 파괴적 영향들을 치유하고 공동체생활을 재건하도록 백성들을 일깨우는 일에 몰두할 수 있었다. 예수는 하느님나라가 임박했다고 확신했으며, 이스라엘 백성들의 기본적 생활형태를 이루었던 마을공동체들에서 평등주의적이며 서로 간에 지원하는 사회경제적 관계를 재확립하는 사회갱신의 프로그램을 밀고 나갔다. 이 점에서 예수와 예수운동의 종말의식은 계속되는 제국들의 지배 속에서 야수의 나라가 사라지고 인간의 나라(다니 7)가 오기를 기대했던 오랜 이스라엘 민중의 꿈과 기대, 즉 민의 지배에 대한 꿈과 연속선상에 있다.

　예수와 예수운동은 로마제국과 가신 통치자였던 헤롯 안티파스의 적극적인 도시화 정책으로 인해 경제적으로 와해되고 공동체적 삶의 토대였던 가정과 마을이 파괴되는 것을 경험하면서 지배자들의 헬레니즘적 도시화 정책에 저항했던 민중들의 자발적이고 자치적인 운동이었다. 예수와 예수운동은 그러한 갈등의 와중에서 전통적인 소농 중심의 촌락공동체적 경제와 문화, 삶의 방식을 옹호하고 활성화하였다. 예수가 벌였던 밥상공동체 운동과 치유, 축귀행위 등은 전통적인 공동체적 삶의 양식과 민중적 삶의 지혜를 부활시키는 행위였다. 호슬리의 말대로 "예수는 정의롭고 협동적인 정치경제적 관계의 원리들과 전통적 가치들에 호소하고 그것들을 적용시킴으로써 백성들에게 사회적 혁명 속에서 스스로 자기 삶의 주인이 되고 자기 인생을 장악하도록 요청했다."* 즉 예수운동의 핵심에 자리 잡고 있는 것 역시 민의 직접적인 자기통치, 자치였다고 할 수 있다.

* 위의 책, 209쪽.

3.

국가가 시작된 이래 자치와 자급에 대한 민중의 꿈은 이어져 왔고, 성서는 시대를 넘어 민중이 이 꿈을 간직하고 고통 속에서도 삶에 대한 희망을 잃지 않게 해 주는 보루였다. 이것은 비단 성서와 성서의 인간들만의 이야기가 아니다. 국가가 수립된 이래 인류의 역사는 끝없이 민중주권(민중의 지배)을 말살하려는 시도로 점철되어 왔다. 이것은 특히 근대 대의민주주의의 성립과 그 발전의 역사에서도 분명하게 나타난다.

오늘날 근대인들은 민주주의라고 하면 으레 대의제 민주주의만을 떠올린다. 그러나 민주주의가 대의제 민주주의와 동일시된 것은 근대국가의 형성 이후였다. 근대 대의민주주의 제도가 발전하기 전 민주주의는 기본적으로 직접민주주의를 뜻했고, 흥미롭게도 그것은 추첨을 통한 선출 방식과 관련되었다. 몽테스키외는 한편으로 추첨과 민주주의를, 다른 한편으로는 선거와 귀족정을 연관지었다.* 오늘날 정치학자들은 이것이 변하게 된 결정적 계기가 미국 독립혁명과 프랑스혁명이라고 보고 있다. 혁명기에 두 국가의 설립자들은 시민평등을 부르짖으면서도 실은 귀족적인 선발 방식을 확립했다. 그들이 선출 방식에서 추첨을 배제한 것은 평등이라는 근대국가의 공식 이념에도 불

---

* 몽테스키외, 『법의 정신』, 하재홍 옮김, 동서문화사, 2007, 35쪽.

구하고 민중의 참여를 배제하기 위함이었다. 출생에 따른 신분 대신 노력으로 획득한 돈을 권력의 원천으로 삼기 위해 부르주아는 불가피하게 절대군주제를 민주주의로 대체했고, 민주주의 체제에서 권력을 유지하기 위해 민주주의의 핵심이념을 '참여'에서 '동의'로 바꿨다.*

그들은 모든 정당한 권위는 그 권위가 행사될 대상의 동의에서 나온다는 원칙을 내세웠다. 권력의 근원을 동의나 피지배자의 의지에 두게 되자, 추첨과 선거는 완전히 새로운 차원에서 조망되었다. 여타의 장점에도 불구하고 추첨은 동의의 표현으로 받아들일 수 없었다. 추첨으로 뽑힌 사람이 그가 권위를 행사할 대상이 되는 사람들의 동의를 얻었다고 볼 수는 없기 때문이다. 반면 선거에서는 시민들의 동의가 지속적으로 반복된다. 투표는 권력에 정당성을 부여할 뿐 아니라 투표자들에게 그들이 임명한 사람에 대한 헌신의 감정을 갖게 만든다. 결국 선거는 권력을 위임하는 유일한 방법으로 자리 잡았다.**

그러나 선거를 통한 대의 대표자 선출의 논리는 곧 자가당착에 빠진다. 그것은 이 새로운 민주주의가 민주주의의 핵심인 평등을 훼손하기 때문이다. 선거에서는 선출된 대표가 그를 선출한 사람들보다 여러 면에서 우위에 있어야 한다는 일반적인 가

---

* 최갑수, 「서양의 민주주의: 이념과 변용」, 2012년 제55회 전국역사학대회 발표문, 36쪽.
** 버나드 마넹, 『선거는 민주적인가: 현대 대의민주주의의 원칙에 대한 비판적 고찰』, 곽준혁 옮김, 후마니타스, 2004, 106~119쪽.

정이 작동한다. 선출된 대표는 선출하는 사람보다 탁월해야 한다는 것이다. 이른바 '탁월성'의 원칙이다.* 그러나 바로 이 탁월한 인간들이 결코 자신들을 선출해 준 사람들을 대표하지 않는다는 데 문제가 있다. 그들은 그들 자신과 자신들의 계급을 대표한다. 이처럼 선거에서의 탁월성의 원칙으로 인해 평등의 원칙과 대표성의 원칙이 파괴되는 것이다. 그러므로 탁월성의 원리를 민주적으로 통제하는 것이야말로 대의민주주의를 성공시키기 위한 필수 조건이라 할 수 있지만, 이는 실현되지 않고 있다. 오히려 대의민주주의 이론가들은 탁월한 대표들이 직업적으로 정치를 하게 되면, 더 좋은 결과를 가져오리라고 생각했다. 결국 대의민주주의에서 탁월성의 원칙과 동의의 기제는 정치와 권력으로부터 민중의 소외를 낳았다.

따라서 근대 대의민주주의가 완성되는 과정은 한편으로 인민주권이라는 막강한 권력이 만들어진 과정이지만 동시에 한없이 나약한 개인들이 만들어지는 과정이기도 했다. 즉 전체로서 절대권력을 가졌지만 개별적으로는 아무것도 갖지 못한 인민이 민주주의 체제의 주인으로 상정된 것이다. 국민은 추상적이며 비실체적인 존재로 주권을 보유하되 행사하지는 못한다. 민은 주권자이기는 하지만, 오로지 그들의 대표자나 통치자를 통해서만 주권자가 된다. 인민주권에는 절대이자 동시에 무인

---

* 안치용, 『선거파업: 우리의 민주주의는 민주주의가 아니다』, 영림카디널, 2016, 164쪽.

이러한 모순과 긴장이 원초적으로 존재한다. 개별 인민의 삶이 전적으로 대의기구에 의존하는 상황에서 인민주권은 공염불이다. 헌법 1조에서 말하듯이 모든 권력은 국민에게서 나오지만, 국민은 한없이 나약한 개인들로 흩어져 있다.* 그 결과 이른바 절차적 민주주의가 발달했다고 하지만, 책임은 갈수록 체제에 전가되고, 아무도 참여하지 않고 아무도 책임을 느끼지 않게 되었다.

그러나 원래 민주주의는 잘나고 똑똑한 사람이 아니라 보통 사람이 누구나 동등한 정치적 영향력을 나누어 가져야 한다는 생각에 근거해 있다. 이 점에서 최초의 민주주의라고 할 수 있는 아테네의 민주주의는 많은 점을 시사해 준다. 아테네의 민주주의는 통치에 전문가가 없다는 가정에서 출발했다. 최초의 민주주의는 모든 사람을 믿었다. 아테네 민주주의에서는 국가의 중대한 결정을 전문가들에게 맡겨서는 안 된다고 보았다. 국가의 결정을 좌우하는 전문지식이란 존재하지 않기 때문이다. 민주주의 체제에서는 토론과 비판, 정책과 대안을 두고 시민들이 지도자들과 경쟁하는 것이 언제나 자유로워야 한다. 민주적 방식이란 전문적 지식이 없는 상태에서 가장 좋은 결정을 내리기 위해 필요한 모든 종류의 추론을 촉진하는 방식이기 때문이다.**

* 위의 책, 182쪽.
** 위의 책, 215쪽.

아테네 민주주의에서 많은 사람들이 주목하는 것이 민회와 추첨제도이다. 민회는 아테네의 모든 '남자' 시민으로 구성된 일종의 총회로 아테네 시민은 20세가 되면 민회에 참가할 수 있었다. 민회는 나라의 중대사를 거의 다루었지만, 민회가 수행하지 않는 대부분의 업무는 추첨으로 선발된 시민들에게 위임되었다. 중요한 정치적 기능을 수행했던 평의회, 법정, 입법위원회 구성원들은 모두 추첨을 통해 선발되었다. 30세 이상의 아테네 시민 500명으로 구성되는 평의회 위원은 누구라도 평생 한 번밖에 할 수 없었다. 법적으로 평의회는 최고 권력기구로 아테네 정부에서 핵심적 위치를 차지했다. 고대 아테네에서는 시민이면 누구나 소송을 제기할 수 있었고, 오늘날 판사와 배심원에 해당하는 재판단 역할을 할 수 있었다.* 아테네 시민들은 아테네를 자신들이 백 퍼센트 지배하는 정치체제라고 믿었다. 아테네 시민이면 누구나 공직자로 뽑힐 가능성을 똑같이 가지고 있었기 때문이다.

그리스 민주주의자들은 통치자와 피통치자의 역할이 다르다는 사실을 인식했고, 민주정의 기본원칙은 모든 시민이 이 두 위치를 번갈아 가며 차지할 수 있어야 하는 것이라고 보았다. 아리스토텔레스는 이처럼 통치와 복종을 번갈아 하는 것을 시민의 덕, 또는 탁월함이라고 했다. 그는 "훌륭한 시민은 자유민답

---

* 버나드 마넹, 앞의 책, 35쪽.

게 지배할 줄도 알고 자유민답게 복종할 줄도 알아야 하는데, 이런 것들이 바로 시민의 덕이다"라고 말했다.* 시민은 이 핵심적인 두 능력을 역할 교대를 통해 배우게 된다. 이 점에서 그가 말한 탁월함은 근대 대의민주주의자들이 말한 탁월성의 원칙과 대조된다. 아리스토텔레스에게 시민의 탁월함이란 개별 시민 내면에서 통치와 복종이 통합되는 형태를 의미했던 반면, 근대 대의민주주의자들에게 그것은 시민들 가운데서 통치하는 자와 복종하는 자를 구분하는 것을 의미했다.** 대의민주주의는 처음부터 평등의 원리에 근거하지 않은 것이다.

일반적으로 추첨제에 대한 반론의 근거는 탁월성의 원칙이다. 탁월함으로 무장한 대표의 존재야말로 대의제의 상징이다. 그러나 현실에서는 시민 또는 민중의 대표가 자신이나 자신이 포함된 지배집단의 이익을 대표하고 시민 대중의 이익을 무시한다. 실제로 선거로 확보된 대표성이 추첨을 통한 통계보다 더 탁월한지는 의문이다. 탁월성의 문제는 탁월한 개인이 뽑힐 확률의 문제가 아니라, 추첨과 선거 중에 어느 기제가 더 탁월한 민주적 성과를 낼 수 있는가의 문제이다. 불완전한 인간들이 모여 갈등하고 토론하며 공동체에 유리한 결론을 만들어 내는 과정이 정치라고 한다면, 추첨이 그 모집단을 대표할 수 있는 보다

* 아리스토텔레스, 『정치학』, 천병희 옮김, 숲, 2009, 144쪽.
** 안치용, 앞의 책, 218쪽.

우월한 방식일 수 있다. 그러므로 오늘날 대의민주주의의 틀을 근본적으로 바꾸는 것은 불가능하더라도 대의민주주의 제도 안에서 추첨이라는 직접민주주의의 장점을 다양한 방식으로 활용하여 시민대표회의, 배심원제도 등을 상설하고, 정치에서 소외된 민중의 의사를 실질적으로 반영해야 할 것이다. 그럼으로써 민의 지배라는 민주주의의 기본 원칙이 지켜져야 할 것이다.

성서에도 추첨 전통이 나타난다. 성서에서는 하느님의 뜻을 묻는다는 신앙의 언어로 표현되었지만, 그것은 민의 지배를 실현하는 독특한 방식이라고 볼 수 있다. 구약에서는 가나안 땅을 분배할 때(여호 14:1ff), 사울을 왕으로 뽑을 때 제비뽑기를 했다(삼상 10:20-24). 사사 시대 베냐민 지파를 상대로 전쟁이 일어났을 때 어느 지파가 선봉을 설 것인가를 정할 때도 제비뽑기를 했다(사사 20:9,18). 포로 귀환 후 예루살렘 성에 거주할 주민들을 선발할 때(느헤 11:1), 제사장들이 성전에서 직무를 할당할 때(역상 25:8; 26:13; 느헤 10:34)도 제비뽑기를 했다. 신약성서에서는 로마 군인들이 예수의 옷을 제비뽑기해서 나누었고(마태 27:35; 마가 15:24), 유다를 대신하여 맛디아를 사도로 뽑을 때 제비뽑기를 한 것으로 나온다(사도 1:26). 또한 성서 외 증거로 요세푸스의 『유대전쟁사』에 따르면 유대전쟁 때 젤롯파는 예루살렘 성전을 점령한 후 성전에 보관되어 있던 채무증서들을 불태우고, 대제사장만이 아니라 성전 관료 전반을 평민 중에서 제비뽑기로 새로 뽑았다. 이것은 제비뽑기가 평등의 원칙과 직결되어 있었음을 말해 준다.

특히 가나안 땅을 이스라엘 사람들에게 분배할 때 제비를 뽑았다는 것은 주목할 만하다. 그것은 하느님의 명령에 따른 것이었고(민수 34:13; 36:2 등), 그래서 "주님 앞에서", 즉 성소에서 제비뽑기를 했다(여호 18:6; 19:51). 이는 물질적인 이익이나 권력이 문제가 되었을 때 제비뽑기가 하느님이 백성에게 자신의 뜻을 알려주는 방식, 즉 공평하게 문제가 해결될 수 있는 방식이라고 여겨졌음을 의미한다. 그래서 "제비가 분쟁을 끝내고/세도가들 사이를 판가름한다"(잠언 18:18)거나 "제비는 옷 폭에 던져지지만/결정은 온전히 주님에게서만 온다"(잠언 16:33)는 속담이 생겼을 것이다. 사람들이 임의로 선택하거나 선출한 것이 아니라 하느님이 선택했다는 것은 공평성, 즉 평등이 확립될 수 있는 구체적인 방식이기도 했다. 이것은 성서의 신정정치의 이상이 결국은 민의 지배의 표현이듯이, 제비뽑기가 신적인 평등이 구현되는 방식이었음을 말해 준다.

오늘날 이 제도는 발달한 통계와 전산기술에 의해 훨씬 과학적이고 합리적인 방식으로 이용될 수 있으며, 선거제도와 혼합하여 참여라는 민주주의의 기본원리를 실천하는 한 방법으로 사용될 수 있다. 더 정교해진 정보기술의 도움을 받아 거의 민의에 일치하는 수준으로, 즉 대표성을 더 강화하는 방식으로 추첨을 할 수 있다. 추첨은 전적으로 운에 의존하는 비합리적 모델이지만 통계학에 입각할 때 결과는 합리적이다. 반면 선거는 탁월성과 대표성에 의해 합리적 행위로 포장되지만, 그 결과는 비합리적이다.* 추첨제는 민주주의 이념과 긴밀하게 연결된다. 과거 미국 '건국의 아버지들'은 대의제와 민주주의를 반대말로 사용했다. 그들은 "민주주의를 할 수 없기 때문에 대의제를 해야 한다"고 했다.** 그러나 이제 한때 민주주의의 원형이자 유일한 형태였던 직접민주주의는 배제되고 대의민주주의가 민주주의의 정통으로 자리 잡았다. 그리하여 근대 대의민주제가 성립된 지 200년이 지난 오늘날, 국민은 허울뿐인 권력의 근원으로 남았다. 지난 몇 달간 촛불은 우리가 무엇을 잃어버렸는지 상기시켜 주었다. 그것은 곧 인민주권이요, 성서가 줄기차게 붙잡고 있는 '민의 지배'의 이상이다. 대의민주주의는 민주주의에 내장된 평등의 원리를 애초부터 말살하는 데서 출발했다. 본래 민주주의는 평범한 사람들이 정치적 존재가 됨으로써, 권력이 그들에게 반응하게 만드는 제도이다. 이제 우리는 촛불이 우리에게 일깨워 준 민중주권의 원리를 실현해 가야 한다. 그러지 않으면 민주주의는 한없이 공허해진다.

*   안치용, 앞의 책, 210쪽.
**   최갑수, 앞의 글, 57쪽.

'대지의 공동체'와
하느님나라의 경제

○

이야기와 '대지의 공동체'

근래 들어 뉴스를 검색하기가 망설여질 정도로 폭력적이고 끔찍한 사건들이 자주 일어나고 있다. 공정과 상식을 앞세우지만 우리가 목도하는 것은 무법, 무도한 세상이다. 현 정권 들어 정치권, 기득권층의 무교양이 더욱 노골적으로 드러나기도 하지만, 이와 함께 자본주의 산업사회를 움직이는 심리적 동력으로서 분노와 시기가 이제 거의 한계 상황에 달해 사회 전반에 폭력의 수위가 위험수준에 도달했다는 생각이 든다. 단군 이래 그 어느 때보다 풍부한 물질적 혜택을 누리고, 봉건적·위계적 사회관계가 주는 압력으로부터 상대적으로 자유롭지만, 개인주의와 물질주의가 활개치는 상황에서 사람들은 불안하거나 두렵거나 화가 나 있다. 과연 행복한 삶이란 어떤 것인가? 지금 우리가 목도하고 있는 세상은 다시 한 번 이런 질문을 하게 만든다. 아무리 물질적으로 풍부하고 권위와 위계로부터 자유롭더라도 너그럽고 행복한 삶에 대한 동경을 잃어버릴 때 인간은 너무나 쉽게 천박하고 저급해진다.

이런 생각을 할 때마다 우리 세대의 무책임과 무능을 떠올리게 된다. 우리는 삶의 의미를 재구성해 주고 세계를 이해하게 해 주는 '이야기'를 우리 아이들에게 전해 주지 못했다. 적어도 우리 부모 세대는 어떤 종류의 삶을 사는 것이 가치 있는지 암묵적으로라도 전해 줄 '이야기'가 있었는데 우리 세대는 그렇지 못했다. 우리 윗세대는 식민지 시대와 전쟁, 가난을 겪으며 힘겹게 살았지만, 그 속에서 우러나온 정직하고 순진한 삶의 이야기들은 어떻게 사는 것이 가치 있는 삶인지 어렴풋이나마 자식들에게 각인시켜 줄 수 있었다. 그런 이야기들은 굳이 의도하지 않더라도 계급적 성격을 분명히 지녔고, 그럼에도 계급 이데올로기에 결코 포획당하지 않으면서 그 세대의 살아 있는 삶을 표현해 내는 특성이 있었다. 어릴 적 나는 어른들이 일제 강점기에 얼마나 억울하고 분한 일을 당했는지, 그리고 전쟁으로 어떻게 부모형제와 생이별을 했는지 고생담을 들려줄 때마다 이상하게도 그런 슬픈 이야기들이 내 몸속으로 들어와 따뜻하고도 행복한 느낌으로 나를 채워 주는 경험을 했다. 가난하고 고단한 이야기들임에도 불구하고 그것은 내 안에서 풍부하고 윤택한 느낌을 불러일으켰다. 출세나 국가발전에 대한 멋진 이야기가 아니라 신기하게도 그런 소박하고 순진한 이야기들이 오래도록 가슴에 남았고, 어른이 되어서는 그런 이야기들이 사람과 관계를 맺고 세상을 이해하는 내 나름의 방식을 찾아가는 데 가장 원초적인 바탕이 되는 '기분'을 형성한 것 같다. 그처럼 우리 윗세대가 우리에게 전해 줄 '이야기'를 가지고 있었던 것은 아마도 그들이 땅과, 땅에 뿌리내린 삶에 우리보다 훨씬 더 밀착해 있었기 때문이 아닌가 싶다. 괴롭고 힘들게 살았을망정 대지에 뿌리내린 삶의 강력한 힘이 살아 있었기 때문이라고 생각한다.

세대에서 세대를 거쳐 전해져 오는 삶의 지혜, 덕스러운 삶에 대한 이야기들, 이런 것은 전통이라는 말로도 지칭할 수 있고, 넓은 의미에서 문화라고 할 수 있으며, 종교는 그 핵심에 있다. 그런 것들은 구체적인 장소와 장소에 결부된 사람들에 대한 이야기를 통해 우리가 원래 연결되어 있다는 기억을 일깨우며, 그럼으로써 고향에 있다는 안전한 느낌을 갖게 한다. 우연과 역사를 통해 구체적인 장소에 육화된 존재로, 상호연결된 전체의 일부로 겸허하게 자기 존재를 받아들이게 하고, 그럼으로써 위대한 영웅만이 아니라 보통 사람도 자기 삶을 긍정하고 개별 자아의 왜소함을 넘어설 수 있게 한다. 그리고 이러한 전통과 문화, 종교는 땅과, 땅에 뿌리내린 민중의 공동체적 삶에서 자연스럽게 길어올려지며, 성서가 그렇듯이, 세계 안에 있는 존재의 유한성과 상호의존성에 대한 진솔한 인식을 그 핵심으로 한다. 행복한 삶에 대한 생각이나 도덕적 가치관 역시 무슨 정언적 도덕명령에 대한 개인의 수용이나 공리주의적 효율성에 근거하는 것이 아니라, 땅과 땅에 뿌리내린 공동체적 삶에 근거한다. 그러므로 우리가 아무리 다른 존재와 담을 쌓고 분리된 독립적 존재인 양 물리적으로, 인식론적으로 폭력을 행사해도, 또 우리가 자연과 타인을 통제하고 지배한다고 착각해도 원래 세계가 연결된 전체로서 하나라는 특성은 사라지지 않는다. 가족과 이웃, 자연과 더불어, 그들 '덕분에', 그들의 '은혜로' 우리가 살아간다는 사실은 변하지 않는다.

종교적 언어로 말하자면 우리는 '나'와 나 이외의 모든 존재를 아우르는 알 수 없는 신비로서의 '전체', 그것을 표상하는 언어로서 신, 또는 근원적 존재 앞에서, 아니 그의 품 안에서 살아간다. 성서에서 세계를 피조세계로 이해하는 것 역시 우주만물의 상호연결성과 의존성, 유한성에 대한 인식을 드러내는 한 방식이다. 창조주로서 '하느님'은 세계를 연결된 전체로, 하나로 받아들일 수 있게 하는 인식론적 아르키메데스의 점이다. 성서가 가르쳐 주는 바에 따르면 하느님의 피조물로서 동료 피조물과 조화로운 협력관계를 이루고 가족과 이웃을 돌보고 사랑하며 살다가 때가 되면 평화롭게 죽음을 받아들이고 스올로 내려가는 것이 하느님이 허락한 삶이며, 유한하고 의존적인 존재로서 인간의 행복한 삶이다. 죽음과 가난 역시 무찌르고 박멸해야 할 대상이 아니라 '전체'의 일부이자 인간 삶의 구성적 요소로서 어떤 방식으로든 감내하면서 극복해야 한다는 것이 성서가 보여 주는 삶에 대한 합리적이고 지혜로운 태도이다. 원자론적으로 고립된 개체들을 권력에 의해 통합하고 동원하는 것이 파시즘적 전체주의라면, 신앙은 사랑의 힘에 의해 원래 우리 자신이 속해 있는 전체 속으로 용해되려는 노력이다. 따라서 우리가 원래 속한 '전체'에 대한 기억을 불러일으키지 못하는 신앙은 가짜이며, 하느님은 나를 이웃과 자연에, 전체에 조화롭게 연결시켜 주는 중심이다.

그러므로 성서의 인간들은 이웃, 세계와 끈끈한 유대를 이루고 있을 뿐만 아니라 땅에 든든히 뿌리내리고 있다. 성서에서는 가령 아브라함이나 모세, 다윗 같은 이스라엘 역사의 위대한 인물들도 그저 위계적 권력자로, 또는 존재의 중핵을 결여한 채 형식적이고 이상적인 인물로만 그리지 않는다. 성서에서 인간을 보는 관점은 철저히 이웃과 세계, 땅과의 관계, 즉 '대지의 공동체'와의 관계에 바탕을 두고 있다. '대지의 공동체'는 미국의 자연보존주의자 알도 레오폴드가 무생물과 생물, 인간을 포함하여 자연을 통전적인 생명공동체로 지칭하면서 사용한 말이다.* 그는 서로 연결되어 상호 의존하는 전체 생명공동체를 '대지의 공동체'라고 지칭했으며, 여기에는 흙과 바위 같은 무생물

---

* Aldo Leopold, "Engineering and Conservation," *The River of the Mother of God and Other Essays by Aldo Leopold*, ed. Susan L. Flader and J. Baird Callicot (Madison: University of Wisconsin Press, 1991) 참조.

만이 아니라 인간도 포함된다. 분리된 개인이 아니라 자신과 이웃, 자연과의 사이에 궁극적 근원에 있어서 공감과 연결성을 유지하고 있을 때 비로소 인간은 그 자신일 수 있다는 인식이 '대지의 공동체'라는 말의 근저에 깔려 있다. 그리고 이것은 성서가 인간을 그리는 관점의 가장 밑바탕에 깔린 생각이며, 바로 그것이 인간은 하느님의 피조물이라는 믿음의 실질적인 의미라고 생각한다.

그러므로 성서가 전해 주는 믿음의 전통은 사람과 사람, 인간과 자연의 내적 유대와 교감을 확인시켜 주는 강력한 정신적 기술이라고 할 수 있다. 성서에 따르면 인간은 유한한 세계 안에서 유한한 존재로 살아가고 결국 죽을 수밖에 없지만, 하느님이 창조하신 세계 안에서 타자와 더불어 살아가면서 개체로서의 자기를 초월하여 더 큰 생명의 영속성에 참여한다. 땅과 후손에 대한 하느님의 약속 역시 이러한 맥락에서 이해된다. 대지는 공동체이고 우리는 그 일부분이다. 우리는 땅에 뿌리박고 살아가며, 궁극적으로 땅에 의존한다. 땅은 단순히 자원들이 쌓여 있는 창고도 아니고, 화폐가치에 근거해서 그 안의 어떤 것은 가치 있고 어떤 것은 가치가 없다고 평가할 수 있는 것도 아니다. 땅은 우리가 살아가는 커다란 맥락이며, 우리가 하는 모든 일은 그 안에서 분별 있게 잘 들어맞아야 한다. 경제는 이러한 '대지의 공동체'의 하위 시스템이어야 하며, 자연의 건강한 기능과 일치되게 작동해야 한다.

우리 시대 행복한 삶에 관한 생각 역시 자연과 자연 안에서 인간의 위치에 대한 이해와 깊은 관련이 있다. 성서에서 땅은 생명공동체, 즉 서로 연결되어 상호 의존하는 생명 요소들의 공동체, '대지의 공동체'이며, 인간은 그 구성원 중 하나다. 성서는 이 '대지의 공동체'의 일원으로서 주어진 운명에 순응, 또는 저항하며 살아가는 인간 군상의 모습을 그려 준다. 성서는 '대지의 공동체'의 일원으로서 쓰라린 시련을 겪으면서도 타자와의 관계 속에서 고통을 안으로 보듬으면서 절대적인 삶의 긍정에 도달한 지극히 부드럽고 너그러운 영혼들에 대한 찬미라고 할 수 있다. 이를 통해 성서는 존재의 내적 풍부성과 근원적 밝음 가운데로 우리를 인도하고 거기서 우리의 가난하고 고단한 삶을 홀연히 아름다운 축제로 꽃피게 해 줄 지혜를 선사한다.

근대 산업문명과 '대지의 공동체'의 파괴

지금 우리가 목도하고 있는 사회적 혼란은 거슬러 올라가면 삶과 세계를 통일된 전체로 이해할 수 있게 해 주는 이야기, 전통을 잃어버린 우리 시대의 근원적 오류와 관련이 있다. 땅과 땅에 뿌리내린 삶에서 벗어난 '불경'이 문제의 근원이다. 성서를 비롯해서 땅에 뿌리내린 인류의 가장 오래된 지혜들은 보다 많은 소유가 아니라 인간과 공동체, 자연 사이에 조화로운 관계가 이루어져야 행복한 삶, 좋은 삶이 가능하다고 가르쳐 준다. 인간은 세계와 우주 안에서 자신의 고유한 자리를 이해해야만 온전한 존재로 살아갈 수 있는데, 이 사실을 망각한 결과를 우리는 지금 겪고 있는 것이다. 그러니까 만물의 하나됨이라는 진실이 오늘날 지극히 부정적인 방식으로 인류에게 그 위력을 과시하고 있는 셈이다.

성서가 '대지의 공동체'에 뿌리내린 삶의 통전성과 영속성을 지지한다면, 근대 산업문명은 재산권에 기반한 추상적 개인의 권리와 자유가 행복한 삶의 조건이라고 주장한다. 재산권에 기반한 개인의 자유와 권리 추구는 실은 서구 근대화 과정에서 소수의 특권 부르주아 계급이 자신들의 권리를 정당화하면서 전파한 이념인데, 사람들은 마치 그것이 만인에게 해당할 수 있기라도 한 듯이 착각하고 있다. 이런 환상적인 기대 속에서 우리는 상호 협동과 의존을 기반으로 했던 전통적인 공동체적 삶의 방식을 후진적이라 여기고 서구 근대의 사고방식과 생활방식을 기꺼이, 그리고 열렬히 받아들였다. 그래서 오늘 우리 사회는 각자 자신의 권리와 욕망을 충족시켜 주기를 요구하는 개인들의 목소리로 떠들썩하고, 그로 인해 정치는 시시각각 요동친다. 그러나 자신의 이해관계에 몰두해 있는 개인들의 집합체로 구성된 사회는 필연적으로 공동체적 도덕성을 결여하며, 그러한 상태에서 민중은 전통적인 사회적 안전망을 상실한 채 벌거벗은 개인으로 위기에 내던져진다. 인간이 아니라 인간이라는 형체를 지닌 물질덩어리로 살아가도록 강요받는다. 오늘날 우리는 각자 물질적 풍요와 안정을 이루어야 행복해질 수 있다고 생각하지만, 그것이야말로 현대의 신화이며, "모두가 부자 되는 세상"은 우리 시대의 미신이다. 그리고 이제 우리는 생태적으로, 사회경제적으로 그러한 기대가 무망해지는 시점에 이르렀다.

　지금 우리가 직면해 있는 기후위기는 문명과 그 문명을 떠받치고 있는 토대의 위기, 과거 인류가 경험해 본 적이 없는 미증유의 위기이고, 경험해 본 적이 없는 만큼 상상하기도 어렵다. 그러나 이제 기후위기는 과학적으로 부정할 수 없다. 2023년 4월에 발표된 IPCC 6차 보고서는 상대적으로 보수적이라고 평가받지만, 대기와 해양, 육지에서 벌어지고 있는 온난화가 자연적인 현상이 아니라 명백히 인간이 유발한 것임을 유례없이 강조하고 있으며, 산업혁명 이후 불과 200년 남짓 짧은 기간에 지구 평균 온도가 1.1도 이상 상승한 것은 지난 200만 년 동안 전례가 없다는 점을 확인해 주었다.* 그 결과 인류가 농사를 시작하고 현재와 같은 문명을 건설할 수 있게 된 12,000년 동안의 안정된 기후체계가 붕괴하고 있다고 경고하고 있다. 얼마 전

---

* IPCC(International Panel of Climate Crisis) 6차 보고서에서는 만일 지금과 같은 속도로 온실가스 배출이 증가하면 2100년까지 최고 4.4~5.7도 상승할 것이라고 예측했다. 김준우, 『인류의 미래를 위한 마지막 경고: IPCC 6차 보고서(2023)와 그리스도인의 과제』 생태문명연구소, 2023 참조.

유엔 사무총장은 이제 global warming의 시대는 끝나고 global boiling, 즉 지구가 끓어오르는 시대로 넘어갔다고 말했다. 불과 몇 년 사이에 global warming에서 global heating으로, 다시 global boiling의 시대로 넘어간 것이다. 실제로 유엔은 2022년 현재 전 세계 국가들이 자발적으로 약속한 온실가스 감축을 모두 이행하더라도 섭씨 1.5도가 아니라 2.4~2.6도 이상 높아질 것이라고 분석했다.* 기후과학자 빌 맥과이어는 그린란드와 남극 서부 빙하가 녹는 속도 등을 감안할 때 1.5도 가드레일은 이미 무너졌다고 경고하면서 이제 기후위기가 아니라 기후붕괴(climate breakdown)가 맞다고 했다.** 기후붕괴는 곧 총체적인 사회붕괴를 의미한다. 이것은 절망적인 이야기로 위협하려는 것이 아니라, 더 이상 기후위기라는 눈앞의 빙산을 외면해서는 안 되고 어떻게든 그것을 막고 어쩔 수 없이 기후파국이 오더라도 사회적 피해를 최소화하기 위해 노력하는 것이 인간다운 삶의 자세임을 말하고자 하는 것이다.

단순화해서 말하자면, 기후위기는 과도한 탄소 배출 때문에 발생하는 것이니 탄소 배출을 줄여야 하고, 오늘날 탄소 배출의

---

* UNFCCC(United Nations Framework Convention on Climate Change), 2022, "2022 NDC(Nationally Determined Contribution) Synthesis Repport".

** Bill McGuire, "Why we should forget about 1.5C global heating target?" https:// www.theguardian.com/commentisfree/2022/sep/12/global-heating-fighting-degree-target-2030.

주원인은 화석연료 사용 때문이니 화석연료 사용을 줄여야 한다. 문제는 화석연료가 현대 자본주의 경제를 작동시키는 동력이라는 데 있다. 우리는 석유를 태워 이동할 뿐만 아니라 석유를 먹고 마시고 입으며, 석유로 만든 집에서 거주한다. 어쩌면 우리 몸속에는 피 대신 석유가 흐를지도 모른다. 결국 실질적이고 구체적인 대안은 두 가지 방향에서 제시될 수밖에 없다. 사회경제적으로 자본주의 이후 사회, 탈성장 사회를 모색하거나* 기술적으로 화석연료를 대체할 재생에너지를 개발하고 실용화하는 것이다.** 조천호 박사는 현재 인류가 발전시킨 과학기술의 수준이나 재정의 규모는 기후위기를 극복할 역량을 갖추고 있지만, 사회정치경제 시스템의 문제 때문에 효과적인 대처를 못 하고 있다고 했다.

기후위기는 총체적인 위기이고 경제 사회 문화, 즉 삶 전체의 근본적인 변화를 요구한다. 오늘날 세계적으로 기후위기에 대한 인식은 상당히 높아졌지만, 여전히 대다수는 지금과 같은 대량생산 대량소비 대량폐기 시스템을 유지하면서 기후위기 대응을 해야 한다는 강박에 사로잡혀 있다. 게다가 생활수준의 향

---

* 나오미 클라인, 『이것이 모든 것을 바꾼다: 자본주의 대 기후』, 이순희 옮김, 열린책들, 2016, 173, 291~293쪽. 이 책에서 나오미 클라인은 수많은 자료와 사건들을 분석하고 탈자본주의, 탈성장주의의 방향을 제시했다.

** 이외에 탄소포집, 성층권에어로졸 분사, 인공지진 등 지구공학적 방법도 있지만, 이것은 문제 해결을 위해 더 많은 문제를 발생시킨다.

상에 대한 세계인의 기대는 예전과 비교할 수 없이 높아졌다. 이 점은 기후위기에 대한 국가적 차원의 대처를 어렵게 만드는 요인이다. 재생에너지 산업이 아무리 발전한다 한들 그런 기대를 충족할 수 있을까? 독일 녹색당의 사상적 아버지라고 할 수 있는 심층생태주의자 루돌프 바로는 생태적 근대화(ecological modernization)야말로 최후의 제국주의(final imperialism)일 것이라고 했다. 이런 관점에서 보면 근대적 생활방식을 그대로 유지한 채 신재생에너지로 화석연료를 대체할 수 있다는 생각 자체가 문제적이다. 그런 생각 근저에 깔린 탐욕이 근원적 문제인 것이다. 과연 인간이 행복을 느끼고 만족할 수 있는 물질적 삶의 수준은 어느 정도일까? 그런 것을 정할 수 있을까? 이런 질문은 어떻게 사는 것이 행복하고 인간다운 삶인지에 대한 가치의 문제로 귀결된다. 결국 인간 자신이 문제인 것이다. 이 점에서 그의 말대로 우리에게는 에콜로지(ecology)가 아니라 신학(theology)이 필요한 것인지도 모른다.*

근대 문명의 압도적이고도 결정적인 특징인 자본주의 시장 중심주의는 여러 세대를 거치면서 우리가 자연과 인간을 인식하고 평가하는 방식을 형성하게 되었다. 그것은 하나의 세계관이며, 우리가 우리 자신을 어떻게 이해할지, 또 무엇을 가치 있

---

* Rudolf Bahro, "Theology, not Ecology" https://onlinelibrary.wiley.com/doi/epdf/10.1111/npqu.11426.

다고 여기고 원해야 할지를 규정한다. 자본가들이 자본을 축적하기 위해서는 사람들이 더 많이 돈을 쓰고 소비를 해야 하고, 그러기 위해서는 사회적으로 탐욕을 부추기고 탐욕을 미덕으로 만들어야 한다. 자본의 축적을 위해서는 대규모 산업생산이 이루어져야 하고, 산업생산이 유지되기 위해서는 근본적으로 대중이 소비자로 규정되어야 한다. 자본주의와 산업주의, 소비주의로 이어지는 시장경제 시스템에 의해 인간은 그 어느 때보다 탐욕스러워졌고, 지구 생태계는 위기에 처했다.

   자본주의 시장에서 인간은 철저하게 소비자로 규정되며, 소비자로서의 인간은 기본적으로 개인이다. 개인의 자기중심주의가 오늘날 경제의 뿌리에 놓여 있다. 인간은 도덕과 무관한 시장 참여자로서 개인이며, 개인으로서 자유롭게 자신의 선호에 따라 행동한다. 소비자로서 인간은 혼자서 행동하는 자율적 행위자이며, 기본적으로 개인이다. 그러므로 시장적 세계관의 근본적인 문제는 도덕 가치와 행위를 모두 개인적 선호의 범주 안에 밀어 넣어 버리고, 그럼으로써 대안적인 도덕 가치와 공동체적 비전의 형성을 가로막는다는 점이다. 기후위기 대응 역시 개인의 주관적 가치관이나 선호의 문제로 취급되며, 따라서 실질적인 대응이 어려워진다.* 또한 시장이 지배하는 세계에서 자

---

* 에릭 T. 프레이포글, 『가장 오래된 과제: 자연 안에서 인간의 위치를 생각하다』, 박경미 옮김, 한울아카데미, 2021, 258쪽.

연은 사적인 부분들로 구획되고, 상품으로 파편화된다. 자연은 그 자체로 통전적인 생명의 그물망, '대지의 공동체'가 아니라 소유주의 통제를 받고 시장에 의해 가치가 평가되는 단순한 물리적 실체일 뿐이다. 자연은 그 자체로서는 특별한 가치가 없다.* 이러한 문화적 경향은 인간 역시 지구 행성의 거대한 생태적 그물망에 속해 있다는 인식을 가로막으며, 서슴없이 '대지의 공동체'를 파괴할 수 있게 한다.

현재의 사회경제 시스템은 기후위기 대응을 근본적으로 어렵게 한다. 우리에게는 어떤 미래가 기다리고 있을까? 물질적 삶의 향상에 대한 기대도 무망해지고 돌아갈 과거도, 정신적·실질적 고향도 사라졌다는 사실을 깨달았을 때 사람들은 어떤 반응을 보일까? 그 절망과 분노가 가져올 연쇄반응은 생각만 해도 두렵다. 이미 19세기 말 조지프 콘래드는 이렇게 말했다. "인간의 삶, 그의 성격과 능력, 대담한 행동들은 그 본질에서 보면 결국 자기 주변 세계가 안전하다는 믿음의 표현일 뿐이다. 발전한 문명세계의 거주자들은 제도와 도덕, 경찰력과 여론의 힘을 맹목적으로 믿는다. 어느 문명이든 그런 확신에 근거해 있다. 그리고 그것은 주변의 다른 사람들도 똑같이 생각하고 믿고 있다는 관념에 의해서만 유지될 수 있다."** 그러나 전쟁이든, 자연

---

*   위의 책, 172~176쪽.
**   조지프 콘래드, 『어둠의 심연』, 이석구 옮김, 을유문화사, 2008, 312쪽.

재난이든 어떤 원인에 의해서건 일단 그 믿음들이 흔들리기 시작하면 문명의 붕괴는 걷잡을 수 없다. 결국 근대 문명이란 조지프 콘래드가 말하듯이 일종의 얇은 베니어판 같은 것인지도 모른다. 어떤 계기로 그 얇은 베니어판이 사라지고 나면 그가 보았던 내면의 거대하고 깊은 심연과 어둠이 드러난다. 사실 우리가 안전하다고 착각하고 있는 문명의 담장 아래는 훨씬 크고 교활한 힘이, 문명과 자연을 비롯하여 모든 것을 포괄하는 예측 불허의 거대한 '전체'의 힘이, 피부 바로 밑에 피가 흐르고 있는 것처럼, 가까이 있다. 다만 근대 기술문명에 취한 우리가 그 세계와 직접 대면할 능력을 잃어버렸을 따름이다. 그러므로 이제 우리는 가짜 안전, 가짜 위안을 떨치고 위기의 본질에 직접 대면해야 한다.

두 개의 경제

미국의 농부이자 작가인 웬델 베리는 그의 수많은 에세이에서 농부의 삶으로부터 우러나오는 사실적인 예와 비유를 통해 성서와 기독교 전통의 진리를 아주 평이한 언어로 전해 주고 있다. 그는 전문적인 성서나 신학 지식에 근거해서가 아니라, 오래된 농업 문화에 뿌리를 둔 전통적인 지혜에 근거해서 일련의 가르침을 주는데, 그의 글은 어떤 신학자의 글보다 기독교

신앙의 핵심에 다가가 있으며, 깊은 울림을 준다. 원래 영문학을 전공한 교수였으나 제도권 대학에서 희망을 발견하지 못한 그는 교수직을 떠나 켄터키에서 농장을 일구며 소설을 쓰고 에세이를 쓴다. 그의 에세이에는 이웃에 사는 농부 친구들, 농장의 꽃과 풀, 양 떼, 강물이 등장한다. 물과 공기, 흙처럼 싱겁고 순한 언어를 쓰지만 그 기조는 더할 수 없이 강경하다. 1983년에 그는 「두 가지 경제」라는 에세이를 썼다.*

이 에세이에서 그는 인간 경제에 대비되는 개념으로 '하느님나라의 경제'라는 말을 썼다. '하느님나라의 경제'는 모든 것을 포괄하는 경제이다. 이것은 의식을 하든 못 하든 인간이 그 안에서 살아갈 수밖에 없는 전체적인 맥락을 가리키며, 인간 경제가 이루어지는 자리이면서 동시에 인간의 지식이 결코 완벽하게 뚫고 들어갈 수 없는 신비한 영역으로서 종교적 인식과 실천이 이루어지는 자리이기도 하다. '하느님나라'라는 말이 풍기는 기독교적 색채가 방해가 될 수 있기 때문에 그는 이것을 '큰 경제'(great economy)라고 칭하기도 했지만, 사실 종교적 전통에 의지하지 않고는 그가 말하려는 바를 제대로 전달하기 어렵다. 그에 따르면 '하느님나라의 경제'는 아무것도, 참새 한 마리도 빠뜨리지 않는 데 반해 '작은 경제'이자 대표적인 인간 경제인 산

---

* Wendell Berry, "Two Economies", 186~201. www.worldwisdom.com/public/library/ default. aspx 23.

업경제는 "포괄적이지 못한 데다가 자신이 포괄하지 못하는 것을 파괴하는 경향이 있고, 그러면서도 자신이 포괄하지 못하는 많은 것들에 의존한다."* 계속해서 그는 '큰 경제', 곧 '하느님나라의 경제'에서는 모든 것이 연결된 하나의 질서를 이루고 있으며, 우리는 이 질서 안에서 살지만 그 질서는 우리가 알고 규명할 수 있는 것보다 훨씬 크고 복잡하다고 한다. 그리고 만일 우리가 알지 못하는 그 질서를 악용하거나 위반한다면 혹독한 벌이 우리를 기다리고 있다고 한다.

그는 이 '큰 경제'와 '작은 경제'의 관계를 설명하기 위해 마태복음 6장을 인용한다. 거기서 예수는 공중의 새와 들의 백합 같은 자연에 대한 하느님의 돌보심을 이야기한 뒤 이렇게 말씀하신다. "그러므로 무엇을 먹을까, 무엇을 마실까, 무엇을 입을까 하고 걱정하지 말아라. … 너희는 먼저 하느님의 나라와 하느님의 의를 구하라. 그리하면 이 모든 것을 너희에게 더하여 주실 것이다."(마태 6:33-36) 웬델 베리는 이 본문을 작은 경제, 즉 이 세상 경제의 가치를 부정하는 방식으로 해석하는 데 반대한다. 이 구절에서는 오직 하느님나라만을 구하라고 하지 않고 '먼저' 하느님나라를 구하라고 했다. 다시 말해 '큰 경제', '하느님나라의 경제'가 그 안에 포함된 그 어떤 '작은 경제'보다 우선한다는 것이다. 그러므로 '큰 경제'는 '작은 경제'를 배제하지 않으며,

---

* Wendell Berry, 186.

'큰 경제' 역시 실용적인 의미에서 실제 경제이다.

그는 '큰 경제'와 일반적인 인간 경제 사이의 차이를 황금알을 낳은 거위와 황금알의 차이를 예로 들어 비유적으로 설명한다. 거위가 계속해서 황금알을 낳는 거위이려면 살아 있는 거위여야 하며, 따라서 생명의 순환에 참여하고 있어야 한다. 언제든 인간의 이해력을 뛰어넘을 수 있는 온갖 유형의 사물과 그 형성 과정에 참여하고 있어야 한다. 이와 달리 황금알의 경우, 그 가치를 '정확히' 계산하려면, 우리는 그것을 삶으로부터 분리해 내야 한다. 즉 죽은 알로, 황금알로 만들어서 그 무게와 형태, 크기에 따라 가치를 정해야 한다. 그러나 이것은 알을 낳는 거위를 보존하는 것과 배치될 수 있다. 거위를 보존하는 방식으로 알의 가치를 측정하려면 우리는 과학적으로가 아니라 인간적으로 행동해야 한다. 정확한 계산과 합리성만이 아니라 겸손과 동정심과 자제심, 관대함과 상상력에 근거해서 행동해야 한다. 왜냐하면 '큰 경제' 밖에서 살아가는 것은 불가능하며, 만일 우리 자신이 어떤 조건을 정해서 '큰 경제' 안에서 살려고 한다면, 그때는 반드시 '큰 경제'와 조화를 이루어야 하기 때문이다.

사용하는 언어가 다르기는 하지만, 이것은 생태경제학의 기본 전제와 일맥상통한다. 생태경제학에서는 경제를 품고 있는 지구 생태계에 둔감한 채 무한성장 패러다임에 매몰된 기존의 경제관과 경제정책을 뛰어넘지 않으면 제대로 된 기후위기 대응이 불가능하다고 한다.* 사실 인간 경제는 어떠한 가치도 독자적으로 만들어 내지 못한다. 인간 경제는 사물의 가치를 평가하고 분배하고 이용할 수 있을 뿐, 최초의 가치를 창조해 내지는 못한다. 진정한 가치는 오로지 '큰 경제'에서만 시작된다. 물론 인간은 노동을 통해 자연물에 가치를 보탤 수 있다. 이때 인간이 덧붙인 가치는 인공적인 것이며, 기술(art)에 의한 것이다. 이렇게 덧붙여진 가치는 인간 삶에서 대단히 중요하지만, 어디까지나 이차적이다. 그러므로 정말로 좋은 인간 경제라면 자신들이 다루는 물자와 에너지가 실은 자기가 만든 것이 아님을 알아야 한다.

그러나 인간이 자기 스스로 처음부터 가치를 만들어 낸다고 착각할 때, 그때 만들어 내는 가치는 추상적이고 그릇되고 포악하며 진정한 가치를 파괴한다. 가령 화폐는 궁극적으로 '큰 경제'에서 비롯하는 옷이나 음식, 보금자리 같은 필수적인 재화의 가치를 정확하게 나타낼 때 그 기능을 제대로 한다. 그러나 '큰 경제'와의 연결성에서 벗어나 화폐가 독립적으로 인간 경제 안에서 작동할 때 화폐는 추상적 숫자로 환원되며 인플레이션과 고이율을 통해 작동한다. 생태경제학자들은 생산의 주요 요소 중 하나인 자연 자원은 열역학 제1, 제2 법칙의 영향 아래 있는

---

* 김병권, 『기후를 위한 경제학: 지구 한계 안에서 좋은 삶을 모색하는 생태경제학 입문』, 착한책가게, 2023, 97쪽.

반면 금융은 그러한 제한을 받지 않기 때문에 파괴적으로 작용할 수밖에 없다고 설명한다. 가령 프레데릭 소디는 이렇게 말했다. "부채는 복리의 속도로 성장하고 순수한 수량으로서 그 성장을 느리게 만들 아무런 제한도 없다. 실물자산은 한동안 복리의 속도로 성장할 수 있지만, 물질적 차원을 가지고 있기 때문에 그 성장은 이내 한계에 부딪힌다. 부채는 영원히 지속될 수 있지만 자산은 그럴 수 없다. 실물자산의 물질적 차원이 엔트로피라는 파괴적 힘에 종속되었기 때문이다."* 결국 미쳐 날뛰는 금융경제는 인간 삶에 필수적인 것들의 가치를 왜곡하고, 자연 자원과 인간에게 해를 끼친다. 이 점에서 인플레이션이나 금융경제로 인한 피해는 인간이 스스로 가치를 창조해 낼 수 있다고 착각한 데 대한 응보라고 할 수 있다.

베리는 이러한 나쁜 경제의 예로, 복음서에 나오는 어리석은 부자의 예를 든다. 그는 미래를 위해 너무나 많은 것을 준비했다. 그에 따르면 누가복음 12장에 나오는 어리석은 부자의 죄는 "여러 해 동안 쓸 많은 재산을 쌓아 두었으니" "먹고 마시며 즐길" 수 있다고 생각했다는 데 있다. 그의 죄는 너무 많은 것을 쌓아 놓음으로써 미래를 축소시켜 버린 데 있다. 그는 미래를 자신이 희망하고 기대하는 크기만큼으로 줄여 버렸다. 그는 자신

---

*　허먼 데일리, 『성장을 넘어서: 지속 가능한 발전의 경제학』, 박형준 옮김, 열린책들, 2016, 326쪽에서 재인용.

이 번영하는 미래에 대해서는 준비되어 있었지만, 자신이 죽는 미래에 대해서는 준비되어 있지 않았다. 거기에 그의 어리석음이 있다. 우리 역시 영적으로나 실천적으로 미래를 축소하며 살아간다. 지금 "많은 재산을", 추상적인 부를 쌓아 놓기 위해 구체적인 사물들, 가령 표토층과 화석연료, 지하수를 고갈시키고 그럼으로써 우리가 감당할 수 없는 빚을 미래로 떠넘긴다.

그러므로 좋은 인간 경제는 반드시 '큰 경제' 안에서 삶의 다른 차원들과 조화를 이루어야 하며, '큰 경제'와 일치해야 한다. 그것은 '큰 경제'의 유비가 되어야 한다. 이것은, 달리 표현하자면, 인간 경제의 궁극적 목적을 재설정할 필요가 있다는 말이다. 탈성장 사상의 원조라고 할 수 있는 코르넬리우스 카스토리아디스는 인간의 경제행위의 궁극적 목적에 대해 이렇게 말했다. "경제적인 가치들을 중심에 두는 (또는 유일한 것으로 생각하는) 일을 중지하고 경제가 최종 목적이 아니라 인간 생활의 단순한 수단으로서 합당한 위치로 돌아간 사회, 따라서 끝없이 증가하는 소비의 이 미친 경쟁을 사람들이 털어 버리는 사회를 원하지 않으면 안 될 것이다. 그것은 단순히 지구 환경의 결정적인 파괴를 피하기 위해서뿐만 아니라, 특히 현대인의 정신적·도덕적 재앙에서 탈출하기 위해 필요한 것이다."*

* Cornelius Castoriadis, *La Montée de l'insignifiance. Les carrefours du labyrinthe* IV, (Seuil, Paris: 1996), 96. 세르주 라투슈, 『탈성장사회: 소비사회로부터의 탈출』, 양상모 옮김, 오래된생각, 2014, 179쪽에서 재인용.

따라서 '하느님나라의 경제'와 조화를 이루는 인간 경제 안에서 살아가려 할 때 전통적인 가치들이 필수적이다. 좋은 경제에서는 더 많이 쓰고 더 많이 버리는 것이 아니라 아끼고 보존하는 전통적인 미덕이 선이다. 베리에 의하면 산업경제는 스스로가 '작은 경제'라는 사실을 보지 못한다. 산업경제는 자신만이 유일한 경제라고 본다. 산업경제는 이용 가능한 것, 즉 기계적으로 다른 것으로 변형할 수 있는 "원자재"에만 가치를 부여하고, 이용할 수 없는 것에 대해서는 "쓸모없다", "무가치하다", "하찮다"고 낙인찍는다. 그리고 결국 그것들을 망쳐놓거나 싸구려로 만들어 버린다. 그렇게 해서 산업경제는 유일한 경제로 군림하지만, 실은 '큰 경제'에 대한 침략과 약탈에 바탕을 두고 있다. 그러므로 우리가 일단 '큰 경제', '하느님나라의 경제'의 존재를 깨닫고 나면 그것이 얼마나 '휘브리스'의 산물인지, 즉 오랜 기간에 걸쳐 인간의 지적 전통이 세워 놓은 인간의 한계를 한참 뛰어넘은 오만인지 깨닫게 된다. 기독교적 언어로 말하자면 그것은 죄이다.

사실 '큰 경제'에 대한 베리의 서술은 성서만이 아니라 동서양의 오랜 지적 전통이 일관되게 가르치는 것과 일맥상통한다. 구약성서나 그리스 비극은 우리는 신이 아니라 인간이며, 인간으로서 분수를 알아야 한다고 반복해서 말한다. 그리스인들은 인간의 한계를 넘어서려는 오만을 휘브리스(hubris)라고 했고, 휘브리스는 그리스인들이 이해한 비극의 원인이었다. 구약성서에서도 인간은 어디까지나 하느님 앞에 선 인간이고 그의 신비로운 경륜 앞에 인간은 조용히 고개 숙이고 복종할 뿐이다. 알 수 없는 고난 가운데 하느님께 항의하는 욥을 향해 하느님은 "내가 땅의 기초를 놓을 때, 네가 거기 있기라도 하였느냐"(욥기 38:4)고 묻는다. 폭풍 가운데 임하는 하느님 앞에서 욥은 조용히 머리 숙이고 입을 가릴 뿐이다. 욥은 자신의 한계를 인식하고 자신이 진정으로 의존하고 있는 것이 무엇인지 깨달아야 했다.

오늘날 이러한 오만, 죄에서 벗어나기 위해서는 자연이 단순히 자원이 아니라 '하느님의 경제'가 이루어지는 장소, 즉 모든 살아 있는 존재들의 요람이자 무덤이며 동시에 부활의 장소로서 그 자체가 '대지의 공동체'라는 사실을 깨닫는 데서 출발해야 한다. 그러한 깨달음은 우리로 하여금 세계 안에, '대지의 공동체' 안에 가득 찬 아름다움과 신비, 하느님의 경륜에 눈뜨게 한다. 생명으로 가득 찬 이 대지의 공동체를 지키고 보살펴야 한다는 간절한 소망을 갖게 한다. 그리고 대지의 공동체를 지키기 위해서는 합리적인 도구, 기계도 필요하지만, 무엇보다도 행동을 하지 않을 수 있는 능력, 인내력과 자제력, 동정심, 관대함 같은 부드럽고 너그러운 능력이 필요하다. 무언가를 할 수 있는 능력만이 아니라 어떻게 하지 말아야 하는지, 언제 그만두어야 하는지를 아는 능력이 필요하다. 그것은 어느 지점에 이르면 인간의 이해 능력은 너무나 보잘것없고, 따라서 그때는 '큰 경제'의 활동에 경의를 표하고 인간 경제의 활동은 멈추어야 하기 때문이다. 웬델 베리는 이것이 안식일 사상의 실천적인 의미라고 했다.

　그러므로 그 지점을 넘어서까지 인간의 활동을 밀고나가 '큰 경제'를 침범하는 것은 실제 자신보다 더 큰 것처럼 가장하는 휘브리스의 죄를 범하는 것이다. 하느님이 하시는 일을 우리가 할 수 없고, 제비가 하는 일을 우리가 할 수 없듯이, 흙이, 표토가 하는 일도 우리가 할 수 없다. 특히 우리에게는 방사성 폐기물을 처리할 수 있는 능력이 없다. 그러므로 거기까지 밀고나가는 것은 죄이다. 오늘 우리는 과학기술의 힘을 빌려 신적 능력을 전유할 수 있고, 특정한 방식으로 그 힘을 사용할 수도 있다. 그러나 우리는 결코 그 힘을 안전하게 사용할 수 없으며, 그 결과를 통제할 수 없다. 이제 우리는 인공지능을 비롯해 우리를 도와줄 어마어마한 힘을 얻었다. 그러나 지금이야말로 근원적인 인간 조건이 얼마나 확고하게 우리를 붙들고 있는지 알아야 한다. 아무리 인간의 가능성을 확장시켜 주는 것처럼 보여도 우리가 만든 기계는 항상 죄인으로서 우리의 한계 안에 머물러 있다. 때로 기계는 인간의 가능성을 확장시킴으로써 인간의 한계를 줄여 주고 우리를 더 강력하게 만들어 준다. 지금까지 근대 세계는 그러한 기계의 가능성을 진보와 동일시했지만, 반드시 우리는 그 대가를 치러야 한다. 그러므로 타락한 피조물이라는 인간 조건을 넘어선다고 하면서 우리는 에덴의 동쪽으로 점점 더 멀리 가는 것이 아닌지 성찰해야 한다.

결국 지금 우리 앞에 놓인 가장 중요한 과제는 우리가 '하느님나라의 경제', 즉 '큰 경제' 안에서 살아가고 있다는 사실을 다 같이 깨닫는 일이다. 베리는 바퀴의 비유를 들어 말했다. '하느님나라의 경제'가 큰 바퀴라면, 인간 경제는 작은 바퀴이다. 작은 바퀴는 큰 바퀴에 맞추어서 돌아가야 하고 큰 바퀴로부터 그 존재와 동력을 얻는다. 그러지 않으면 작은 바퀴는 부서지거나 떨어져 나간다. 농사를 비롯해서 인간 경제의 모든 행위를 가능하게 하는 것, 곧 물, 공기, 흙, 에너지는 모두 '큰 경제'의 핵심적인 원리이며 하느님의 질서 안에 있다. 그것들은 '하느님나라의 경제' 안에서 역동적으로 움직이며, 삶과 죽음과 부활로 끊임없이 이어지는 역동적인 과정을 유지시키고, 그 속에 사는 모든 존재에게 먹이와 물을 공급해 준다. 대지 위에서 잘 살려면 우리는 이 과정이 끝없이 지속된다는 믿음을 가져야 하며, 그런 믿음에 걸맞게 행동해야 한다. 자발적으로 그렇게 행동할 수 있는 능력이 우리에게 있다고 믿어야 한다. "일용할 양식"을 달라는 '주의 기도'는 이러한 믿음을 확인하는 것이며, "재산을 많이 쌓아 두는" 것에 대한 믿음을 거부하는 것이다. 이것이야말로 오늘 우리에게 요구되는 이웃사랑이다. '하느님나라의 경제' 안에서 대지의 공동체를, 물과 흙과 공기와 살아 있는 모든 것을 잘 보존하고 돌보며, 그로부터 건강한 밥을 얻고, 그럼으로써 생명과 삶을 하느님으로부터 선물로 받는 것이다. 감사하지 않을 수 없다.

희망, 장소에 뿌리내리기

'하느님나라의 경제'와 조화를 이루지 못하는 인간 경제는 지속불가능하다. 철옹성처럼 우리 앞에 버티고 있는 기후위기는 완강하게 그 불가능성을 보여 준다. 문명적 전환이 필요한데 시간은 우리 편이 아니다. 여전히 사람들은 행복하려면 물질적 안정이 이루어져야 하고, 물질적 안정을 이루려면 경제성장이 이루어져야 한다고 생각한다. 성장경제는 우리 시대의 우상이다. 이것은 우리 사회에 환경 위기에 대한 인식이 높아졌다고는 하나 아직 대부분 단순한 정보와 지식의 차원에 머물 뿐 내면적으로 깊이 침투하지 못했음을 말해 준다. 위기를 느낀다 해도 먹고살기 바쁜 대다수 사람들은 생각할 여유도 없고 정부 정책과 과학기술의 힘으로 이 위기도 넘어갈 수 있으리라고 안이하게 생각한다. 그러므로 이 시점에서 절실하게 요구되는 것은 내면화의 과정, 생태적 존재로서 우리 자신의 본성을 느낄 수 있는 능력이다. 이 대목에서 기독교를 비롯한 종교의 책임은 막중하다. 급진적 전환을 위해서는 정치적 변화 역시 절실하지만, 정치적 변화를 위해서도 구성원들의 내적 변화가 필수적이다. 생태경제학자 허먼 데일리는 기후위기에 직면한 오늘의 상황에 대해 물리적 불가능성과 정치적 불가능성 사이의 싸움이라고 했다. 그리고 물리적 불가능성은 타협이 불가능하지만 어렵더라도 정치적 불가능성은 타협이 가능하니 정치적 변화를 위해 노력해야 한다고 했다.* 데일리가 말하는 정치적 변화를 위해서도 우리 자신의 내적 변화가 필요하다. 우리가 속한 믿음의 전통 안에서 우리의 생태적 본성을 일깨워 주는 가르침들을 확인하는 것은 그 첫걸음이다.

웬델 베리는 그의 책 『소농, 문명의 뿌리』에서** 호메로스의 서사시 『오디세이아』와 『일리아드』를 서로 대비시키며 각기 두 가지 인간 삶의 형태, 즉 뜨내기(boomers)와 붙박이(stickers)형 삶의 형태를 보여 준다고 했다. 분노와 시기, 욕망에 불이 붙어 전쟁에 뛰어들고 그로 인해 삶이 파괴되는 뜨내기 삶에 대한 이야기가 『일리아드』라면 『오디세이아』는 반대로 그 전쟁에 참여했던 한 남자가 20년이나 집을 떠났다가 마침내 늙은 아내가 기다리는 고향으로, 집으로 돌아가는 이야기이다. 『일리아드』가 영웅담이라면 『오디세이아』는 고향의 대지로 돌아와 다시 가정을 이루고 삶의 뿌리를 내리는 평범한 사람의 이야기이다. 고향으로 돌아가는 과정에서 오디세우스는 칼립소의 유혹을 받는다. 여신 칼립소는 오디세우스와 하룻밤을 보내면서 쾌락을 맛보게 하고 불멸의 삶과 안락한 낙원을 보장해 주겠다고 유혹한다. 그러나 오디세우스는 칼립소의 제안을 마다하고 고향으로 향한다. 오디세우스가 칼립소의 동굴에 남아 불멸의 신이 되기

* http://www.conversationearth.org/economic-heresy#113.
** 웬델 베리, 『소농, 문명의 뿌리: 미국의 뿌리는 어떻게 뽑혔는가』, 이승렬 옮김, 한티재, 2016, 254~266쪽.

를 거부하고 집으로 돌아가 병들고 아프고 죽는 인간의 길을 택한 것은 단순히 아내에 대한 사랑이나 애국심으로 설명되지 않는다. 베리에 따르면 오디세우스에게 집이란 아내 페넬로페만이 아니라 가족과 가문, 그들이 뿌리내린 공동체와 그 터전으로서의 땅, 거기 속한 전통과 기억, 그 모든 것과 연결되어 있다. 고향의 대지와 거기 속한 사람들, 늙은 개, 집 앞의 오래된 올리브나무, 그 사이로 부는 바람, 그 모든 것에 대한 이야기로서 그의 존재의 뿌리를 이루는 것들이다. 그러므로 칼립소의 세계 대신 페넬로페의 세계를 선택함으로써 오디세우스는 전쟁으로 뿌리 뽑힌 자신의 삶을 고향 땅 위에 다시 뿌리내리는 길, 존재의 뿌리로 돌아가는 길을 선택한 것이다.* 베리에 의하면 그 여행은 존재와 장소 간의 근원적인 결합을 상징한다. 오디세우스의 귀향이 감동적인 것은 그의 여행이 존재와 장소 간의 근원적인 결합을 상기시키기 때문이다. 원형으로서 오디세우스의 귀향은 삶이란 궁극적으로는 지상에 뿌리를 내리는 것이고 삶의 평화는 친숙한 일상으로 둘러싸인 집에서 시작되는 것임을 말해 준다. 모든 존재에겐 삶의 여정을 기댈 오래된 장소가 필요하다. 지금 우리 역시 아끼고 지킬 오래된 장소를 찾는 힘든 여정을 시작해야 한다.

---

* 박혜영, 「웬델 베리」, 『느낌의 0도: 다른 날을 여는 아홉 개의 상상력』, 돌베개, 2018, 94~119쪽.

과거에는 신적 계시에 사로잡힌 예언자들이나 환상가들이 우주 대파국에 대한 어두운 종말론적 비전을 펼쳐 보였다면, 오늘날 우리는 과학자들로부터 지구 종말에 관한 이야기를 듣는다. 성서의 묵시문학적 환상가들이 인간의 타락과 죄로 인해 끓어오르는 신적 분노의 표현으로서 마지막 때의 대파국에 대한 환상을 펼쳐 보였다면, 현대의 묵시가인 과학자들은 산업문명 이후 250여 년간 이어져 온 인간에 의한 극단적 자연파괴 행위의 결과를 객관적 수치와 사실들로 보여 준다. 또한 성서의 유대 환상가들이 묵시적 은유를 통해 말하고 싶었던 것이 실은 '세계의 종말'이 아니라, 식민지 피지배 민족이었던 유대인들을 억압하는 '제국의 종말'에 대한 기대였다면, 오늘날 과학자들이 펼쳐 보이는 파국적인 미래의 모습은 결코 은유가 아니며, 그 일차적인 희생자들은 전 세계의 가난한 약자들일 공산이 크다.

결정적으로 성서의 고대 묵시가들은 파국 이후 도래할 새 하늘과 새 땅, 새 인간을 이야기했다. 다시 말해 그들은 끝이 아니라 새로운 시작을, 절망이 아니라 희망을 이야기했던 것이다. 절망적인 상황 속에서도 세상의 악과 고통을 하느님이 펼치는 거대한 드라마의 전개에 반드시 필요한 요소로 파악함으로써 불행한 경험들이 더 이상 뿔뿔이 흩어진 무의미한 파편이 되지 않고 하나의 통일된 질서 속에서 의미를 부여받게 만들고, 그럼으로써 희망을 가질 수 있게 했다. 묵시적 환상가들이 했던 일은 고통스러운 현실이 오히려 삶을 더 심화시키고 삶에 궁극적

결실을 가져다 주는 계기가 되도록 인간 경험들을 해석해 주는 것이었다. 그래서 하느님이 펼치는 종말론적 드라마, 즉 새로운 시작을 향해서 다시 한 번 심호흡을 하고 행동할 수 있게 했던 것이다. 대파국 너머 새 하늘 새 땅 새 인간을 꿈꾸는 것이 그들에게는 가능했다. 우리에게도 그것이 가능할까? 오늘 우리는 고대의 환상가들이 코끼리 다리처럼 든든하게 밟딛고 있던 토대, 삶의 지속성에 대한 기대가 사라질 위기에 처해 있다. 그들이 아니라 우리야말로 진정한 묵시록적 상황에 직면해 있다. 그렇다면 오늘의 이 묵시록적 상황에 직면하여 우리가 물어야 할 질문은 이런 것이다. 고대의 묵시가들이 그랬듯이 우리도 희망을 이야기할 수 있는가? 만일 희망이 있다면 그 희망은 어떤 형태를 띠겠는가?

이 절대절명의 시대에 우리가 가질 수 있는 희망은 무조건적 희망뿐이다. 외적 조건에 대한 영리한 판단에 근거해서 이러저러하게 잘 행동하면 잘 되리라는 기대(expectation)가 아니라, 진실한 삶, 인간다운 삶의 길을 걸으면서 기다리는 것, 즉 이반 일리치가 말한 진정한 의미에서의 희망(hope), 인간 실존에 각인된 본질적 구조로서의 희망뿐이다. 아마도 그것은 타르코프스키 감독의 영화 〈희생〉의 모티브가 되었다는 한 수도사, 죽은 나무에 계속해서 물을 주었다는 저 중세 수도사의 행위를 성실하게 계속하는 것이리라. 죽은 나무에서 푸른 싹이 돋아나기를 기다리며 계속해서 물을 주는 행위, 그것이 지금 우리가 해야 할 일이 아닌가 싶다. 그리고 그것은 우리 믿음의 오래된 습관인 종말론적 신앙을 지켜 나가는 것이기도 하다.

나무 이야기

천사는 또, 수정과 같이 빛나는 생명수의 강을 내게 보여 주었습니다. 그 강은 하느님의 보좌와 어린양의 보좌로부터 흘러 나와서, 도시의 넓은 거리 한가운데를 흘렀습니다. 강 양쪽에는 열두 종류의 열매를 맺는 생명나무가 있어서, 달마다 열매를 내고, 그 나뭇잎은 민족들을 치료하는 데 쓰입니다.

(계시 22:1-2)

1.

인도의 시인 타고르는 "푸른 잎새가 인간을 구원한다"고 노래했다. 그의 시구대로라면 하루가 다르게 산과 들에 연한 초록의 기운이 퍼져 나가는 이 4월에 우리는 구원받을 만한 충분한 이유가 있다. 개나리, 진달래, 목련은 잎이 돋기 전에 꽃부터 먼저 흐드러지게 피워 내고 이제는 꽃이 진 자리에 부드러운 연초록 아기 이파리들을 내밀고 있다. 돌아보기만 하면 푸르름이 곳곳마다 약동하고 있어서 나누어 받을 마음과 여유만 있으면 아무 값없이 마음속 가득 푸름으로 채울 수 있다. 굳이 산에 오르지 않아도 된다. 산은 오르기 위해서만 있는 것이 아니라 바라보기 위해서도 있다. 오히려 오르지 않고 바라보아야 산이 지닌 푸름과 높음, 넉넉함을 잘 누릴 수 있을지 모른다.

굳이 아름드리 크고 잘생긴 나무를 떠올리지 않아도 된다. 그저 제자리에 서서 의젓하게 세월의 바람을 맞고 있는 나무면 족하다. 흐트러진 풀 속 찡그린 바위틈에서 부끄러운 꽃 한 송이를 피워 내는 한 떨기 관목, 물속에 제 그림자를 드리우고 있는 늙은 버드나무, 향기로운 들국화를 옹기종기 발아래 둔 채 가지를 떨며 서 있는 늙고 구부러진 소나무, 그리고 아무도 모르게 숲속에서 썩어 가고 있는 쓰러진 나무를 떠올려 보라. 어느 것이고 소리 없이 내 마음속에 들어앉아 내 마음의 나무가 되기에 족하다.

색채를 연구하는 학자들은 인간이 심리적으로 가장 편안함을 느끼는 색이 초록색이라고 한다. 어떤 사람들은 그 이유가 원래 인류가 초식동물이어서 그 옛날 풀을 먹고 살던 기억이 우리 유전자 속에 각인되어 있기 때문이라고 설명하기도 한다. 그래서 그런지 원시종교에는 생명나무, 우주목의 상징이 보편적으로 나타난다. 옛 사람들은 세계의 중심, 우주의 중심에 우주 생명의 근원을 이루는 생명나무가 있어서 그 나무는 하늘과 땅을 연결하고, 그 나무로부터 우주의 모든 생명체들이 생명을 나누어 받고 이어 나간다고 믿었다.*

옛날 인도에는 거꾸로 선 거대한 나무에 대한 이야기가 있었다. 그 나무는 뿌리를 하늘에 박고 하늘을 향해 뿌리가 끝없이 뻗어 나가며 땅을 향해서 가지가 뻗어 내린다. 그래서 하늘의 빛을 땅을 향해 뿌려 준다.** 플라톤이 전하는 인도 전통에 의하면 인간 역시 거꾸로 선 나무로서 그 뿌리는 하늘을 향하고 있고 가지는 지상을 향하고 있다. 아마도 이 거꾸로 선 거목에 대한 상징은 우주와 인간의 본질이 초월과 신들의 세계로부터 빛과 자양분을 받아 유지되고 자라나는 것이라는 생각을 드러낼 것이다. 그리고 더 나아가서 우주와 그 안에 있는 인간이 초월을 향해 존재함으로써, 아니 초월의 세계와 자신의 본질이 동일하다는 것을 깨달음으로써 삶의 의미를 부여받는다는 생각을 표현하고 있을 것이다. 아마도 그들은 우주 전체를 거꾸로 자라는 거대한 나무라고 생각했을 것이다. 이밖에도 생명나무와 불사를 추구하는 인간에 대한 이야기들, 그리고 나무를 지키는 뱀이나 괴물에 대한 이야기들은 아주 많다. 불사의 생명을 지닌

---

* 미르치아 엘리아데, 『종교형태론』, 이은봉 옮김, 한길사, 1996, 356~365쪽.
** 위의 책, 363~366쪽.

생명나무는 가까이 가기 어려운 장소에 있고, 또 괴물이 나무를 지키고 있다. 그래서 인간이 천신만고 끝에 생명나무에 접근하는 데 성공한다 해도 그 괴물과 싸워 이겨야만 불사의 과실을 얻을 수 있다.

우리나라에도 서낭당의 오래된 큰 나무에 산신령이 내렸다고 여겨서 둘레에 새끼줄을 치고 신이 내린 나무 앞에서 소원을 빌곤 했다. 이밖에도 나무와 관련된 의례나 상징들, 이야기들은 참 많다. 한스와 콩나무 이야기, 우리나라의 해와 달 오누이에 대한 이야기, 어쩌면 크리스마스 때 트리 장식하는 것도 인류가 오래 전부터 지녀왔던 우주목, 생명나무 숭배의 흔적이 남아 있는 것이라고 볼 수 있다.

아마도 나무와 푸른 잎새를 보았을 때 인간이 느끼는 원초적인 생명력, 활력 같은 것이 그러한 종교적 상징들을 탄생시켰을 것이다. 나무는 수직으로 서서 성장하며 잎을 떨구었다가 다시 잎을 맺는다. 나무는 죽었다가 다시 살아난다. 원시 인류의 눈에 나무는 무한히 재생하는 것으로 보였을 것이다. 나무는 자기 몸 안에서 일어나는 죽음과 삶의 반복을 통해 완전히 파괴되었다가 다시 살아나는 우주 전체의 리듬을 반복한다. 이 때문에 원시인의 종교적 심성 속에서 나무는 우주가 되고, 거대한 우주목에 대한 상징이 나올 수 있었을 것이다.

2.

그러므로 우리는 나무의 삶에서 우주와 자연과 생명의 이치를 배울 수 있다. 한 그루의 나무를 통해 하늘과 땅이 서로 어우러지며, 어울려서 생명의 춤을 추고 생명의 노래를 부른다. 나무는 하늘과 땅을 잇고 하늘과 땅으로 아름다운 잎새와 꽃과 열매를 빚는다. 흙과 햇빛과 물과 바람을 가지고 나뭇잎을 빚어내고, 아름다운 꽃들과 열매와 곡식을 만들어 낸다. 나무 한 그루에서 자연 생명 활동의 중심이 드러난다. 나무는 땅속의 죽은 물질을 살려서 생명으로 꽃피워 낸다. 든든한 줄기와 푸른 잎새로, 오색의 아름다운 꽃으로, 그리고 향기와 풍성한 열매로 새롭게 탄생시킨다. 그래서 잎새와 꽃과 향기에는 햇빛과 물과 바람, 흙의 기억이 아로새겨져 있다. 나무는 수억 년 생명진화의 역사를 간직하고, 있는 힘껏 자신을 펼친다.

나무의 푸른 잎은 자연 생명계를 지탱해 주는 가장 기초적인 양식이다. 풀잎이 없으면 모든 생물이 살 수 없다. 초식 동물은 풀잎을 먹고 살고, 육식 동물은 초식 동물을 먹고 산다. 동물은 죽으면, 자기 몸을 풀잎의 양분으로 내준다. 사람도 죽으면 산에 묻히거나 강물에 뿌려져 벌레 밥이 되거나 물고기 밥이 된다. 나무는 지극 정성을 다해 꽃을 피우고 열매를 맺어 뭇 짐승에게 아낌없이 주고 아름다운 향기를 바람에 날린다. 나무는 있는 힘껏 자기를 펼치고 그다음에는 자기 몸을 다른 생명의 밥으로 내어주는 생명의 본질을 유감없이 보여 준다. 본래 생명은 生-命, 즉 '살라는 명령'이다. 살라는 명령 앞에서는 희망도 절망도 부차적이다. 좋든 싫든 조건 없이 살아야 한다. 모든 생명의 본질은 살라는 명령을 충실히 이행하고 자기 몸을 다른 생명의 먹이로 내어줌으로써 자기를 넘어선 더 큰 생명의 물결에 합류하는 데 있다.

또한 나무는 스스로 하는 생명의 본질을 유감없이 드러낸다. 삶을 남이 대신 살아 줄 수는 없다. 한 알의 작은 씨알이 스스로 싹트고 스스로 자라서 나무가 된다. 또 이 나무는 스스로 꽃 피고 스스로 열매를 맺는다. 자연 생명은 스스로 하는 삶이고, 스스로 그러함, 말 그대로 자연이다. 맹자는 어리석은 농부에 관한 재미있는 이야기를 한 편 들려준다. 어리석은 농부가 있었다. 그는 밭에 씨를 뿌려 놓고 씨앗이 나오기를 기다렸다. 며칠 후 밭에 나가 보니 고물고물 싹이 텄는데 생각만큼 빨리 자라지 않았다. 성급한 농부는 싹이 자라는 것을 돕겠다고 싹의 목을 잡아 뺐다. 온종일 그렇게 하고 집에 돌아와서 아내와 아들에게 나 오늘 큰일 했다, 싹이 자라는 것을 크게 도왔다고 자랑했다. 그래서 아들이 밭으로 나가 보니 햇볕에 싹들이 다 말라 죽어 있었다.*

신약성서에도 예수가 한 비유 가운데 비슷한 이야기가 하나

* 맹자, 『공손추』 상.

있다. 예수는 하느님나라는 사람이 씨를 땅에 뿌리는 것과 같다고 했다. 농부가 밤낮 자고 깨고 하는 중에 씨앗이 자라나서 싹이 트고 이삭이 패며 이삭마다 충실한 곡식이 익는다고 했다(마가 4:26-29). 씨앗이 열매를 맺기까지 농부가 하는 노동에 대한 묘사가 없다. 농부가 씨를 뿌리고 김을 매고 거름을 주고 하는 노동이 왜 없었겠는가마는 예수는 그저 농부가 자고 깨고 하는 중에 씨앗이 스스로 열매를 맺지만 어떻게 그리 되었는지 그가 알지 못한다고 했다. 한 알의 씨앗이 열매 맺어 다시 수많은 씨앗으로 환생하기까지 이루 말할 수 없는 수고가 있었겠지만, 그래도 역시 생명은 스스로 살아가는 것이다. 맹자의 이야기와 마찬가지로 예수의 이 비유도 스스로 하는 생명의 본질을 잘 드러낸다. 하느님나라도 억지로, 힘으로 이루어지는 것이 아니라 스스로 하는 인간들과 자연 생명의 어우러짐 속에서 저절로 되는 것이다. 생명의 본질이 스스로 하는 것이듯 생명 세계 한가운데 임하는 하느님나라 역시 억지로 시켜서 하는 나라가 아니라 스스로 하는 자발성의 나라이다.

나무의 스스로 함은 강인한 생명력과 지극정성에서 드러난다. 높은 낭떠러지 바위 틈새에 남몰래 피어나는 들꽃의 맑고 고운 아름다움은 스스로 함의 지극한 표현이다. 총이나 대포로 위협한다고 들꽃을 피울 수는 없다. 하지만 누구 하나 보아 주는 사람 없어도 들꽃은 피어난다. 수억 년의 스스로 하는 외로운 몸짓을 통해 아름다운 꽃 한 송이가 피어났다.

오늘날 고생물학자들은 진화와 생명의 비밀에 대한 재미있는 이야기들을 들려준다. 지금부터 약 5억 년 전에 지상에 처음으로 겉씨식물이 생겨나고, 높이 10미터가 넘는 울창한 삼림이 형성되었다고 한다. 그리고 원래 공룡은 몸길이가 60센티미터 정도밖에 안 되었었는데 엄청난 식욕을 가지고 침엽수림을 먹어대서 약 3억 년 전쯤에는 몸길이가 50미터까지 자라났다고 한다. 긴 목과 작은 머리와 엉성한 이빨을 지닌 거대한 공룡들은 겉씨식물이 주종을 이루는 거대한 숲을 있는 대로 먹어치워 파괴했다. 공룡과 겉씨식물의 씨앗 사이에는 공생 관계가 없었다. 공룡들로 인해 겉씨식물인 침엽수림이 파괴되면서 꽃과 열매를 지닌 속씨식물이 생겨나기 시작했다고 한다. 속씨식물은 아름다운 색깔과 자태를 지닌 꽃을 통해 곤충과 포유류를 끌어들여 이 동물들에게 꽃가루와 열매와 꿀을 주고 자신의 씨앗을 전파하게 했다. 곤충과 포유류를 통해 꽃식물들은 빠르고 다양하고 넓게 퍼졌다. 포유류는 처음에 곤충을 먹이로 삼았지만 곧 꽃식물을 주로 먹었다. 그리고 포유류는 배설물에 섞인 씨앗을 통해 꽃식물들을 전파했다. 그래서 꽃과 속씨를 지닌 식물들은 엄청난 속도로 번식하게 되었다고 한다.

꽃은 '더불어 살자!'는 생명의 표현이다. 속씨식물의 꽃과 열매, 꽃가루는 함께 살자고 곤충과 포유류를 불러들이는 미끼이고 노력이었다. 그것은 상생에로의 초대였다. 꽃의 아름다움과 열매와 꿀은 공생하려는 생명의 의지에서 나왔다. 꽃은 상생에로의 부름이며, 더불어 살려는 아름다운 의지의 화신이다. 꽃이 아름다운 까닭은 그것이 같이 살자는 속삭임이기 때문이다.

지리학자이면서 아나키스트였던 크로포트킨은 자연세계를 보면서 상호협동, 상생이 삶의 원리라고 했다. 크로포트킨은 동식물의 세계에서 약육강식, 적자생존의 원리가 아니라 상호협동의 원리, 더불어 삶의 원리를 더 중요하고 일차적인 원리로 보았다. 그리고 계급투쟁 대신 상호부조의 원리가 인간 공동체의 삶의 원리라고 했고, 노동자만이 아니라 농민의 삶에 뿌리박은 혁명을 강조했다. 이러한 상호부조의 원리야말로 우리 시대에 요구되는 영구혁명의 원리가 되어야 할 것이다.[*] 상호부조야말로 개인과 사회, 정신과 물질을 포괄하는 삶의 변화의 근본적인 원리가 되어야 한다.

나무는 하늘과 땅을 잇는 기둥이다. 하늘을 향해 팔을 뻗은 나무는 하늘을 향해 기도하는 것만 같다. 하늘은 드높은 지존의 자리, 초월과 초극의 자리, 자유와 해탈의 자리이다. 뿌리 뽑힌 나무는 하늘을 향할 수 없지만, 살아서 땅에 뿌리를 박은 나무는 하늘을 향해 힘껏 머리를 치켜든다. 땅속 깊이 든든히 뿌리내린 나무일수록 보다 높이 하늘을 향해 솟아오른다. 모든 생명은 자유를 향한 꿈과 의지를 품고 있다. 하늘은 자유와 초월의 세계

---

[*] P. A. 크로포트킨, 『만물은 서로 돕는다: 크로포트킨의 상호부조론』, 김영범 옮김, 르네상스, 2005.

이다. 하늘을 배경으로 할 때 나무의 넉넉함과 풍성함이 잘 드러난다. 나무는 하늘을 향한 그리움, 우러름이며, 땅속 깊이 근원을 향한 탐구이다. 나무 한 그루에 높음과 깊음이 있고, 초월을 향한 올라감과 근원을 향한 들어감이 있다. 나무에게서 땅의 두터움과 하늘의 자유로움을 볼 수 있다. 나무 안에서 하늘과 땅이 만난다.

3.

성서의 처음과 끝에 생명나무 이야기가 나온다. 창세기에 따르면 하느님은 에덴동산을 지으시고, 거기에 생명나무와 선악을 알게 하는 나무를 두고 인간을 살게 하셨다. 하느님이 만드신 에덴동산 한가운데는 선악과와 함께 생명나무가 있어서 인간이 늘 곁에서 보고 가까이 할 수 있었다. 생명나무는 하느님의 생명, 우주자연의 생명을 나타낸다. 생명나무는 하늘과 땅, 자연과 인간의 생명이 하나로 통하는 우주 전체의 온전한 생명을 나타낸다. 이 생명나무는 누가 혼자 독차지할 수 있는 것이 아니라 온 우주가 다같이 그로부터 생명을 부여받고 함께 생명을 나누는 나무였다. 생명나무를 통해 온 우주와 만물이 하나로 이어져 있으므로, 생명나무는 하나 되는 나무였다. 원래 인간은 이 생명나무의 근원과 이어져서 생명의 충만함과 풍성함을 누리면서 살아가도록 창조 받았다. 그런데 타락 이후에는 그룹과 화염검으로 둘러싸여 인간이 생명나무에 이르지 못하게 되었다. 원래 생명나무가 인간과 더불어 있었지만 선악과를 따 먹고 인간이 선악의 기준을 자신 안에 갖게 된 이후, 자기중심적인 존재가 된 이후에는 생명나무에 이르는 길이 막혀 버렸다고 한다. 생명나무, 생명의 근원은 분명히 있으되 인간은 그 푸르름을 직접 향유하고 기뻐할 수 없게 된 것이다.

하느님은 아담에게 에덴동산에서 삶의 기쁨을 누리되 선악을 알게 하는 나무 열매는 먹지 말라고 했다. 선악을 나타내는 히브리어 '토브'와 '라'는 도덕적인 선과 악을 나타내지 않고 그냥 '좋고', '나쁨'을 뜻한다. 인간이 선악과를 따 먹고 선악을 알게 된다는 것은 선과 악, 좋고 나쁨을 자기중심적으로 인식하고 판단한다는 것을 뜻한다. 내게 좋으면 좋은 것이고 내게 나쁘면 나쁜 것이다. 자기중심적으로 좋고 나쁨을 따지는 인간에게는 양심도 이성도 구부러들게 마련이다. 2백여 년 전에 한 선교사가 아프리카에 갔는데 선과 악의 기준이 없는 것처럼 보였다. 그래서 한 추장에게 "어떤 게 선이고 어떤 게 악이냐?" 하고 물었다. 그러자 추장이 "누가 내 마누라를 뺏어 가면 악이고 내가 남의 마누라를 뺏어 오면 선"이라고 서슴없이 말했다. 내게 이로우면 선이고 해로우면 악이라는 생각은 옛날 아프리카 추장만의 생각이 아니고, 이기적으로 사는 모든 인간의 생각이기도 할 것이다. 선악과를 따 먹은 아담은 인간 실존의 적나라한 모습을 말해 준다. 역사적 존재로서 인간은 누구나 선악과를 따 먹어 자기중심적이 되어 버린 아담들이다.

인간은 자신을 우주의 중심, 생명의 중심으로 삼음으로써 사실은 중심을 잃어버렸다. 생명의 중심으로부터 벗어난 인간은 불안과 걱정 속에서 살아갈 수밖에 없게 되었다. 자신의 생명의 근원으로부터 단절된 인간의 삶은 사막처럼 메마르고 폭력적이 되었다. 자연세계에서는 찾아볼 수 없는 끝없는 탐욕과 집착에 사로잡힌 인간은 언제나 결핍을 느끼면서 삶의 보람과 의미를 얻지 못한다. 생명나무에서 멀어진 인간이 정말로 순수한 마음으로 할 수 있는 일은 하나도 없다. 무슨 일을 해도 어느 틈에 '나'와 '내 것'이라는 의식이 끼어들어 내가 하는 일과 나 사이에, 나와 타인 사이에 엄청난 거리를 만들어 놓는다. 무슨 일을 해도 바람에 흔들리는 연한 잎새의 명랑함을 누리지는 못한다. 생명나무에서 멀어진 인간에게는 타인과 만나는 길이 막혀 버렸다. 자기 밖의 다른 생명체들과 하나로 이어져 있다는 느낌과 행복한 마음의 상태를 이룰 수 있는 가능성이 사라져 버렸다. 인간은 마음속으로부터 간절히 사랑을 원하면서도 타인에게 마음을 열지 않는다. 사랑과는 거리가 먼 삶을 살아간다. 나에게서 너에게로, 너에게서 나에게로 이르는 길은 아마도 이 세상에서 가장 먼 길일 것이다.

창세기에서는 아담이 선악과를 따 먹은 이후에는 생명나무에 이르는 길이 그룹과 불칼로 둘러싸여 인간이 생명나무에 이르지 못하게 되었다고 한다(창세 3:23-24). 죽음의 권세가 생명나무를 지키고 인간은 접근할 수 없게 된 것이다. 인간과 생명나무 사이에 넘을 수 없는 경계가 생긴 것이다. 그것은 거룩과 속의 세계 사이의 경계이며, 낙원과 저주받은 땅 사이의 경계일 것이다. 성서의 맨 마지막 장인 요한계시록 22장에서는 이렇게 막혀 있던 생명나무가 마지막 때 다시 나타날 것이라고 한다. 요한계시록의 저자는 마지막 때 어린양으로부터 수정과도 같이 맑은 생명수가 흘러나오고 그 생명수의 강 좌우에 생명나무가 늘어서 있는 환상을 본다. 그리고 만국 백성이 그 열매와 잎사귀로부터 생명을 얻고 다시는 저주가 없으며 모두가 왕 노릇을 하는 환상을 본다.

추방당하기 전 낙원에서의 삶에 대한 아담의 기억이 우리에게는 남아 있다. 그래서 에덴동산의 생명나무와 요한계시록의 생명나무 사이에 생명나무를 갈구하는 인간들의 역사가 있다. 생명나무는 있던 그곳에 그대로 있지만, 아담은 이제 다른 곳에 있다. 생명나무는 이제 아담의 생명 한가운데 있지 않다. 오히려 그것은 그의 밖에서 그를 괴롭힌다. 아담은 끊임없이 생명나무를 향해 달려가야 하고, 그것은 언제나 그에게서 멀리 떨어진 곳에 있다. 아담은 닫힌 낙원을 향해 끊임없이 달려간다. 쫓겨난 곳으로 다시 들어가고자, 상실한 것을 다시 찾고자 저주받은 땅 위에서 고투한다. 그러나 낙원을 지키는 파수꾼들의 칼날은 날카롭고 여차하면 그 칼날이 내리칠 것이다.

그런데 낙원의 문을 향해 최후의 결정적인 공격이 가해진다. 신약성서는 그리스도가 십자가에서 살해당하고 죽은 것이 가인의 역사의 종말이요, 인류 역사의 종말이라고 말한다. 불타는 낙원의 칼 아래 수많은 사람이 죽었지만 십자가의 그리스도는 살아난다. 그래서 그가 살아난 십자가의 기둥이 이제 생명나무가 되고, 낙원 바깥에, 세상 한가운데, 저주받은 땅 위에 새로운 생명나무가 자란다. 골고다 언덕 십자가의 나무기둥에서 수정같이 맑은 생명수의 강이 솟아 나오고, 생명에 목마른 자들은 모두 이 물로 나오라는 초대를 받는다. 이 생명수를 마신 사람은 더 이상 목마르지 않을 것이다. 그래서 요한계시록의 환상에서 골고다의 언덕은 낙원이 된다. 피 흘리며 파괴된 육체를 매단 이 십자가는 참으로 기묘한 생명나무이다. 처형대의 나무기둥에서 초록 잎이 돋고 붉은 꽃이 피어난다. 저주와 죽음의 십자가가 부활의 생명 꽃을 피워 낸다. 그리하여 첫 낙원의 닫힌 문 앞에 새로운 낙원의 생명나무가 자라며, 낙원이라는 이름의 희망은 지금도 우리에게 열려 있다.

우리가 살고 있는 행성에서는 아직도 여전히 화약 연기가 피어오르고, 여기저기서 신음소리, 고통에 찬 부르짖음 소리가 들린다. 전쟁과 폭력의 그림자는 이 땅 위에 여전히 깊게 드리워져 있고, 우리는 우리 아이들의 삶을 걱정해야 한다. 그러나 그 속에서도 우리는 시편 104편의 시인과 함께 이렇게 기도해야 할 것이다. "보내시는 당신 얼에 그들은 창조되어 누리의 모습은 새롭게 되나이다."

'파우스트'에서 괴테는 "모든 이론은 회색빛이되 저 생명의 나무는 영원히 푸르다"고 말했다. 삶에서 멀어진 관념과 이론이 번뇌와 근심을 가져오지만, 4월의 나무들은 싱싱한 생명의 빛을 뿜고 있다. 4월의 벚꽃, 목련꽃이 한철 봄날의 옅은 꿈으로 우리를 초대하지만, 그래도 화려한 꽃그늘에 머물기보다는 봉래산 제일봉에 낙락장송이 되어 백설이 만건곤할 제 독야청청하는 것이 좋겠다. 버티고 선 바위 같은 혼이 되었으면 좋겠다. 하늘에 뿌리를 두고 하늘의 마음으로 만물을 살리는 생명나무가 내 안에서 자라나면 좋겠다.

함석헌 선생은 나무가 아름다운 것은 하늘을 배경으로 하고 있기 때문이라고 했다. 진실하고 싶거든 위대한 배경을 가지라고 했다. 무한을 배경으로 가지라고 했다. 선하게 살고 싶거든 좁은 시냇가를 버리고 영원한 생명의 무한의 바닷가에 서라고 했다.* 그러므로 이렇게 말하고 싶다. 정말로 아름답고 싶거든 산 위에 서야 하고 바다 앞에 서야 하고 하늘가에 서야 한다고. 산과 바다와 하늘을 배경으로 삼아 아름답지 않은 영혼이 없다. 5월이 머지않았다. 우리 각자가 눈부시게 싱싱한 한 그루 나무가 되어 5월을 맞이하자.

---

* 「아름다움에 대하여」, 『서풍의 노래』, 함석헌 전집 5, 한길사, 1983, 60쪽.

장소에 뿌리내리기
삶의 기술과 민중의 평화에 관한 에세이

초판 1쇄 발행 2025년 3월 17일

지은이 박경미
펴낸이 오은지
편집 변홍철 · 오은지
디자인 정효진
제작 세걸음

펴낸곳 도서출판 한티재
출판등록 2010년 4월 12일 제2010-000010호
주소 42087 대구시 수성구 달구벌대로 492길 15
전화 053-743-8368 **팩스** 053-743-8367
이메일 hantibooks@gmail.com

© 박경미 2025
ISBN 979-11-92455-67-9 (03810)